해병대를 부탁해

꼴통 이병에서 체질 병장까지 좌충우돌 해병이야기

해병대를
부탁해

신호진 지음

황소북스

차례

ROKMC

— 이 책에 나오는 구타 및 가혹행위는 호랑이가 군솔 피던 시절 이야기임으로 청소년 및 철 없는 어른들은 절대 따라하지 마세요.

누구나 해병이 될 수 있다면
나는 결코 해병을 택하지 않았을 것이다

입영 전야

ROKMC

"자고로 남자는 말이야, 해볼 건 다 해봐야 돼. 지금 이렇게 방황하고 있는 게 나쁘다고 생각하겠지만, 먼 훗날 좋은 약이 될 수 있단 말이지. 나쁜 짓일수록 빨리 배우고 빨리 깨우치면 되는 거야. (…) 이런 쌔빠질 놈들! 내가 너희들 나이 때는 월남 가서 구더기 튀겨 먹고, 짚차에 베트콩 대갈통 매달고 다녔어."

우리 사장님은 해병대

대학 입시를 앞두고 있었다. 평소 물리학에 관심이 많았던 나는 카이스트로 진로를 결정했다. 하지만 내 성적으로 갈 수 있는 곳은 당구장뿐이었다. 행복은 성적순이 아니라며 하루가 멀다하고 새우깡에 깡소주를 마시며 현행 입시 제도를 비판하던 어느날, 자주 가던 당구장 사장님의 초대가 있었다. 일종의 업종변경 파티였다. 새로 차린 록카페에서 영업시간을 마치고 셔터를 내린 채 술판이 벌어졌다.

"내가 지금은 쉽게 성공한 것처럼 보이지만 그게 아니야. 어렸을 적 고향에서 어머니 쌈짓돈을 몰래 훔쳐서 상경했을 때만 해도 주먹과 깡다구 하나로 버텼지. 하지만 말이야…"

누가 봐도 건달 같은 사장님의 청년 모험담이 시작되었다.

"자고로 남자는 말이야, 해볼 건 다 해봐야 돼. 지금 이렇게 방황하고 있는 게 나쁘다고 생각하겠지만, 먼 훗날 좋은 약이 될 수 있단 말이지. 나쁜 짓일수록 빨리 배우고 빨리 깨우치면 되는 거야."

사이사이 욕이 들어갔지만 학교 수업과는 달리 귀에 쏙쏙 들어왔다.

"근데 시험은 언제냐?"

사장님의 갑작스런 질문에 화들짝 놀라 시계를 들여다보니 자정이 넘어 있었다.

"어! 12시가 지났으니 오늘이네요."

"뭐라? 이런 쎄빠질 놈들! 내가 너희들 나이 때는 월남 가서 구더기 튀겨 먹고, 짚차에 베트콩 대갈통 매달고 다녔어."

— 으흐, 지겨운 해병대 이야기.

귀에 딱지가 앉도록 들은 해병대 이야기가 시작되었다.

"남자 새끼가 고추 달고 나왔으면 되든 안 되는 간에 한 번 해보는 거야. 막잔 마시고 얼른 시험 치고 와. 알았어?"

"쩝… 네."

가게 밖을 나오니 버스가 다니고 있었다. 새벽이었다. 수험표 가지러 집에 들어가니 어머니가 문을 열어주시며 측은한 목소리로 말했다.

"아이고, 밤새 공부하느라 눈이 뻘겋구나."

술 냄새 날까 봐 수험표만 들고 후닥닥 나와서 비몽사몽으로 좌석버스를 탔다. 시험 치를 학교 앞 정류장에서 기사 아저씨까지 동원되어 한바탕 난리를 치고 나서야 겨우 일어났다. 반 혼수상태로 고사장 건물을 찾고 있는데 제복 입은 한 사람이 눈에 들어왔다. 고사장 안내를 위해 나온 교내 해병전우회 일원이었다.

각이 진 모자, 발끝에서 나는 이상한 쇳소리에 끌려 잠시 내 본분을 망각하고 한참을 얼쩡거리다 그 사람과 눈이 마주쳤는데 무서운 마음에 얼른 도망치듯 고사장으로 들어갔다.

술이 안 깨 무슨 과를 지원했는지조차 기억이 가물거렸다. 하지만 결과는 합격. 그 소식을 들은 사람들은 경악을 금치 못했지만 나는 그때 분명히 들었다. 시험 치다 깜빡 잠이 들 때마다 나를 깨워주던 그 아저씨 발끝에서 나는 둔탁한 방울뱀 소리를.

— 또르륵 착! 또르륵 착!

엄마, 나 해병대 갈란다

팔자에도 없는 대학생활이 시작되었다. 어느덧 정들었던 선배들이 하나둘씩 스님 머리를 하고 논산으로 향했고 나는 샤프심 학점(0.7, 0.9)으로 1학기를 마치고 삼랑진에 사진 동아리 MT를 갔다. 마침 휴가 나온 선배가 있어서 군대 이야기를 많이 물어보았다.

"군대에서는 말이지, 계급이 깡패야."

선배는 군대 이야기를 숨도 안 쉬고 하기 시작했다.

"선배, 해병대는 어때요?"

"해병대? 왜, 호진이 너 해병대 지원하려고?"

"그냥 생각 중이에요."

"임마, 너 거기 가면 죽어!"

"왜요?"

"해병대에서 근무하는 친구 얘기 들으니깐 하루라도 안 맞으면 잠이 안 온대."

"에이, 설마? 죽을 정도로 패지는 않겠지요?"

"아서라. 맞다가 기절하면 흔들어 깨워서 또 패고, 안 일어나면 그냥 무시하고 마저 팬다더라."

"정말요?"

"자자. 군대 이야기는 그만하고 공부나 하자."

"놀러와서 웬 공부요?"

"동양화 공부…."

식음을 전폐하고 두들기다 보니 이틀이 지나 어느덧 기차 시간이 다 되었다. 하지만 따고 배짱이냐며 막판 세 판만 더 치자는 동아리 동기 성훈의 부탁을 들어주다 결국 기차를 놓쳐버렸다.

"저 역적 같은 새끼!"

할 수 없이 밀양까지 가서 버스 타고 부산으로 내려왔을 때 우리가 놓친 그 기차가 전복되었다는 끔찍한 소식을 들었다. 90여 명의 희생자가 발생했던 일명 93년 구포 열차 사고. 터미널에서 뉴스 속보를 보고 침통해하는 사람들 속에서 기차를 놓치게 했던 막판 세 판의 영웅 성훈이가 헹가래를 받고 있었다.

구사일생 기념으로 술 한잔 하고 집에 가니 난리법석이었다. 가족들
은 사망자 명단에 혹시 내 이름이 나오는지 TV 앞에서 전부 울상이 되
어 앉아 있었다.

"우리 아들 살아 있었구나. 흑흑. 대체 어떻게 된 거니?"

내 몸을 이리저리 만져보는 엄마에게 나는 엉뚱한 한마디를 했다.

"엄마, 나 해병대 갈란다."

한 번 죽은 목숨, 맞아 죽더라도 해병대 가서 죽자는 생각이 들었다.

해병대, 합격하다

"심심하면 북한에 넘어가서 라면을 끓여먹곤 했지."

해병대를 제대하고 2학기에 복학한 선배의 엄청난 이빨에 나의 결심
은 잠시 흔들렸다. 얼굴에 깊이 파인 흉터에 약간 쫄기는 했지만 발걸
음은 이미 병무청으로 향하고 있었다.

"해병대 지원하러 왔는데요."

오는 길에 부모님의 도장을 훔쳐왔다. 사촌 형들부터 우리 형까지 대
대로 '장군의 아들'(방위) 아니면 '신의 아들'(군 면제)이었기 때문에 부
모님의 반대는 불을 보듯 뻔했다. 지원서를 쓰고 오는 길에 돌이킬 수
없는 일을 저질렀다는 극도의 심신불안과 내 자신을 대견스러워하는
뿌듯함이 마구 교차되었다.

얼마 후 신체검사하러 가서 묘한 광경을 목격했다. 시력 검사에서 눈
이 나쁜 친구들이 불합격 판정을 받았을 때 한 번에 돌아서는 사람은

단 한 명도 없다는 것이었다.

"이번에 떨어지면 세 번째입니다. 한 번만 봐주세요."

"이번에도 떨어지면 저희 아버지한테 맞아 죽습니다."

검사관의 다리를 잡고 늘어지는 청년들. 어디 편한데 빼달라고 하는 것도 아니고 민간인들이 보면 참 이해하기 힘든 광경이었다. 드디어 내 차례가 왔다.

"199번 신호진. 눈깔 좋고 똥꼬 이상 없고, 불알 두 짝. 당당히 합격!"

신체검사는 합격하고 면접만 남았다. 대기실에 모인 청년들 중에는 뽀얀 피부에 알록달록한 니트를 입은 부류와 떡 벌어진 어깨에 가죽잠바를 입고 파출소 벽에 붙어 있는 인상을 한 부류가 있었다.

"해군, 해경 지원자는 이쪽으로, 해병 병 지원자는 저쪽으로 집합하세요."

두 부류가 정확히 양쪽으로 나눠졌다. 병무청 강당으로 올라가 한 번에 열 명씩 나가서 면접을 봤다. 내 옆에 있던 박정치한테 질문이 갔다.

"잘 하는 게 뭔가?"

"집이 해운대라서 수영은 꽉 잡고 있습니다."

"으흠, 좋아. 다음 199번. 경례 한 번 해봐."

나는 교련 시간에 배운 자세대로 우렁차게 경례를 했다.

"됐어."

일주일 후 병무청 게시판 합격자 명단에서 내 이름을 찾을 수 있었다.

사제의 마지막 밤

드디어 입영날이 다가왔다.

"내… 내가 뭐 해준 게 있다고 큰절을 받노. 흐흑…."

"감니더. 나오지 마이소."

부모님께 큰절하고 울먹이는 가족들을 뒤로 하고 냉정히 돌아섰다. 부산 동부터미널, 친구들의 등 뒤에 숨겨진 계란 한 판이 보였다.

— 으흑, 이제 내가 당하는구나.

백수였던 형과 친구 11명이 포항까지 따라왔다. 문득 친구와 선후배들 사이에서 고개를 떨구고 있는 여자의 모습이 눈에 들어왔다. 한때 CC였던 은미. 사진 서클 동기로 처음 알게 되었을 때 항상 서너 명의 남자를 몰고 다닐 만큼 인기 많은 은미를 난 별로 좋아하지 않았다.

"널 좋아해. 우리 사귀자."

은미의 예상치 못한 고백을 듣고 교제를 시작했지만 행복한 나날도 오래가지 않았다. 해병대 합격통지서를 받고서 그녀를 향한 내 마지막 배려로 잠수를 선택하고 연락을 끊었었다. 내가 일부러 피하는 것을 눈치 챈 은미가 어느 날 침울한 목소리로 전화를 걸어왔다.

"언제 가는데?"

"갈 때 되면 가겠지."

"이럴 필요까진 없잖아."

"난 널 잘 알아. 네 옆엔 누가 없으면 안 돼."

"어떻게 하면 안 가는데?"

"애가 둘이면 면제라더라. 근데 왜?"

"자신은 없는데 애라도 하나 있으면 억지로라도 기다리지 않을까?"

"이다음에 너희 자식들한테 떳떳하게 자랑할 수 있는 그런 사랑을 해라. 끊는다."

'기다려달라'는 말이 외로움을 많이 타는 은미에게 얼마나 힘이 드는지를 나는 잘 알고 있었다.

주위를 둘러보니 친구들은 다 자고 있었다. 이런저런 상념에 빠지다 보니 어느새 포항터미널이었다. 근처 여관에서 제일 큰방으로 잡아놓고 광란의 술파티가 시작되었다. 친구 아제가 술판을 주도했다. 녀석의 별명인 '아제'는 영화제목인 〈아제 아제 바라아제〉의 줄임말로 고등학교 때 사고치다 삭발을 많이 해서 붙여졌다. 분위기가 무르익을 때쯤 친구 아제가 음흉한 표정을 지으며 말했다.

"호진아, 군대 가는데 피 한 번 빼야지?"

"내 피는 혈중 알코올농도가 높아서 안 받아준다. 근데 너 같으면 내일 입대하는데 헌혈하겠냐?"

"에이, 그 피 말고 있잖아, 희고 끈적끈적한 피."

"됐다, 임마."

"됐긴? 입대하기 전에 한 번 하고 가야 총알도 피해 간다더라."

"대가리 총 맞았냐? 젊은 내가 뭐가 아쉬워서 아줌마한테 돈 쓰고 힘 쓰냐? 시끄럽다. 술이나 마셔라."

이제 입대시간이 날이 아닌 시간으로 계산되니, 술맛도 없고 귓구멍에 시계 바늘 소리밖에 들리지 않았다. 하지만 술은 계속 들어갔고, 마지막 건배와 함께 사제에서의 마지막 아침을 맞았다.

마지막 기름기 섭취를 위해 중국집에 들어가니 '중국집'이 아니라 '초상집'이었다. 산해진미를 앞에 두고 전부 똥 씹은 표정들을 하고 있었다. 그릇까지 말끔히 핥아 먹고 나와 도착한 곳은 포항 오천의 해병 2 훈단. 하늘에는 구름 한 점 없고, 봄바람이 산들산들 불어서 놀러가기 딱 좋은 날씨였다.

시원하게 트인 일직선 도로 끝에 위치한 서문을 향해 개미 떼처럼 줄지어 들어가는 인파에 우리도 합류했다. 입구에서 고무링과 수첩 등을 파는 노점상들이 '이거 안 사가면 큰일 난다'고 말하기에 혹시나 해서 서문 위병소 헌병에게 물었다.

"저, 혹시 치약도 줍니까?"

"뭐, 이런 건방진 놈…."

헌병의 눈총을 받으며 서문 언덕길을 걸어 올라가니 해병대를 상징하는 엥카와 우뚝 솟은 해병 탑이 서서히 눈에 들어왔다.

— 마지막 한 발의 실탄도 적의 심장을 꿰뚫겠다.

시뻘건 간판의 말들도 무서웠지만 이제 곧 한배를 탈 동기가 될 놈들의 인상도 만만치 않았다. 아제가 그들을 보면서 말했다.

"야, 무섭다. 호진아, 내랑 그냥 집에 가자."

이제 남은 것은 작별의 시간뿐이었다. 말 없는 해병탑만이 천당과 지옥의 경계선이 되어 가족과 친구들의 생이별을 지켜보고 있었다. 내 측

근들은 임시 게시판에 붙은 식사 개인 단량을 읽어보더니 "그래도 밥은 잘 주네." 하며 키득거리고 있었다.

"요즘은 군대가 좋아져서 잘 먹이고 잘 입히고, 잘 재우고 합니다. 안녕히 돌아가시고 입대자는 이쪽에 집합해 주십시오."

안내방송을 들으며 진한 악수와 포옹이 이어졌다. 걱정스러워하는 친구들의 눈빛을 뒤로 하고, 가증스런 억지 미소를 한 번 더 지어보이며 성큼성큼 뛰어갔다.

"자, 오와 열을 맞춥니다. 하나 둘! 하나 둘!"

— 오와 열이 뭐여?

"자, 왼발 맞춥니다. 하나, 둘⋯."

— 허허, 생각 보다 친절한 군인 아저씨네.

그때까지만 해도 정말 좋은 사람 같이 보였다. 하지만 코너를 돌아 민간인 시야를 벗어나자마자 돌변하는 그대의 이름은 훈련교관 DI(Drill Instructor).

"이 새끼들 똑바로 안 해. 확 갈아 마셔버리겠어."

가입소 시절

ROKMC

"흑흑. 군의관님, 한 번만 봐주십시오. 저는 정말 해병대를 제대해야만 합니다. 객기 부리던 시절, 한 번의 실수로 이렇게 매번 퇴짜를 놓는 것은 너무하지 않습니까?"

　"이 자식들이 정말. 해병이 아무나 되는 줄 알아. 삼대가 덕을 쌓아야 갈 수 있다고. 다음."

해병대의 장래는 이곳에서 시작된다

DI의 인도 아래 오리걸음과 낮은 포복으로 간신히 도착한 훈단 정문.

— 해병대 장래는 이곳에서 시작된다.

간판이 예사롭지 않았다. 정문을 지나 끝이 보이지 않는 아스팔트길을 걸어갔다. 상어 이빨이 그려진 검은 보트가 턱하니 버티고 있는 기습특공대 앞을 지나려니 구경나온 실무병들이 따뜻한 격려의 말 한마디씩을 던져주었다.

"아그들아, 집에 갈 사람 손들라고 할 때 퍼뜩 손들어라이."

"자살한다, 자살해. 나 같으면 펜치로 창자 끊어서 할복한다."

"지금도 안 늦었다, 육군 가라! 육군이 최고다!"

"새끼들, 느그들은 이제 죽었다. 피똥 한 번 싸봐라."

피똥? 그만큼 힘들다는 뜻인 줄만 알았던 피똥의 진정한 의미를 깨우치는 데는 일주일도 채 걸리지 않았다. 이유 없이 위대해 보이는 실무병들의 열화 같은 성원을 받으며 '승파관'이라는 곳에 도착했다.

어느새 말끔한 정복에서 살벌한 DI 복장으로 갈아입은 교관들이 한두 명씩 모여들었다. 모든 행동이 로봇 같은 그들은 흰색 교관 하이바를 코까지 눌러써서 아무리 쳐다보려고 해도 눈이 보이지 않았다. 결혼식 때 신랑이 끼는 백장갑도 그들의 손에 있으니 뭔가 비장한 무기를 감추고 있는 듯한 느낌이 들었고, 아래턱을 내밀어 나지막하게 말하는 목소리는 저승사자를 보는 듯했다.

"지금부터 이름을 부르겠다. 송덕그이, 이정워이, 박현과이, 서상여리, 신호지이… 이상! 이름 안 부른 사람?"

"저유~."

"저유? 나와!"

비표준어 발음으로 인해 외마디 비명과 함께 나가떨어지는 충청도 사나이가 한없이 불쌍하기만 했다.

누가 첫날밤을 아름답다 했는가

가입소식을 마치고 승파관을 나오니 어느새 해가 저물었다. 얼굴 위로 차가운 무엇인가가 떨어져 고개를 들어보니 눈이었다. 때는 바야흐로 만물이 소생한다는 춘삼월인데 눈이 내리다니, 이게 대체 어느 나라 날씨던가?

오천(伍天). 대한민국 지도의 토끼 꼬리 끝에 자리 잡아 하루에 하늘
이 다섯 번 바뀐다는 이곳. 이빨 떨리는 소리가 은은하게 울려퍼졌다.

"춥지?"

"아닙니다."

"아니긴, 상의 탈의! 오늘은 첫날이니 맛만 보여주겠어."

쪼그려뛰기와 푸시업으로 머리에서 김이 모락모락 나게 한 후에야
병사로 이동시켰다. 어느 시골학교처럼 생긴 밋밋한 직사각형 건물 세
개가 조그만 연병장을 사이에 끼고 나란히 배치되어 있었다. 신병 1, 2,
3대대 건물이었다. 차가운 느낌을 주는 세 개의 회색 건물들 중 우리가
들어갈 1대대 병사의 옥상 난간에는 붉은 바탕에 노란 글씨로 대대 구
호인 '안 되면 될 때까지'라고 적힌 패널이 설치되어 있었다.

앞으로 우리가 안방처럼 뒹굴 신병 1대대 연병장에 사열한 뒤 각자
자리를 배정받고 내무실로 들어가니 입이 떡 벌어졌다. 내무실 안은 영
화에서나 본 듯한 포로 수용소 같은 분위기를 자아내고 있었다. 낡아빠
진 이층 침상에 케케묵은 냄새가 진동하고, 살벌한 분위기만큼 싸늘한
공기가 실내를 감돌고 있었다.

"자, 지금부터 삭발식을 거행하겠다."

옷을 홀딱 벗고 찬바람 불어오는 현관 계단에 쪼그리고 앉아 달달 떨
면서 순서를 기다렸다. 먼저 머리를 깎고 들어오는 동기들의 모습을 보
니 바리캉의 성능을 짐작할 수 있었다.

"앉아, 숙여, 젖혀, 꺼져."

난생 처음 해보는 삭발. 어떤 모습인지 꼭 한 번 보고 싶어서 거울 쪽으로 고개를 돌리자 DI의 목소리가 귓전을 때렸다.

"너 이 새끼. 눈깔에 빨대 꽂아서 먹물을 쪽 빨아버리겠어!"

눈에서 발사되는 레이저 광선을 맞고 최대한 불쌍한 표정으로 "죄송합니다."라고 말하곤 재빨리 기어 들어갔다. 결국 보지는 못했지만 이리저리 쓰다듬어 보니 대충 상상이 가는 나의 머리.

아줌마 한 명이 퍼머하는 시간에 300여 명이 넘는 사람의 머리를 다 깎는 위대함 앞에선 아무런 말도 할 수 없었다. 씻기는커녕 제대로 털지도 못하고 터미널에서 맞은 계란 껍데기와 머리카락이 온몸에 파고 들어 찝찝함의 극치를 달리고 있었다. 온갖 생각들이 교차하면서, 연신 가려운 등을 긁으며 지새운 훈단의 첫날밤은 그렇게 흘러가고 있었다.

아, 어느 누가 첫날밤을 아름답다 했던가?

왕자 식당에서의 첫 짬밥

TV에서 본 것처럼 나팔소리와 함께 시작할 줄 알았던 훈련소의 아침은 그게 아니었다. 비몽사몽 간에 눈을 떠보니 훈병 중 반쯤은 잠 못 이루고 있었고, 소대장실 문 열리는 소리가 들리자마자 눈치 빠른 한 놈이 자는 애들을 다 깨웠다.

"동작 그만! 지금부터 침구 정리하는 법을 가르쳐준다. 한 번에 못 알아듣는 놈은 홀딱 벗겨서 시궁창에 처박아버리겠다. 알았나?"

"네엡."

"이 새끼들이, 여기가 사제인 줄 알아! 대답은 굵고 짧게 그리고 악기(惡氣)있게 한다. 알았나?"

"넵!"

대답을 하긴 했지만 '사제'가 무슨 뜻인지 몰랐다. 스승과 제자 사이의 의미가 아니니깐 그저 대답을 크게 하라는 소리인 줄만 알았다. 생산년도가 추정 안 되는 모포와 지린내나는 홑이불도 각 잡고 오와 열을 맞추니 볼만했다.

"신병 1대대. 조별과업 총 병사 떠나, 총~ 병사 떠나!"

무슨 말인지 몰라 서로 눈치만 보고 있다가 발길질을 하며 무섭게 달려오는 DI를 보고 후닥닥 뛰어나갔다.

"으악, 추위!"

3월이면 유채꽃 만발하고 병아리떼 쫑쫑쫑 봄나들이 갈 때인데, 한겨울에도 느낄 수 없는 찬바람이 허전한 두피를 스치고 지나갔다.

조별과업을 마치고 내무실로 이동한 후에는 마땅한 청소 도구가 없어 손바닥을 빗자루 삼아 청소를 시작했다. 이리저리 눈치를 보다 낮은 포복으로 내무실 바닥을 광내고 다니던 중 DI의 쩌렁쩌렁한 목소리가 들려왔다.

"신병 1대대. 식사 정렬 총 병사 떠나. 총~ 병사 떠나!"

다른 말은 못 알아들어도 이 말만큼은 정말 무섭게 잘 알아들을 수 있었다. 우리 1대대 건물과 2대대 건물 사이에 '주계'라고 하는 사병용 식당이 하나 있었는데 '왕자 식당'이라는 푯말이 붙어 있었다. 왕자 식당은 삼군(육군, 공군, 해군) 중에서 가장 용맹하고 패기 넘치는 '왕자'가 되라는 의미에서 붙여진 이름이다. 또한 그곳은 신병 3개 대대 천 명이 넘는 훈병들이 두 개의 문을 통해 들락날락거리며 밥 한 숟가락에 목숨 건 사투가 벌어지는 곳이기도 했다.

"식사~ 시작! 나는! 가장! 강하고! 멋진! 해병이! 된다! 악! 감사히 먹겠습니다!"

"동작 그만! 밥 먹는 동작이 왜 이리 완만해? 배부르지?"

"아닙니다!"

"어, 동작 그만인데 밥 먹는 놈이 있네."

어떤 놈인지 다들 눈을 굴려 찾고 있었지만 흰색 하이바 밑에 숨겨진 눈동자가 가리키는 곳을 찾을 수 없었다. 군대 첫 짬밥은 이렇게 반타작으로 끝이 났다.

갈 사람은 가야지

가입소 기간은 신체검사가 주된 과업이었다. 그리고 며칠 생활하다가 적응 못하는 사람을 돌려보내는 것도 중요한 일과 중 하나였다. DI가 교탁에 손을 얹으며 부드러운 목소리로 물었다.

"여기 집에 가고 싶은 사람?"

"없습니다!"

"없을 리가 없는데. 내가 너무 잘 해줬나? 정밀 신검에서 떨어진 사

람과 집에 가고 싶은 사람은 내일부터 보내준다. 나중에 후회하지 말고
잘 생각하도록."

"네!"

"갈 사람은 가야지. 이상!"

빤스바람 사이코

다음날 포항병원에 가서 문신검사와 담배빵 검사를 했는데 여기서는
해당자가 많이 나왔다.

"이 자식이 끝까지 우기네."

"이거 정말 몽고반점입니다."

"내가 장사 하루 이틀 하는 줄 알아? 잔말 말고 집에 가."

"흑흑. 군의관님, 한 번만 봐주십시오. 저는 정말 해병대를 제대해야
만 합니다. 객기 부리던 시절, 한 번의 실수로 이렇게 매번 퇴짜를 놓는
것은 너무하지 않습니까?"

누가 봐도 장미 문신인데 몽고반점이라고 우기던 한 훈병이 솔직하
게 고백했다. 하지만 결과는 불합격. 개중에는 담배빵으로 북두칠성을
만들어 놓고서 화상 입은 것이라고 우기는 녀석도 있었다.

"이 자식들이 정말. 해병이 아무나 되는 줄 알아. 삼대가 덕을 쌓아야
갈 수 있다고. 다음!"

그날 저녁 다시 내무실에 집합했다.

"저번 기수에 육십 명이 집에 갔으니까 이번에는 그 정도 될 때까지

걸러낸다. 견디지도 못할 거면서 앞으로 고생할 동기들 괴롭히지 말고 보내줄 때 가라. 내일 오후면 방구석에서 이불 덮어쓰고 TV를 볼 수 있다. 자, 집에 갈 사람!"

갖은 협박과 권유에도 아무도 손을 들지 않았다.

"어쭈, 아무도 없단 말이지."

장시간의 침묵 속에 동기들의 시선이 한 곳에 집중되었다. 누군가가 DI 앞으로 나간 것이다. 한 사람이 손들고 나가니 기다렸다는 듯 줄줄이 일어섰다.

"집에 갈 사람 더 없어?"

"없습니다!"

한 훈병의 목소리가 유독 크게 들렸다.

"지금 대답한 놈 나와!"

한 훈병이 미적거리며 앞으로 나왔다.

"내 말이 뭐 같이 들리지. 너 가나 안 가나 내가 두고 보겠어."

DI는 그 훈병에게 온갖 가혹한 형벌을 가하기 시작했다. 땀을 뻘뻘 흘리는 녀석의 모습을 보니 왠지 서글프다는 생각이 들기 시작했다. 그러나 튀어나온 못이 망치를 먼저 맞는 법. 군대에서는 2등이 장땡인 모양이다.

"자, 다시 집에 갈 놈 없나?"

"안 갑니다."

다들 숨소리 죽이고 마른침만 꿀떡 삼키고 있었다.

─ 앗. 아까 그놈이다!

DI는 손가락으로 까딱 까딱하며 이쪽으로 오라는 지시를 내렸다. 그리고는 그 훈병의 목젖을 움켜잡고 구석에 몰아붙이더니 나지막이 입을 열었다.

"너, 지금 나한테 게기는 거냐?"

"아… 아닙니다."

"너 내 별명이 뭔 줄 알아?"

"모… 모릅니다."

"아직까지 민간인이니 입소식하면 알려주겠어."

그리고는 우리를 향해 큰소리로 말했다.

"너희들은 현 시간부로 해병 730기로서 다음 주 입소식부터 6주간의 교육훈련이 실시된다. 후회 없는 선택이 되길 바란다. 이상!"

나는 그의 별명이 무엇인지 궁금해지기 시작했다. 보나마나 '독사' 아니면 '미친개' 같은 근엄하고 살벌한 별명일 거라는 추측만이 가능했다. 그것이 지금도 잊지 못하는 '빤스바람 사이코'와의 첫만남이었다.

다음날 아침 귀가자들을 실은 트럭이 일찌감치 먼지를 일으키며 떠나갔다. 그제야 군복을 주었다. 입던 옷을 고이 접어 집으로 보냈다. 계란 노른자로 누렇게 물든 티셔츠와 바지, 팬티, 러닝, 양말까지. 포장을 하기 전 아쉬움에 바지주머니를 뒤져보니 찌그러진 88담배 반 갑과 동전 몇 닢이 남아 있었다. 이리저리 눈치를 살피며 담배 은박지에 몇 자 적었다.

— 난 잘 있다. 성훈한테 이 말 전해주라. 절대로 오지 말라고.

부모님은 자식을 군에 보낼 때 울고 되돌아온 사복을 받았을 때 또 운다는데 침도 발라가며 최대한 깨끗이 포장하니 가출 청소년 가방만 해졌다. 누런 소포용지와 빨간 바인더 끈으로 사제의 모든 흔적들과 추억까지 담아 보낸 뒤 연병장에 소대별로 집합했다.

"가족, 친지 중 해병대에 몸담고 계시는 분이 있는 사람 손들어."

상사 이상, 소령, 중령, 대령 순으로 손을 들었다. 대단한 특혜 받을 것 까지는 없는데도 나중에 동료들에게 왕따 당하기 십상인 것이 바로 빽자랑이었다. 입대 전 해병대 사령부 모 중령의 이름이 적힌 종이쪽지를 받았지만 포항에 도착하자마자 찢어버렸다. 얼굴도 한 번 못 본 이종사촌형인데 '빽 있는 놈'이란 비아냥거림을 듣고 싶지 않아서였다.

"키가 175이다, 나와!"

짧은 시간 긴 망설임. 서서히 일그러지는 DI의 표정을 보고는 후다닥 튀어 나갔다. 정작 키에는 관심도 없는지 다리 사이에 손을 쑥 집어넣으며 말했다.

"이 새끼들이 밖에서 오입질만 하다 왔나. 왜 무릎 사이에 탱크가 들어가?"

순간 긴장했다.

"너, 너, 너! 너, 너너너너! 그리고 끝에 너! 너희들은 현 시간부로 기수다. 맨 앞줄로 와서 3번 위치에 서. 빈자리는 땅겨 맞춘다. 실시!"

군복이 배급되었다. 기수라는 이유로 세번째로 옷을 받으니 제일 큰

1호라 허수아비 같았다. 15분 정도의 행사를 위해 몇 번의 야간 비상훈련과 수십 번의 예행연습을 하다 보니 벌써 엉뚱한 소리를 하는 놈이 나왔다.

"저… 집에 갈 사람 모집 끝났습니까?"

"어쭈, 너 이 새끼. 첫날 나보고 '아저씨 화장실 언제 가요'라고 한 놈이지? 훗훗. 좋아. 입소식 끝날 때까지만 참겠어. 한 번만 더 '요'가들리면 입을 찢어서 옥수수를 다 뽑아버릴 테니 알아서 해."

"네~"

"네에? 대답은 굵고 짧게 하라는 소리 못 들었어? 넌 특별히 내가 신경 써줄 테니까, 각오해!"

드디어 입소식 날이 되었다. 근엄한 인상의 훈단 1대대장님이 사열대에 올라 '개기지 말고 교관들 말 단디 잘 들어라'는 내용의 격려사로 열변을 토하고 있었지만 마음은 다 콩밭에 가 있었다. 서서 졸다가 무릎 꺾기는 훈병이 있는가 하면 몰래 짝다리 짚는 훈병도 있었다. 그때마다 DI의 백바가지 안에 숨겨진 눈에서 빨간 불이 깜박깜박거렸다.

"집에 안 간 걸 눈물로 후회하게 해주겠어. 흐흐흐. 행복 끝 불행 시작. 자, 집합!"

간단한 입소식이었지만 하기 전과 후가 확연하게 달랐다. '교관'이라고 적힌 흰 헬맷 아래 먹이를 찾아 어슬렁거리는 하이에나의 눈빛을 보았다.

해병대 지원자격(꼴통 권장 사양)

- 가진 건 체력과 맷집뿐이라고 자부하는 자.
- 명이 길어 지옥 불구덩이에 갖다놔도 웃으며 살 수 있는 질긴 생활력의 소유자.
- 영어로 자기 이름 못 적을 정도의 무식함과 개인신상 명세서에 취미는 '논일', 특기는 '밭일'이라 적을 정도의 무작함을 두루 갖추었으며 솥뚜껑 같은 손으로 밥만 먹여주면 무슨 일이든 척척 해 낼 수 있는 자.
- 어릴 때부터 태권도나 축구를 해 대표선수로 군 생활 건실 실력이 되는 자.
- 싸움을 졸라 잘하거나 인상이 더러워서 따로 악습 교육 안 시켜도 되는 자.
- 매의 눈은 기본이고 귀까지 밝아서 자다가도 캠통(탄약통) 소리 듣고 일어날 만한 자.
- 둘이서 소주 됫병 마시고도 초장 선임 업고 근무 철수할 수 있는 의지의 소유자.
- 추위(빵빠레)에 강하고 맞아도 멍 안 드는 체질인 자.
- 내 아구창으로 선임 주먹을 때렸다고 생각할 수 있는 긍정적인 사고의 소유자.
- 복귀할 때 애인이랑 한 증거 가져오랬더니 누가 봐도 밤새 같이 뒹굴던 초췌한 모습의 애인을 데리고 면회 오는 말이 필요 없는 자.
- 고참 제대 선물로 미아리쇼 아가씨 거기에 붓 끼워서 천 원짜리에 '축 전역'이라 고 써오는 충성스러운 자.

훈단 시절

ROKMC

"열심히 해라. 하루는 길어도 6주는 금방이다. 난 비록 부모님이 안 계신 고아지만 나중에 결혼하면 내 아들은 꼭 해병대에 보낼 거야. 해병대는 남자라면 꼭 한 번 오고 싶은 성지(聖地) 같은 곳이니깐."

안 되면 될 때까지

입소식을 마치니 밥 한 숟가락 떠먹는 것도 예전 같지 않았다.

"목소리 한 번 보겠어. 해병의 긍지!"

"해병의 긍지! 나는 국가 전략 기동부대의 일원으로서 선봉군임을 자랑한다. 나는 찬란한 해병정신을 이어 받은 무적 해병이다. 나는 불가능을 모르는 전천후 해병이다. 나는 책임을 완수하는 충성스런 해병이다. 나는 국민에게 신뢰받는 정의의 해병이다. 나는 한 번 해병이면 영원한 해병이다. 이쌍!"

"다시."

"해병의 긍지! 나는 국가 전략 기동부대… 이쌍!"

"밥 먹기 싫지? 다시!"

식당 앞 사열대 앞에서 '해병의 긍지'를 다섯 번만 외치고 나면 입맛이 싹 달아났다.

"탈모! 좌측 열부터 입장!"

첫날엔 도저히 못 먹겠더니 하루사이 밥이 많이 담긴 식판 앞에 앉길 기도하며 가자미 눈으로 곁눈질하며 입장했다.

"동작 그만! 이것들이 지금 밥을 고르고 있구만."

"아… 아닙니다."

"아니긴 뭐가 아니야. 식사 끝! 짬밥통에 다 붓고 나가!"

이게 무슨 하늘 무너지는 소리인가? 훈련소에서 이보다 더한 슬픔이 있으랴. 죽어도 먹어야겠다는 한 훈병이 밖으로 나가면서 몰래 밥을 한 움큼 쥐고 나오다 적발되어 짬밥통에 머리를 처박고 있었다.

"굶어야 깡이 생기는 거야."

동기야 싸우지 말자

오후에는 병기를 지급받았다. 처음 접하는 진짜 총에 멜빵을 꿰매고 만지작거리다 보니 진짜 군바리가 된 기분이 들었다. 그러다가 어느덧 저녁 식사시간이 되었다. 이번에는 못 먹으면 죽는다는 각오로 다들 일사불란하게 움직이기 시작했다. 식사구호도 세 번만에 패스하고 자리에 앉자마자 허겁지겁 먹기 시작했다.

"어, 이 새끼들 봐라. 누가 굶겼어? 천천히 안 먹어!"

씹지도 않고 막 삼키기 시작했다.

"식사 끝 동작 그만!"

DI의 호통소리가 들렸지만 밥은 이미 다 먹은 상태였다. 식판 닦는 훈병들의 입가에 썩은 미소가 가득했다. 빨래 비누를 손에 묻혀 닦고, 헹구는 척하면서 몰래 수돗물을 담아 마시려고 하는데 갑자기 주위 표정들이 굳어가고 있었다. 고개를 돌려보니 어느 새인가 '빤스바람 사이코'가 와 있었다.

"누가 물 먹으로고 했나? 주는 것 이외에는 먹지 않는다. 알겠나?"

"네, 알겠습니다!"

다행으로 여기고 얼른 자리를 뜨려는데 다시 그의 목소리가 들렸다.

"지금 나오는 놈들은 식기 닦는데 10초 주겠어. 하나! 둘! 어쭈, 빨리 안 꺼져!"

어두운 땅거미가 병사를 뒤엎고 언제 구를지 모르는 몸을 가볍게 하기 위해 야외 화장실로 쏜살같이 달려 갔다 오니 배가 다 꺼져버렸다.

"복장은 추리닝, 팔각모! 식당 앞 사열대에 소대별로 집합한다. 신병 1대대 석별과업 총병사 떠나. 총~ 병사 떠나!"

"총~ 병사 떠나!"

잠시 후 사열대에 집합하니 DI가 한심하다는 듯이 말했다.

"어쭈, 워커 신고 나온 놈 다 꼬라박아!"

역시 군대는 줄을 잘 서야 하지만 잔머리도 필요하다. 함상화(해병 운동화) 신고 나온 훈병들만 무사히 왕자 식당에 안착해 자리 잡고 대기했다. 창밖엔 워커 신은 훈병들이 들소떼처럼 뛰어다니고 있었다.

"팔각모의 의미는 다음과 같다. 국가에 충성하라. 부모에게 효도하라. 뜻 없이 죽이지 마라. 전투에서 후퇴하지 마라. 벗에게 믿음으로 대하라. 욕심을 버려라. 유흥을 삼가라. 허식을 버려라. 이상이다."

그러면서 팔각모 각 잡는 방법을 가르쳐주었다. 국방색 보훈 러닝에 삽입된 마분지를 팔각모 안 8개의 각진 부분에 맞춰 침 발라 자른 뒤 밥풀을 발라 끼우는 원시적인 방법이었다. 같은 장소에서 같은 재료로 만드는 데도 모양은 가지각색이었다. 다 만들고 나서 한 번씩 써보고 나니 뒤통수에 밥풀 묻은 놈이 한둘이 아니었다. 팔각모 각 잡는 데 풀 대신 쓰라고 갖다놓은 밥풀을 자연스럽게 입으로 가져가는 엽기적인 놈도 있었다.

노래도 만날 〈진짜 사나이〉만 시키더니 이제는 군가도 가르쳐주었다. 〈귀신 잡는 해병〉, 〈나가자 해병대〉, 〈도솔산가〉, 〈바다에 산다〉, 〈브라보 해병〉, 〈상륙전가〉, 〈영원한 해병〉, 〈팔각모 사나이〉, 〈해병대가〉, 〈해병 행진곡〉을 한자리에서 다 익혔다. 입대 전 가라오케에서 잠시 쟁반을 들었던 터라 노래는 금방 듣고 외울 수 있었다. 암기사항도 줄줄이 이어졌다. '해병의 긍지'부터 시작해 '순검의 목적', '점검의 목적', '팔각모의 의의', '빨간 명찰의 의미', '병의 의무', '군인 정신', '경례의 목적', '국군의 사명', '총검술 17개 동작', '국군 도수체조', '집총 체조', '직속상관 관등성명' 등등. 다 적고 나니 두 페이지가 넘었다.

"이따 순검시간에 물어볼 거니까 지금 외운다. 실시!"

— 니미럴, 그 정도가 머리가 되면 해병대 안 오고 서울대 갔겠다.

"외우는 데 왜 입이 필요하나. 죽고 싶어."

속마음을 들킨 것 같아 움찔했지만 어쩔 수 없었다. 한숨지으며 바라본 창밖으로 옥상에 걸린 푯말이 눈에 들어왔다.

— 안 되면 될 때까지.

산천초목이 다 떨고 떨어지는 추풍낙엽도 동작 그만 한다는 해병 순검(해병대의 점호) 시간.

"신병 1대대 순검 5분 전. 순검 5분 전!"

"순검 5분 전…."

"어떤 새끼가 '5분 전'을 복창하나! 모두 깍지 끼고 엎드려. 내려가면서 '내가 왜 이럴까', 올라오면서 '밖에선 안 그랬는데' 실시!"

다시 순검이 시작되었다.

"제1대대 1중대 순검, 순검!"

"필승! 제1중대 순검 인원보고! 총원 98. 사고 12. 현재원 86. 번호!"

"하나! 둘! 셋… 예순여덟! 예순아홉! 칠십!"

"뭐 칠십? 다 꼬라박아. 번호 다시!"

머리 박은 상태에서 다시 보고가 시작되었다. 예순다섯이 넘으니 주위에서 모두 '일흔, 일흔'하고 속삭였다.

"… 예순 여덟! 예순 아홉! 칠… 일흔!"

"번호도 똑바로 못해! 30분 뒤 재순검을 한다. 모두 그 상태로 대기!"

첫날부터 말썽 피우는 고문관 덕분에 위층 2중대부터 순검이 시작되었다. DI가 나가고 나자 고문관한테 한 훈병이 욕을 하기 시작했다.

"야, 이 병신아. 너는 초등학교도 못 나왔냐?"

"그래, 이 자식아. 나 검정고시다. 어쩔래?"

"어쭈, 이 새끼가. 너 죽어볼래?"

"그래, 임마. 한 번 죽어보자."

서서히 동기들 사이에서 분열이 일어나기 시작했다. 몇 분 동안 둔탁한 주먹질이 오고갔다. 한 대라도 더 때리려고 죽기 살기로 서로 달려들었다. 동기들은 하나된 마음으로 싸움을 말렸지만 DI가 이를 놓칠 리 없었다.

"어쭈, 요것들 봐라. 허허허. 두 명 일루 와!"

두 명이 재빠르게 뛰어갔다.

"이런 핏덩어리 같은 놈들이 입소식한 지 얼마나 됐다고 싸우고 지랄이야."

액션 영화를 보았다. 앞차기와 옆차기. 돌려차기와 찍기. 한소절씩 뱉으면서 태권도 발차기 네 가지가 다 나왔다.

"잘 들어. 너희들은 피를 나눈 해병대 730기 동기들이다. 죽어도 같이 죽는다. 앞으로 한 번 더 이런 일이 생기면 그때는 정말 각오해라."

"네, 알겠습니다."

"현재 시각 21시 30분. 30분간 유동병력 통제한다. 1대대 순검 끝. 총 침구 속으로, 총 침구 속으로!"

"총 침구 속으로! 악! 수고하셨습니다! 안녕히 주무십시오! 동기야,

싸우지 말자!"

칼같이 잡아놓은 침구 속으로 들어가니 나라님도 부럽지 않았다. 잠시 눈을 떠 천장을 올려다보니 먼저 다녀간 선배 해병들의 흔적이 보였다. 볼펜 똥이 아직 굳지도 않은 것부터 10년이 넘어보이는 것도 있었다. 구석구석 살펴보다 몸과 마음에 절실히 와 닿는 한마디를 보고 바로 잠을 청했다.

— 이런 거 볼 시간 있으면 자빠져 자라.

고자의 비애

몸에 이상이 생겼다. 밖에서는 아침이면 30분간 거시기가 죽지 않았다. 주머니에 손을 넣어 붓기가 가라앉을 때까지 배 쪽에 붙여 다니기도 했는데 여기서는 통 깜깜무소식이었다. 군대에 대해서라면 모르는 게 없는 '무늬만 훈병' 박정치가 말했다.

"군대 밥맛이 이상한 이유는 발기불능제 약을 타서 그래."

박정치는 군대를 제대하고 다시 들어온 녀석 같았다. 훌륭한 정치가가 되라고 할아버지께서 그런 이름을 지어주었다는 박정치의 말을 듣고 보니 어디선가 그런 비슷한 이야기를 들은 기억이 났다. 가입소 시절 B형 감염 예방주사라고 맞았던 것과 장티푸스 예방이라고 맞았던 주사 중에 성욕감퇴제 주사가 있던 게 틀림없다고 생각했다.

"어, 이러다가 영원히 남자 구실 못하는 거 아냐? 맘대로 서지도 못하는 더러운 내 팔자."

그러고 보니 대변 소식도 없었다. 서서만 일을 봤지 쪼그려앉아 본 지 거의 일주일. 먹은 게 다 어디로 갔는지 행방이 묘연했다. 혹시 안에서 발효되어 폭발하지 않을까 우려되기도 했다.

오래간만에 여자 꿈이라도 꾸려고 하는데 불침번 근무를 서고 있던 박정치의 속삭임이 내 귀를 간질였다.

"우와, 여군이다, 여군!"

"어디, 어디?"

벌떡 일어난 내게 박정치가 천역덕스럽게 말했다.

"근무다. 옷 입어라."

"으흐, 이런 쓰벌넘이…"

19금 팬티 사건

다음날 저녁이 되니 아랫배가 묵직한 게 드디어 손님이 오셨나 보다. 감격스런 조우의 순간이었다. 비장한 각오로 쪼그려앉아 힘을 줘봤지 만 어림도 없었다. 나올 듯 말 듯 단전의 내공을 총동원해 밀어내봐도 8 일간 묵었던 똥단지와 정이 들었는지 쉽게 나오려 하지 않았다.

— 읍!

기합소리와 함께 이제껏 겪어보지 못했던 굵직한 무언가가 살을 찢고 나왔다. 뒷처리를 하니 빨간 피만 묻어 나왔다. 이게 치질이라는 것인가? 초조와 불안에 떨며 바가지로 드럼통에 있는 물을 떠 와 변기에 부었다. 쓰라린 엉덩이를 붙잡고 나가려는데 옆 칸에서 끙끙대던 동기

놈이 문을 삘쭘 열며 말을 걸어왔다.

"너 좀 안 이상하디?"

"혹시 너도?"

치질이라고 스스로 진단을 내렸지만 그놈과 마주보고 동시에 "피 묻드나"를 주고받고 나서야 한시름 놓을 수 있었다. 입대하던 날 구경 나온 말년 병장의 "피똥 한 번 싸봐라"는 말에서 '피똥'은 '고생'의 의미가 아닌 단어 그 자체의 뜻이라는 것을 그때 알게 되었다.

또다시 순검이 시작되었다. 오늘은 전혀 예상치 못한 위생검사를 했다. 빨래 할 시간도 안 줘놓고 속옷 검사를 하니, 정말 죽을 지경이었다. 팬티 바람으로 서로 마주보고 서 있으니 새하얀 목련팬티의 돌출 부위에 하나같이 노랑물이 배어져 있었다.

"뒤집어 입은 새끼들 밖에 나가서 빤스 물고 있어!"

바로 입고, 돌려 입고, 뒤집어 입고, 뒤집어 돌려 입고…. 정말 기발한 발상이었지만 DI의 눈은 속일 수 없었다.

"프로스펙스 나가! 쌍방울도 나가!"

매직으로 이름과 번호를 적은 것부터 도둑놈에게 선처를 호소하는 '업어가지 마', '매독, 임질 있음'까지는 봐주었다. 하지만 KS마트라든가 각종 메이커를 삽입한 팬티는 어김없이 연병장으로 쫓겨났다. 남의 팬티를 구경하다 웃음을 참으며 내려다본 내 팬티에는 'BYC'라는 문구가 새겨져 있었다. 나도 재미삼아 한 번 적어본 것이다.

— 아, 이걸 어쩐다.

드디어 DI가 내 앞에 와서 섰다.

"BYC?"

"넵, 훈병! 배(B)! 영(Y)! 철(C)!"

위기에 더욱 돋보이는 나의 잔머리로 '영문 약자 혼돈작전'을 과감이 단행했다. 옷을 입어도 번호표 밖에 없는 삼백여 명의 훈병 이름을 벌써 다 외웠을 리 없다 생각했는데 DI의 입에서 뜻밖의 대답이 나왔다.

"왜 좋은 한글 놔두고 영어로 이름을 적나? 너도 나가!"

해만 떨어지면 겨울이 되곤 하는 이곳 날씨에 치를 떨며 팬티바람으로 연병장으로 뛰어갔다. 그곳에는 ADIDAS, PRO SPECS 등등 중요 부분에 별의별 표시를 다 해놓은 꼴통들이 서 있었다. 그런데 이상한 것은 유독 '미래의 정치가' 박정치의 팬티만은 깨끗하다는 것이었다.

— 저 녀석은 왜 불려나왔을까?

그 이유는 곧 알게 되었다. DI가 연병장에 모인 우리를 향해 마치 〈독립선언문〉을 발표하듯이 비장하게 말했다.

"이것들이 나라에서 준 보급품에 개지랄을 떨고 있어. 그것도 모자라서 세종대왕께서 물려주신 한글을 놔두고 영어로… 에이, 꼴통 새끼들. 앞으로 취침."

연병장에 앞으로 엎드린 우리들은 굳게 다문 입술 사이로 삐쳐 나오려는 웃음을 참느라 애를 써야만했다. 연병장에 엎드리니 혼자서만 앞면이 깨끗했던 박정치의 엉덩이에는 대문짝만 한 여자 성기가 그려져 있는 것이 아닌가.

— 훌륭하다, 박정치.

어찌어찌하여 산 넘고 물 건너 겨우 잠이 들었다. 하지만 얼마 안 있어 곡괭이 자루로 침상을 두드리는 소리가 들려왔다.

새벽 2시. 이름도 찬란한 '빤스바람 사이코'의 필살기가 시작됐다. 자다 일어나 이게 무슨 난리냐며 정신을 차리기도 전에 겨드랑이 사이로 칼바람이 치고 들어왔다. 살과 살이 맞닿음으로써 느낄 수 있는 조금의 따뜻함도 허락하지 않는 양팔 간격. 분명 4월인데 이럴 수가 없다며 오천의 날씨를 원망했지만 그것보다 더한 것이 기다리고 있었다.

일명 '해병대 빵빠레'였다.

물이 담긴 세숫대야를 사열대 앞에 놓을 때까지만 해도 그 용도를 알 수 없었다. 그는 빗자루에 물을 콕 찍어 골고루 뿌리기 시작했다. 이빨이 마그네틱 스위치처럼 1초에 수십 번씩 붙었다 떨어졌다 했다. 거기다 차가운 물방울이 몸에 직접 와 닿으니 아예 뜨겁게 느껴졌다. 훈병들의 고통스러운 표정에 그는 신이 났는지 이제는 대야 채로 퍼붓기 시작했다.

"으흐~ 으흐~"

"으흐흐흐흐…"

짐승의 울음소리가 연병장에 은은하게 울려퍼지고 이어지는 내무실 빵빠레와 나이롱 취침(10분 취침, 10분 기상을 반복)으로 어느새 달은 기울어져 가고 있었다.

조강쇠와 여고생

일요일이었다.

"종교별 4열 종대로 집합! 기독교는 이쪽, 불교와 천주교는 저쪽!"

"저, 무교는 어떡합니까?"

조강쇠가 손을 들고 질문을 했다.

"아무 데나 끼여, 이 새끼야!"

조강쇠. 그는 조 씨 성을 가진 충청도 사나이였다. 좀 어수룩해 보였지만 강단이 있었고, 무엇보다 착한 마음씨를 가진 청년이었다. 남들보다 코도 크고 여자라면 사족을 못 쓰는 한량 중의 한량이어서 입만 벙긋하면 여자 이야기로 도배를 했다. 그래서 동기들한테 이름 대신 '강쇠'라는 별명으로 불렸다.

기독교가 불교보다 먹을 것을 많이 준다는 '무늬만 훈병' 박정치의 첩보가 입수된 까닭에 모두 기독교 신자가 되었다. 승파관에 도착하니 마침 구룡포 교회에서 온 여고생들이 봉사활동을 하고 있었다. 조강쇠가 승천하는 용을 본 듯이 감격스러운 목소리로 말했다.

"여… 여자다아!"

밖에서는 쳐다도 보지 않았던 여고생들이 이렇게 예뻐 보인 적은 처음이었다. 잠을 못 자 푹 들어간 눈의 빡빡머리 사내들과 찬송가 풍금소리에 율동 맞추며 노래하는 여학생들은 마치 교도소 수감자와 천사들의 합창을 보는 것 같았다.

"예수님의 사랑 신비하고 놀라워…."

조강쇠는 연신 즐거운 표정으로 부르지도 못하는 찬송가를 따라부르기 시작했다. 하지만 다들 눈이 감기기 시작했다.

"여기 나와서 율동 따라하실 분 안 계세요? 잘 따라 하시면 예배 마치고 삶은 계란 드립니다."

"오예!"

난장판이 벌어졌다. 몸싸움으로 수많은 경쟁자를 제치고 아기 예수 복장을 한 여학생 뒤에 선 나는 상품 획득을 위해 필승의 의지를 불태웠다. 근데 예쁘고 깜직하게 율동을 해야 하는데 자꾸 TV에서 보았던 전형적인 군바리춤(허리춤)이 나왔다. 그제야 군바리춤이 누군가 안무한 게 아니라 군복만 입으면 저절로 나오는 자동 스텝이라는 걸 알았다. 예배를 마치니 앞사람에게 계란을 주며 모든 이가 먹을 수 있도록 뒤로 넘기라고 했다.

— 예수의 어린 양이 거짓말을 하다니… 앙큼한 눈!

하지만 계란은 좀처럼 뒤로 움직이지 않았다. 멀리서 그 광경을 지켜보며 참고 있던 '빤스바람 사이코'가 드디어 성스러운 예배 장소에서 쌍소리를 하기 시작했다.

"이것들이 불알 밑에 쟝박은 거 다 안 꺼내!"

DI의 한마디에 후닥닥 뒤로 넘겼지만 앞에 있는 사람은 그래도 몇 개를 부화 중이었다.

"50명이 있는 줄에 계란 100개를 줘도 맨 뒤에까지 안 가는 게 인간의 본성이지. 오늘 내가 너희들 인간 개조를 시켜주겠어."

신성한 종교행사 중에 앞으로취침, 뒤로취침, 김밥말이, 한강철교, 도미노 등등이 선보였다. 여학생들이 애처로운 눈으로 우리를 바라보았다. 그래도 조강쇠는 뭐가 좋은지 연신 웃고 있었다. 녀석에 손에는 언제 뽑았는지 여고생의 긴 머리카락이 쥐여져 있었다.

천자봉 행군

2주차가 되니 공수훈련용 CS복을 나누어주었다. 물 빠진 정도나 다 떨어진 걸로 봐서는 내가 엄마 찌찌 빨고 있을 때부터 물려 입은 걸로 추정되는데 이걸 입고 얼마나 굴렀는지 곳곳에 땜빵 해놓은 소가죽조차 닳아서 살이 비치려고 했다. 당연히 똑딱이는 삭았고 단추는 평균 한두 개, 벨트 구멍이 없는 것도 허다했다. 어쩌다 하나 달려 있는 빨간 명찰에 박힌 선배 해병들의 헝그리 정신을 이어받아 옷에 몸을 맞추었다. 사람이 가장 공포를 느낀다는 11미터 막타워에서 한 번을 점프하기 우해 일주일 내내 맨땅에 낙법을 반복하니 어느새 무릎이 푸르게 물들었다.

공수훈련이 끝나고 천자봉 행군이 있던 날. 새벽 4시에 신속하게 무장을 꾸리고 워커를 야삽으로 두드려 패서 녹진하게 만들고, 뒤꿈치에 비누칠을 했다. 박정치 말을 듣고 신어본 스타킹은 기분 야릇했다. 훈련 대장에게 보고를 하고 왕복 25킬로미터의 기나긴 등정을 향한 첫발을 내딛었다.

맨땅을 놔두고 주로 강물 빠진 자갈길로 걸어가니 워커 속 발바닥엔 전쟁이 났다. 군대는 '50분 과업에 10분간 쉬어'라지만 예외도 있었다. 천자봉 행군은 정상에 도착해야만 쉴 수 있었다. 탄띠 하나만 차고 거침없이 올라가는 DI 뒤를 따르려니 입에서 단내가 났다. 가도 가도 끝없는 산길을 걷다보니 하늘에 닿은 듯한 천자봉은 너무나 멀어 보였다. 낭떠러지 옆을 지나며 온갖 잡생각이 났지만 그때마다 시기적절하게 설치된 빨간 간판은 내가 해병이 되어 감을 느끼게 주었다.

— 악이다! 깡이다!

— 해병대는 인간개조의 용광로.

— 누구나 해병이 될 수 있다면 나는 결코 해병을 택하지 않았을 것이다.

처음엔 무슨 공산당이 박아놓은 푯말인 줄 알았는데 한 명씩 지나가면서 푯말에 적힌 내용을 외치고 나니 곳곳에 새겨진 선임들의 발자취를 피부 깊숙이 느낄 수 있었다. 이게 힘이 되었는지 얼마 가지 않아 저 멀리 안개 속에 희미하게만 보이던 역사 속의 천자봉 봉우리도 결국에는 햇병아리 해병들인 우리에게 가슴을 열어주었다.

정상에 도착 후 목 마른 자의 물구걸이 시작되고 말도 안 되는 10분간 쉬어는 금세 끝이 났다.

"730기 출발!"

일어나지 못하는 훈병이 몇몇 눈에 띄었다. 그러자 DI가 와서 그 훈병들을 번쩍 들어 어깨에 메고 갔다. 이제껏 저것들이 사람인가 했는데 처음으로 느낀 인간미였다.

어느 해병의 슬픈 수료식

— 세상에서 제일 부러운 사람들이구만.

728기 선임의 수료식 날이었다. 식이 끝나고 서로 얼싸안고 좋아하며 행복한 시간을 보낼 때 한쪽 귀퉁이에선 희비의 쌍곡선이 그려졌다.

"쥐잡기 실시!"

있지도 않은 쥐를 잡기 위해 왕자 식탁 밑으로 몸을 접어 들어가면 그 많은 인원이 희한하게도 다 들어가졌다. 능청스런 목소리로 DI의 질문이 이어졌다.

"쥐 잡았나?"

"네. 잡았습니다!"

"어쭈, 이 새끼들 봐라. 천하의 왕자 식당에 쥐새끼가… 다시 박아!"

DI의 한마디에 다시 식탁 밑으로 몸을 날리는 불쌍한 동기들.

"왜 선임들이 부럽나?"

"아… 아닙니다!"

"조금만 참아라. 너희들도 오늘 같은 날이 곧 올거다."

— 차라리 해병대에 여군 들어올 날을 먼저 기다리는 게 빠르겠다.

수료하는 선임들이 뜯어먹고 있을 통닭을 머릿속에 그렸다.

— 흐흐흐. 등잔 밑이 어둡다는 것이 무엇인지 가르쳐주마.

나, 조강쇠, 박정치가 선택한 곳은 수료식하는 선임의 텅 빈 2대대 병사. 아직 배우지도 않은 기습특공을 예습삼아 멋지게 병사 뒤쪽에 숨어 들어 구름과자 연기 속에 동기간의 정을 나누었다.

"씨바, 누구는 고기 먹고 애인 궁뎅이도 두드리고….

"우씨, 좀 빨리 지원하는 건데."

"그만 빨고 넘겨. 새꺄."

이렇게 옹기종기 모여 앉아 군솔 한까치에 목숨 건 니코틴 배식을 하고 있었다. 그때 갑자기 내무실 창문이 열리면서 커다란 얼굴이 하나 튀어 나왔다.

"니들 뭐야?"

"헉. 켁켁."

가족과의 상봉으로 행복한 시간을 보내고 있으니 2대대 병사엔 사람이 없을 거라 생각했다. 실무가서 만나면 죽음이고 안 만나면 재수라며 일단 튀고 보자는 생각이 서로의 눈으로 전달되었지만 발이 얼어붙어 꼼짝할 수가 없었다.

"자식들 간도 크네. 너희들 730기지?"

"네. 그렇습니다."

오늘밤에 울려 퍼질 빵빠레에 동기들에게 벌써부터 미안했다. 인심쓰는 셈치고 그냥 몇 대만 패고 보내줬으면 했는데 불쑥 떡봉지 하나를 내밀었다.

"자, 이거 먹어."

"괜… 괜찮습니다!"

"먹을래? 맞을래?"

우리에게 떡봉지를 건네준 선임은 부모님을 일찍 여위어서 군 면제되었지만 해병대에 들어오고 싶어서 스스로 지원해온 것이라고 했다. 면회 올 사람이 없다는 것을 아는 동기들이 챙겨준 떡봉지를 들고 혹 방해될까 봐 조용히 내무실에 들어왔다는 선임의 슬픈 사연을 들으면서도 손은 나도 모르게 자꾸 떡을 짱박고 있었다.

"천천히 먹어, 임마."

"켁켁켁…."

"열심히 해라. 하루는 길어도 6주는 금방이다. 난 비록 부모님이 안 계신 고아지만 나중에 결혼하면 내 아들은 꼭 해병대에 보낼 거야. 해병대는 남자라면 꼭 한 번 오고 싶은 성지(聖地) 같은 곳이니깐."

그때 집합소리를 알리는 동기들의 외침이 들렸다. 우리는 벌떡 일어나 그 선임 해병에게 경례를 했다.

"실무서 뵙겠습니다. 필승!"

축복 받은 근무

"욕본다. 아그들아."

"귀여운 것들. 내가 저 교관 좀 패줄까?"

'해병대 예비군 복장 통일되면 대한민국 통일된다'는 우스갯말도 있지만 훈병 입장에서 본 예비군 선배들은 신(神) 그 자체였다. 사격장에서 만난 동원예비군들이 우리 쪽으로 다가오며 한마디씩 던졌다.

"선배님들, 이쪽으로 오시면 안 됩니다."

"허허. 안 되는 게 어디 있어. 안 되면 될 때까지지."

DI 말에 나 몰라라 할 수 있는 그들이 얼마나 위대해 보이던지. 마침 흰색에 가깝도록 물 빠진 작업복에 베레모를 쓴 한 분이 내 뒷주머니를 쭉 잡아당기더니 뭔가를 집어넣고는 엉덩이를 톡톡 치고 지나갔다.

"고생해라."

"넵!"

부러운 눈으로 곁눈질하는 동기들의 시선이 따가웠다. 꺼내볼 순 없었지만 느껴지는 무게나 질량으로 봐선 짐작 가는 물건이었다.

밤이 깊었다. 예상대로 사제 냄새 묻어나는 88담배임을 확인하고 찬스만 하염없이 기다렸다. 드디어 훈단 정문 근무. 지난달 사복을 입고 오리걸음으로 지나왔던 훈단 정문의 감회가 새로웠다. 처음엔 수시로 순찰 뜨던 DI가 길옆에서 도깨비처럼 튀어나올 것 같아 동기랑 나란히 발 맞춰 앞만 보고 걸어갔고, 도착해서도 입도 뻥끗 안 하고 경계 총 상태로 있다가 풀벌레 소리에 깜짝 놀라 "손들어. 움직이면 쏜다!"를 외쳤다.

그러나 한 시간 내내 짚차 한 대 안 지나가는 곳임을 늦게야 알았다. 훈단 정문이 처음인 조강쇠는 도로 맞은편에서 늠름하게 서 있었다.

"강쇠야, 배 안 고프냐?"

"헛. 누구 올라."

바짝 기합 든 조강쇠에게 순찰 안 온다고 달래가며 한마디씩 속삭이기 시작한 것이 이제는 마주보고 짝다리 짚고 서서 DI 호박씨부터 사제에서 만난 여자 이야기로 이어졌다.

"야, 너는 밖에서 몇 명 조졌냐?"

"셀 수 없다. 강쇠, 너는?"

"난 아다여."

"그럼, 나도 숫총각이다."

"그래도 마음은 순결하당께."

"맘만 순결하고 몸은 걸레지?"

"허, 죽고 잡냐."

자기 물건이 커서 아줌마들이 놔주지를 않는다는 둥, 입대 전에 포경수술을 했는데 너무 예쁘게 됐다는 둥 조강쇠의 여자 편력은 끝이 없었다. 근무지 나와서 애기 들어보면 밖에서 카사노바 아닌 놈 없고 17대 1로 안 싸워 본 놈 없었다.

별 이야기가 다 나올 때쯤, 갑자기 어두운 그림자 하나가 담을 넘어 숲속으로 파고 들어왔다. 날렵한 몸놀림에 현란한 발재간. 분명 야생 짐승이라 생각했다. 멍하니 바로보고 있다 순식간에 시야까지 들어와버린 미확인 물체에 반사적으로 총을 겨누었다.

"소… 손들어! 움직이면 쏜다. 암구어!"

대답도 없이 갈수록 선명해져 오는 그림자 끝에 이상한 무늬의 군복이 눈에 들어왔다. 행색을 보아하니 간첩 같고 몸놀림을 보니 더더욱 간첩 같았다.

"소… 손들어! 움직이면…."

"하하, 됐어. 쉬어, 쉬어."

"꼬… 꼼짝 마!"

"꺅. 이 새끼가. 니들 선임이야, 임마."

"아… 암구어!"

"지랄하네. 지금 우리 못 본 거야. 알았어?"

"아… 안 되는데…."

"안 되긴 개코가 안 돼? 내가 여기서 젤 높은 사람이야. 알았나?"

"네."

마지못해 대답은 했지만 여간 찝찝한 것이 아니었다. 하지만 선임의 다음 말은 귀를 번쩍 뜨이게 했다.

"느그들 술 먹고 싶지?"

"아… 아닙니다."

"아니긴 뭐가 아냐. 침 넘어가는 소리가 들리는구만."

나와 조강쇠는 선임의 양손에 들린 손봉지를 힐끗 쳐다보았다. 선임은 '내가 다 알지'라는 표정으로 웃으면서 봉지 하나를 쥐어주고는 '수고해라'는 말 한마디와 함께 연기처럼 사라져버렸다. 희미해져 가는 선임의 뒷모습에 존경어린 '받들어 총'을 하고 즉시 내용물을 확인하니 굵직한 것이 딱 두 가지였다. 미미제과의 부채과자 한 봉지와 1리터 자리 금복주 소주였다.

처음에는 한 명씩 망보면서 조심해 마셨는데 술이 배짱을 키운다고 몇 모금 들어가니 아예 귀퉁이에 총 세워놓고 담배까지 펴가며 마주 앉았다. 이제 알 만큼 알아버린 군대 이빨. 다음 근무자가 이 세상에서 가장 처량한 표정으로 하품하며 왔는데 우리 입에서 풍기는 술 냄새를 맡고 눈이 휘둥그레지며 친한 척하는 바람에 반쯤 남은 피 같은 술과 부채과자를 인계해버렸다.

입대전 지겹도록 먹고 피웠지만 까딱하다 맛을 잊어버릴 뻔했던 소주와 88담배. 오른쪽 건빵주머니엔 삐리리한 정신으로 미리 짱박아 놓은 부채과자, 왼쪽에는 홍콩 가는 88담배. 좌청룡 우백호를 차고 조강쇠와 나는 볼때기에 빨간 불 들어온 상태로 주머니에 손 넣고 갈 지(之)자 스텝을 밟으면 철수했다.

"아, 좋다. 오늘 며칠이냐?"

"내일 아침 우유 유통기간을 보면 알 수 있을 거야."

해병은 죽을 때까지 오와 열을 맞춘다

군바리가 밖에 나와서 가장 많이 떠드는 군대 이야기 중에 하나인 화생방 교육이 시작되었다. 영화 〈더 록, The Rock〉에서처럼 피부에 노출되면 눈알이 튀어나오고 피부가 보글보글 끓어오르는 화학전과 생물학전, 그리고 핵폭발 후 발생하는 방사능전에 대비한 것이 화생방 교육이었다.

첫 번째로 들어가서 얼굴에 뚫린 구멍마다 희고 끈적끈적한 것을 길게 매달고 나오는 동기들의 표정은 초현실주의 화가 작품에 많이 나오는 것과 닮아 있었다. 다음은 우리 차례였다. 줄 서서 군가 부르다 문이 열려 들어가니 코끝을 때리는 아릿한 향기가 아직까지 남아 있었다.

— 후훗. 별거 아니군.

집이 부산역 근처라 소싯적 전두환 아저씨 덕분에 최루탄 꽤나 맡으며 자란 나였지만 그게 끝이 아니었다. 갑자기 구석에서 뭔가가 '펑' 하고 터지더니 뜨뜻한 기운이 주위를 에워쌌다.

"지금부터 방독면을 벗는다. 실시!"

DI의 명령에 의해 별 도움도 안 되는 낡아빠진 방독면마저 벗어 던지니 세상 모든 잡념을 잊을 듯한 기운이 코끝을 자극했다. 숨을 참는 놈이 있을까 봐 군가를 자주 시켰다. 안은 금세 아수라장이 되었고 이를 수습하기 위한 DI들의 무차별적인 공격이 시작되었다.

"어쭈, 이것들 좀 보게나. 우리 DI 교육 때는 여기서 하루 종일 바둑 뒀어. 여기서 나가기 싫어?"

"우에엑. 케엑. 아… 아닙니다."

바로 그때였다.

"문 열어. 이 개새끼야!"

돌발상황이었다. 사람이 궁지에 몰리면 무슨 짓을 못하겠는가? 옛날에 시체 닦는 곳에서 아르바이트를 하던 학생이 시체가 벌떡 일어나는 바람에 놀라서 밖으로 나가려고 했다가 잠긴 쇠문이 열리지 않아 실신해 죽었는데, 다음날 쇠문에 손톱자국이 2센티미터 이상 파져 있었다는 믿을 수 없는 이야기를 들은 적이 있었다.

"이 개새끼들아! 빨랑 문 열어!"

그 동기가 바로 그 꼴이었다. 그는 문 쪽으로 달려가 쇠문을 손톱으로 박박 긁으며 울부짖다가 DI의 정신봉에 나가떨어져 이제는 벽을 타고 천장으로 올라가려고 했다.

"어쭈, 요것 봐라. 그래, 아직 기운이 있으니 욕이 나오지?"

"케엑. 아닙니다. 케에엑."

"근데 목소리가 왜 이래? 자, 상륙전가 3절까지, 시작!"

"츰~ 무콩 노픈 키샹… 퀙퀙… 이어 팥트러… 퀙퀙… 절믄 화랑…."

잠시 후 철문 열리는 소리와 함께 우리는 개떼같이 앞 다퉈 밖으로 나왔다. 밖은 천국 그대로였다. 세상이 이렇게 아름다운 줄은 그때 처음 알았다. 하지만 그것도 잠시뿐이었다.

"지금 나간 놈들, 다시 들어온다. 실시!"

DI의 명령에 의아해하며 떨어지지 않는 발걸음을 겨우 이끌고 다시 안으로 들어갔다.

"어쭈, 이것들 봐라. 개떼같이 우르르 몰려 나가? 해병대는 죽을 때도 오와 열을 맞춘다. 알겠나?"

또 하루가 저물어가고 있었다. 방독면 고무에서 묻은 검정을 지우고 있는데 작업원이 포대에 편지 한 무더기를 가지고 들어왔다. 나에게도 편지라는 것이 왔다. 이제껏 아가씨 냄새 솔솔 풍기는 꽃편지 받는 놈 구경하고 있노라면 땅 꺼지는 한숨만 났었고 루주 도장 찍어서 보낸 편지를 보면 화장실로 뛰어가서 변기통에 푹 빠져 죽고 싶었었다. 비록 예쁘장한 꽃봉투에 여자 글씨가 아닌 라면 국물 묻은 10원짜리 봉투에 초등학생 글씨체였지만 소중하게 편지를 뜯어보았다. 그리고 내 생사를 궁금해 하는 친구에게 답장을 썼다.

아제, 보아라.

언젠가는 오겠지?

어깨 스치는 놈, 눈 마주치는 놈, 편지 안 쓴 놈.

삶을 포기한 것으로 간주하고 다 때려 죽인다.

부디 사제의 하늘 아래서 다시 만나자.

PS. 태어나서 처음 쓰는 편지가 나라니 역시 년 된 놈이다.

해병 특수수색대 지원

앞으로 2주 후면 수료식이라고 생각하니 가슴이 벌렁거렸다. 4주차의 마지막 과업은 유흥가 주위에서 자주 볼 수 있는 조폭 분위기의 그린베레 사나이가 와서 수색대 모집지원을 받는 것이었다. 40대 후반에 큰 덩치였지만 군살 하나 없는 떡대와 헛기침 한방에 사람을 주눅들게 하는 엄청난 기가 느껴지는 사람이었다. 하지만 심사기준은 의외로 단순했다.

"무술 유단자나 신나게 고생 한 번 해볼 사람 나와!"

아무도 안 나갈 줄 알았던 예상을 깨고 우루루 몰려 나갔다. 섬뜩한 인상과 살벌한 말투가 만드는 공포 분위기임에도 지원자가 많은 것을 보고 '저거 뭐지? 건지는 건가' 하는 생각에 뒤늦게 따라나갔다.

"외동아들 들어가."

사분의 일이 들어갔다.

"죽어도 울어줄 사람 없는 놈만 빼고 다 들어가."

반이 들어갔다. 그러나 그 정도 협박에 흔들릴 내가 아니었다.

"수색교육은 1주일 동안 안 먹고 안 자는 지옥 주부터…."

밥 굶긴다는 말에 바로 들어왔다.

"넌 눈깔이 왜 그리 흐리멍덩해? 들어가!"

"넌 뭐 잘해?"

"네. 태권도 2단입니다."

"뭐? 이 새끼가 지금 나하고 장난치나? 그것도 단이야?"

계속되는 질문에 동기들이 하나둘씩 들어오고 있었다.

"이것들이 해병 특수수색대를 뭐로 보는 거야?"

"너는 운동 뭐 했어? 뭐 복싱? 꺼져, 이 새끼야."

"너는 단증만 많으면 장땡이냐? 몸이 이 따위인데."

무술 합이 12단이라는 황비홍 훈병마저 그만의 심사기준에 낙방되고 나자 그린베레 사나이는 끝까지 버티고 있는 몇몇 훈병들의 주먹, 어깨, 허벅지 등을 아래위로 만져보며 말했다.

"뒈져도 후회 없지? 이름 대."

벽암지 유격장

"검푸른 산 속! 산길은 사나워도 나는야 언제나! 불굴의 유격대…."

5주차 유격이 시작되었다. 이제까지 배우지 못한 〈유격대가〉의 레슨

비용은 혹독했다. 몇 시간 행군 끝에 도착한 양포 유격장은 깎아지는 절벽사이에 넓은 평지가 자리 잡고 있었다. 또한 병풍처럼 둘러싼 양쪽 정상에 긴 하강과 각종 레펠을 위한 로프가 이어져 도로 위를 가로지르는 장관을 연출하고 있었다.

"본 교관은 여러분께 많은 것을 바라지 않습니다. 신속한 동작과 악끼 있는 목소리! 이 두 가지면 본 과정을 통과하는데 아무 애로사항이 없을 줄 압니다. 알겠습니까?"

레펠 한 번 타기 위해 하루 종일 PT 체조를 하다가 내 순서가 되었다.

"야, 너 이리 와봐."

"네! 훈병! 신! 호! 진!"

"허허. 이 자식 선동렬 닮았네. 너 밖에서 별명이 뭐였어?"

"네. 이재포였습니다."

"푸하하. 이재포라. 하지만 지금부터는 선동렬이야. 알았어?"

"네, 알겠습니다!"

입대 전에는 귀공자 같다느니, 가수 김민우 닮았다느니 하는 소리도 많이 들었는데 이 꼬락서니로 그렇게 말했다가는 패 죽일 것 같아서 이재포라 둘러댔다. 나는 졸지에 선동렬이 되었고, 어디를 가도 피곤했다. 빠져나갈 수가 없었다. 이미 얼굴 팔린 공인의 심정이 이런 것일까?

암벽 등반을 할 때는 "어이, 선동렬이! 목소리 봐라!"

외줄타기를 할 때는 "너는 '유! 격! 대!' 하지 말고 '선! 동! 렬!' 해!""

암벽 레펠할 때는 "요령은 '무등산 폭격기'처럼! 레펠!"

양포의 명물 ○○산

벌써 5주차가 되었다.

며칠 후면 신록이 우거지는 5월이건만 근무 서는 훈병은 실잠바와 방한모에 털 달린 두건까지 덮어쓰고 황홀한 일교차를 경험하고 있었다. 야전에서의 첫날 밤, 취침 순검으로 편안하게 드러누워 발가락으로 장난도 쳐보면서 하루뿐이지만 우리들만의 공간에서 자유를 만끽하고 있었다.

"야, 텐트에서 자려니깐 지난여름에 가시내들하고 동해안에서 놀던 기억이 절로 난다."

"히히, 기분 죽인다."

반 평짜리 A텐트 안에서 누릴 수 있는 작은 행복이었다.

"각 텐트 들어. 이 새끼들, 좀 편하게 해줬더니 노가리 까는 소리가 들려. 아가리 놀릴 힘까지 다 빼주겠어. 빤스만 입고 다 기어 나와!"

일정한 간격으로 울리는 포성과 훈병들 숨넘어가는 소리가 밤하늘의 세레나데로 연주되었다. 역시 '빤스바람 사이코'였다.

"여기가 너희들 안방이야? 오늘 빤스 바람으로 철야 한 번 해볼까?"

"아닙니다!"

"한 번만 더 찍소리 내면 그때는 너희들 초상날인 줄 알아."

들어가서 조용히 자겠다고 목이 터져라 다짐을 했건만 두 번 다시 못

올 찬스를 놓치기가 아까웠다. 옆에 누워 있던 조강쇠가 사람이 낼 수 있는 가장 작은 목소리로 내게 말했다.

"호진아. 아까 배식통 받으러 갔다가 실무병한테 들은 이야기인데, 저 멀리 포 사격하는 산 이름이 뭔지 아냐?"

"몰라. 양포산인가?"

"히히. 보쥐산이라더라."

"정말? 왜?"

"포탄이 터지면서 생긴 골짜기가 꼭 그렇게 생겼잖아."

"실로 예리하고 오묘하군."

"그럼, 그 산 봉우리 이름은 뭔 줄 알아?"

"몰라. 털봉우리인가?"

"아니 불알봉. '보쥐산 불알봉' 쿡쿡."

역시 강쇠였다. 몇 시간 후 같이 근무를 나갔다. 달빛에 비친 먹구름도 군용 마크처럼 보였다. 여자라면 사족을 못쓰는 이런 엽기적인 놈하고 근무를 선다는 것이 내심 불안하기는 했지만 그래도 재미는 있었다. 녀석은 항상 내 귀를 즐겁게 해주고 온갖 제스처를 동원해 상황을 리얼하게 재현하는 능력까지 갖추었다.

"아아, 집구석에 이불 푹 뒤집어쓰고 삶은 고구마에 김치 얹어 먹었으면 좋겠다."

조강쇠가 입맛을 다시며 말했다.

"소고기국에 밥 말아서 고추장에 멸치 찍어 먹어도 좋지."

"우동 국물에 김밥 담가서 깍두기하고 먹으면⋯ 으흐⋯."

"쩝. 자갈치 시장에 앉아 상추, 쑥갓에 광어회 한쌈 싸서 마늘을 하나 얹으면⋯ 꿀꺽⋯."

더 이상 참기 힘든지 조강쇠가 침을 꼴깍 삼키며 말했다.

"씨바, 더 이상 못 참겠다. 이왕 이렇게 된 거 우리 맛있는 이름 대기 할까?"

"좋다. 난 자장면!"

"헉. 내가 하려고 했는데. 그럼 난 당구장에서 시켜먹는 자장면!"

"그게 그거지, 임마!"

"짜식이 뭘 모르네. 세상에서 제일 맛있는 게 당구장에서 시켜먹는 자장면이랑 똥 눌 때 피는 담배라는 걸 모르냐?"

"좋아, 인정. 그럼 난 삼겹살에 소주 한잔!"

"앗. 비겁하게 술을. 그럼 난 탕수육에 고량주 한잔."

"으흐⋯ 그만! 와사비 찍은 족발하고 감자탕에 소주 한잔. 오예~."

"으흐, 씨발. 그럼 난, 난⋯ 여자!"

역시 조강쇠였다.

"You Win. 근데 강쇠야, 군대에서는 먹고 싸는 데 필요한 것은 전부 보급품으로 나오는데 왜 여자는 보급으로 안 나오냐?"

강쇠는 망설임 없이 대답해주었다.

"응. 보급은 '질'이 떨어지잖아."

마지막 훈련

6주차 월요일. 이제 남은 LVT(Landing Vehicle Tracked, 수륙양용장갑차) 탑승훈련만 마치면 금요일엔 대망의 수료식이었다. 가벼운 마음으로 도착한 포항 도구 앞바다가 왠지 낯익다 싶어 기억을 되살려보니 친구들과 함께 놀러와 보트 가득 조개를 잡았던 바로 그 해수욕장이었다.

당시 어린 마음에 멋있게만 보였던 새까만 고무보트와 분간이 안 가는 피부색의 빨간 팔각모 아저씨를 졸졸 따라 다니던 그놈이 바로 나였다. 백사장을 반으로 가로지른 철조망 너머에서 물놀이하는 민간인은 전혀 의식하지 않은 듯 온갖 욕이 다 섞인 군가에 모랫바람을 일으키며 뛰어다니던 그 선배 해병들의 땀 냄새가 아직 남아 있는 듯했다. 언뜻 보니 그때 그 시절이 생각나기도 하고 내 잠재의식 어느 곳엔가 그 해병들의 자취가 남아 몇 년 뒤 그 뒤를 따라 이 곳에 왔는지 모르겠다는 생각을 했다.

마치 진기명기를 보는 듯 수십 명의 완전무장한 인원이 감쪽같이 다 탑승한 그 무거운 쇳덩이가 울렁울렁 파도를 타고 바다를 떠다녔다. 100년 된 윤활유 같은 기름 냄새와 찜통 같은 실내온도도 마지막이라는 기분에 마냥 즐겁기만 하고 백사장에 한 치의 오차도 없이 오와 열을 맞춰 정렬한 LVT를 보니 다가올 실무생활에 대한 두려움이 교차되기 했다.

길고 긴 여정에 마지막 종지부를 찍는 듯한 소규모 상륙작전을 마치고 보금자리로 돌아오니 이젠 끝이 보이기 시작했다. 마지막 훈련은 그렇게 끝이 났다.

"너희들은 이제 죽어서도 해병이다. 실이 밖으로 보이지 않게 5미리 간격으로 꿰맨다. 실시!"

이제껏 이름 대신 불리던 113번 번호표를 떼고 빨간 명찰을 달았다. 4주차에 파편 맞고 포항병원에 실려간 동기의 명찰만이 덩그러니 남아서 마음을 심란하게 했다. 피와 땀을 상징하는 이 조그만 천 조각을 얻기 위해 우리는 얼마나 많은 땀과 눈물과 고통을 씹어 삼켰던가?

바느질을 하는 훈병들의 시커먼 손끝에서 보수대의 조그만 바늘은 어색하기만 했다. 금단 증세로 떨리는 손이었지만 입이 귀까지 찢어진 감격스런 바느질에 괜히 힘이 들어가 바늘 허릴 다 부러뜨렸다. 그렇게 또 하루가 밝아 하루 종일 부대배치 때문에 왔다 갔다 하며 보냈다. 어제만 해도 없었던 팔각모의 계급장이 무거워 목디스크를 호소하고 있는데 731기가 4주차 천자봉 행군을 마치고 복귀하는 게 보였다. 정말 딱해 보였다. 맞은편 큰 길을 따라 파김치가 된 732기도 지나갔다. 문득 나보다 한 달 늦게 지원한 성훈이 생각나서 위험부담을 감수하며 꼼꼼히 살펴보니 죽을상을 한 낯익은 놈이 하나 지나갔다.

— 성훈아.

기적같이 눈은 마주쳤고 서로 어색한 미소를 주고받았지만 서로의 이름을 부를 수 없었다.

가재는 개편이요 초록은 동색이라

며칠 남지 않은 훈련소의 일정들은 타이어에 흙을 채워서 쌓는 작업으로 보냈다. 원래대로 하면 야삽나사를 풀고 삽대가리를 꺾어서 곡괭이로 변신시켜야 작업이 원활했지만 성한 것이 별로 없었다. 타이어를 고르다가 옆에서 작업하던 하후생(하사관 후보생)들과 충돌이 생겼다.

"아무거나 가져가, 임마!"

"지랄, 너 나 알아? 왜 반말짓거리야?"

"이 새끼가. 내 계급이 안 보여?"

"지랄하네. 같은 훈련병 주제에…."

한 치의 양보도 없는 주먹다짐이 오고갔다. 어느새인가 DI가 달려왔다. 가재는 개편이요 초록은 동색이라 결과는 계급에 완패. DI가 돼지똥 떠내려 오는 시궁창을 향해 소리쳤다.

"730기 다 꼬라박아!"

내게도 빽이라는 게 있었다

수료식 때 입을 정복을 지급받아 입어보고 빨간 뿔명찰과 정모를 써보고는 다들 신이 나 있었다. 취침시간이 지나 불이 나 꺼졌지만 잠자는 놈은 하나도 없었다.

"113번 신호진!"

나를 부르는 목소리가 들렸다. 불안한 마음을 억누르고 DI 앞에 섰다.

"지금 즉시 중대장님 벙커에 가봐."

수십가지 고민을 하며 중대장실 문을 노크했다.

"들어가도 좋습니까?"

"들어와."

"넵! 들어가겠습니다. 필승! 훈병 신호진! 중대장님께 용무…."

"됐어. 다름이 아니라 자네 사령부에 ○○○ 중령님 알고 있나?"

"먼 친척 중에 있다고 들었는데 저는 잘 모르겠습니다."

"으음. 모르겠다. 그래도 왜 진작 이야기하지 않았나?"

"그냥 특별대우 받는 게 싫어서…."

"그래, 자넨 실무가서도 잘할 거야. 내일 수료식 날 부모님 오셔서 물어보면 중대장이 가끔 불러서 건빵도 주고 했다고 말하라고. 그래야 그분 체면이 서지. 내 입장도 그렇고."

"네, 알겠습니다."

야외 화장실에서의 정사

'하루는 길고 6주는 짧다'고 감히 말할 수 있는 수료식날이 임박했다.

오늘따라 유독 외모에 신경쓰는 동기들. 먼저 바지 끝 밴드부터 차고 상의를 접은 후 서로서로 바지를 올려 입혀주었다. 머리 큰 훈병들은 허겁지겁 정모 바꾸러 다니느라 정신이 없었다. 수료식장은 울긋불긋 민간인의 물결로 가득 메워지고 이제껏 느낄 수 없었던 젊은 처자의 교태로운 향수 냄새가 코끝을 파고들었다. 저 많은 인파 중에 힘들 때 보고팠던 가족과 친구들이 있을 거라 생각하니 가슴이 뭉클했다.

따뜻한 봄볕 아래 설렘으로 밤을 지새운 삼백여 명의 '이병대우 훈병'들이 연병장에 못 박아 놓은 자리에 다들 배치되고, 각 대대 기수들은 1대대 병사에서부터 따로 기를 들고 열 맞춰서 입장했다.

"앞으로 갓!"

첫 주부터 각종 포복으로 비비고 다니던 연병장이 오늘은 시골 운동장같이 포근했다. 일사분란하게 각자 표시한 곳에 발끝을 맞춰 각 소대 앞에 사열하니 수료식장 끝에서 짚차 한 대가 등장했다.

"훈단장님을 향하여 우로 봐!"

미리 리허설한 대로 반은 '필! 승!'을 부르짖고 나머지는 '팔! 쌍'을 외쳤다. 그 소리는 푸르른 5월의 하늘 아래 우렛소리가 되어 퍼져 나갔다. 놀란 관람객들의 웅성거림에 이어 화려한 복장의 해병 의장대가 입장하여 축하쇼를 하자 감탄사가 끊이지 않았다.

"자, 이제 가족 친지분들께서는 자녀들이 있는 곳으로 가셔서 면회를 시작하시기 바랍니다. 면회 시 이 인근 지역을 벗어나면 안 되고 쓰레기는 지정된 자리에…."

이산가족 상봉의 시간을 알리는 마이크 소리에 이곳저곳에서 부둥켜안고 난리들이었다. 멀리서 어머니와 형, 고모가 우르르 달려왔다.

"필! 승!"

"아이고, 그 많던 볼때기가 다 어데 갔노."

불쌍한 듯 아래위로 어루만지는 것으로 예정된 세 시간의 면회가 시작되었다. 뒤늦게 나타난 친구 아제와 재현에게 정모를 씌워 어색한 표정으로 사진 한 장 찍은 뒤 근처에 자리를 잡고 돗자리부터 깔았다.

"자, 어여 먹어라. 먹어."

"네. 훈병 신호진. 잘 먹겠습니다."

오래간만에 맛보는 집음식을 먹느라 정신이 하나도 없었다.

— 헉.

갑자기 내 옆을 지나가는 '빤스바람 사이코'를 보고 잘못한 것도 없는데 재빨리 형 옆으로 몸을 피했다.

"호진아, 와 그라노? 저 놈아가 그리 괴롭히더나?"

"아… 아니. 버릇이 돼서."

고모가 옆에 있다가 말했다.

"가만있어 봐라. 저 놈 저거 뭐 좀 먹여야 되는 거 아이가? 어이, 아저씨예."

"헉. 고모 좀…."

갈비찜에서 시작해 치킨, 김밥, 참외, 딸기, 콜라 등등. 산해진미 앞에 있는 나를 시기하듯 몇 차례 회오리바람이 음식 위에 모래를 퍼붓고 갔다. 무엇보다 안타까운 건 좋아하던 고기인데 얼마 먹지도 못하고 배가 불러 젓가락을 놓았다는 것이다. 수료식에 참석한 대부분의 부모님이 돌아가면서 눈물 흘리는 건 앙상한 몰골보단 기름진 음식을 제대로 먹지도 못하는 자식의 줄어든 밥통 때문일 것이다.

배 터지게 먹을 걸 기대하며 구경만 하던 가족들도 말없이 안타깝게 쳐다만 봤다. 여기서도 잘 먹는다는 핑계를 대고 캔 맥주 하나를 들고 아제와 함께 야외 화장실 쪽으로 갔다.

"묵을 꺼 들고 변소엔 뭐할라 가노?"

다시 못 올 그곳에서 배짱 좋게 맥주 한 잔 들이켜고 싶었다.

"그날 잘 갔나?"

"말마라. 여기 들어오기 직전에 니가 탕수육 먹고 싶다 했제? 군대 가는 놈 소원인데 안 들어줄 수도 없고 먹고 나니 차비가 없어가지고 터미널에서 세 시간을 구걸해서 겨우 내려왔다."

"하하. 욕봤다, 임마."

구수한 냄새와 함께 백수 방바닥처럼 매일 구르던 야외 화장실 앞 자갈밭을 바라보며 이빨이 시릴 만큼 시원한 맥주를 입에 부었다. 그런데 그 와중에도 한쪽에서는 과업에 여념이 없는 훈병이 있었다. 턱없이 좁은 공간과 목 위로는 노출되는 열악한 환경 속에서도 임무를 완수하고야 마는 저 위대한 해병대 정신이여.

"아아아. 자기야, 누가 오면 어떻게 하려고 그래."

"이… 이 시간에 누가 여길 오겠어."

"아항, 그래도….''

"잠… 잠시만 뒤로 좀 돌아봐봐."

"으흥… 이… 이렇게? 아, 이런 데서 어떻게….''

"헉! 나는 말… 말도 안 나온다."

구더기 줄지어 마라톤하고 식지도 않은 똥 위에서 김이 모락모락 올라오는 19세기형 화장실에서 신음을 군가삼아 '앞뒤 반동'을 반복하는 위대한 커플. 화끈한 정사를 마치고 서로의 땀까지 닦아주는 여유를 보이며 구경꾼들의 피를 한곳에 모았다.

"와, 많이 고팠나 보다."

"역시 내 동기다."

대대로 수료식 날 밥 안 먹고 야외 화장실에서 밀린 숙제를 하는 훈병이 있다는 전설을 눈으로 확인하는 순간이었다. 이마에 땀이 송골송골 맺힌 채 부끄러워하는 애인을 꽉 안고서 뛰어가는 것으로 상황은 종료되었다. 그들이 남긴 여운에 서로의 관람소감을 한마디씩 나누었다.

"야하, 이 좁은 데서 자세가 나오냐?"

"으음. 짧은 치마라 벽치기 하는 데도 문제없었겠군."

"고마 해라. 그럴 여자도 없는 것들이."

아제는 예전 같으면 한 술 더 떴을 나의 행동에 도끼눈으로 응답했다.

"야, 존나 무게 잡네."

"새끼야. 교회에서 세례까지 받은 몸이다. 하하."

"아, 씨발. 나도 해병대 갈란다."

"니는 내 밑으로 오면 죽는다."

"그래도 갈란다. 임마. 기다리라."

아제는 두 달 뒤 해군하사로 입대했다.

마지막 작별 의식

"730기 집합!"

수료식 면회시간 3시간과 빵빠레 3시간의 체감시간 차는 얼마인가? 면회시간은 아직 한참 남았지만 집합하라는 소리에 두 번째 생이별이 시작되었다. 남은 음식 싸들고 가라는 부모님을 만류하며 짧은 경례로 인사를 대신하고 헐레벌떡 뛰어갔다. 마침 2대대 병사 뒷벽에 밀착해서 몰래 담배 피우고 있는 732기 일곱 명이 정복 입은 나를 보고 깜짝 놀라 촌스런 훈병 경례를 했다.

"필… 필승!"

보름 전 나를 보는 것 같기도 하고, 선임 수료식 날 떡 얻어 먹으면서 선행을 대물림하리라는 다짐이 생각났다. 내일 훈단을 떠나 실무배치 받으면 찍소리도 못하는 해병대 최고 졸병이지만 현재 이곳 2훈단에선 내가 왕이므로 여유 있는 동작과 근엄한 목소리로 입을 열었다.

"느들 집이 어디냐?"

"경기도 수원입니다!"

"목포입니다!"

"부산입니다!"

"오잉, 부산 어딘데?"

"네! 부산시 동구… 어?"

"임마, 니 현수아이가?"

"어… 엇!"

고등학교 동창이었던 현수에게 담배, 나머지에겐 짱박아 들어가려 했던 초코바 몇 개를 던져주고 훈단에서의 마지막 밤을 무사히 보내기 위해 열심히 달려갔다.

포항 쪽으론 오줌도 안 눈다

"오늘은 PX를 가도 좋다."

6주간 있었던 곳이지만 PX 건물이 어느 있는지조차 몰랐다. 배는 불렀지만 그저 신기하기만한 사제 음식물의 끈끈한 미련 때문에 닥치는 대로 사서 팬티, 양말 속에 찔러 넣어 올록볼록한 몸으로 복귀했다.

1사단으로 떨어진 포항맨들은 지긋지긋한 이곳에서 며칠 더 지내야했고 나머지는 내일 김포, 백령도, 연평도로 올라가기 위해 지급받은 보급품을 더플백에 차곡차곡 정리하고 포항에서의 마지막 순검을 준비했다.

"금일 순검의 주요 점검사항은 음식물 처리이다."

마지막 날 봉변 안 당하려고 구석구석 혼신의 힘을 다해 다 짱박았지만 그걸 모를 DI가 아니었고, 그렇다고 해서 눈에 넣어도 안 아플 것 같은 이 소중한 걸 순순히 꺼내놓을 우리도 아니었다.

"각 소대 들어! 지금 실시하면 관품함 및 주위에 짱박은 음식물을 다 꺼낸다. 실시!"

숨긴 음식물들을 주섬주섬 꺼내는 우리들을 보고 '빤스바람 사이코'가 기가 차다는 듯이 말했다.

"어쭈, 요것들 봐라. 현 시간부로 빤스 바람으로 연병장 집합!"

속으로 '해도 해도 너무하네'를 합창하며 훈단 마지막 빵빠레에 동참했다. 먹을 것에 집착이 남다른 훈병은 행여나 비축식량이 몰수당할까 봐 피가 바짝바짝 마르고 속을 다 꿰차고 있다는 듯 DI의 표정에는 여유가 있어 보였다.

"자, 지금 들어가면 하나도 빠짐없이 꺼내놓는다. 실시!"

동기들이 내무실로 들어오면서 담합에 들어갔다.

"우리 하나씩만 꺼내놓자. DI도 눈치는 있으니깐."

아까워 죽겠다는 표정으로 부피 큰 초코파이부터 꺼내놓았다.

"아니, 이 새끼들이 지금 장난치나. 다시 나가!"

다음은 산도나 비스킷 류가 꺼내졌다.

"어디 장사 하루 이틀 하나! 나가!"

넘어서는 안 될 최후의 통첩선 '핫브레이크'와 '자유시간'까지 점령 당했다.

"에잇. 꼴 보기 싫은 놈들. 다시 튀어 나가."

여섯 번을 들어갔다 나왔다 한 끝에 한 훈병이 먼저 포기선언을 했다.

"야, 좋다. 다 꺼내자. 그리고 잠 좀 자자."

그러나 개의치 않고 꿋꿋이 몸으로 때우려는 나머지 훈병들은 눈도 깜짝하지 않았다.

"자, 이번이 마지막 기회다. 들어가서 반입한 사제 물품들을 모조리 꺼내놓는다. 실시!"

마지막 남은 자존심, 사탕과 껌까지 다 꺼내놓았는데도 DI는 만족한 기색이 아니었다.

"이거 말고 있잖아. 730기 마지막까지 이럴 거야!"

더 이상의 버팀은 죽음을 자초한다는 걸 깨달은 한 훈병이 매트리스 안에서 소주 한 병을 꺼내 바쳤다.

"그래, 바로 이거야. 넌 특별히 봐주는데 지금부터 나오는 놈은 가만 안 두겠어! 빨리 자수해. 하나! 둘…"

만약의 합동단속에 대비해 엄청 깊숙한 곳에 숨겨 놓았던 캔 맥주, 캡 틴큐 심지어 포도주까지 서로 앞 다퉈 자수하고 광명을 찾았다.

"이제껏 매 기수마다 짱 박아오는 평균이 있는데 아직 반도 안 나왔 어! 빨리 뱉어!"

내 눈이 의심스러웠다. 마주 보고 서 있는 우리 앞에 부피와 가격이 큰 순으로 피라미드가 쌓여가고 그 크기가 작은 구멍가게를 차릴만한 데도 쉬지 않고 계속 나왔다.

야속한 DI는 술만 쏙 빼내서 벙커로 가져가더니 문을 닫아버리고, 세상 달관한 표정으로 산더미 같이 쌓인 먹을거리들을 넋을 잃고 바라보았다. 간과 쓸개를 다 빼주고 나니 실의와 좌절에 빠진 동기들. 잠시 후 문이 열리더니 DI의 구원의 목소리가 들려왔다.

"뺑 둘러 앉아서 다 처먹어."

토할 때까지 먹겠다는 신념 하나로 부른 배를 더욱 부풀렸다. 목구멍 까지 음식이 차서 숨 쉬는데 힘이 부쳐도 우악스럽게 먹어대는 동기들 의 독기 어린 눈빛을 보면 한순간도 쉴 수가 없었다. 순식간에 산더미 같이 쌓여 있던 음식물들이 앙상한 껍데기만 남아 조그마한 봉지 안에

압축되어 흔적도 없이 사라졌다. 속은 뒤틀리기 시작했고 마지막 밤에만 누릴 수 있는 최고의 혜택, 화장실 자유이용은 갑작스런 기름기 섭취로 인한 배탈로 고통스러워하는 훈병들을 위한 최후의 배려이기도 했다.

배부른 훈단의 마지막 밤, 화장실 문고리를 잡고 시퍼런 입술을 파르르 떨며 한 맺힌 신음소릴 내고, 아랫배를 잡고 줄 서 있는 다음 타자들은 누렇게 뜬 얼굴로 세상을 원망하며 엉덩이 괄약근을 최대한 당겨 출구를 봉쇄했다. 눕자마자 시체로 둔갑하는 잠티들도 오늘만은 자지 않고, 내일이면 각자의 길로 떠나갈 동기들과의 아쉬운 속삭임이 밤새 계속되었다.

"730기, 떠들지? 자기 싫어? 나갈까?"

"아… 아닙니다."

"실무가서 잘 할 수 있지?"

"네, 잘 할 수 있습니다!"

"좋아. 예전과업 실시!"

"악! 감사합니다!"

재잘재잘 잘도 떠들어대고 슬슬 먼저 지쳐 떨어진 동기들의 코고는 소리가 곳곳에서 들려왔다. 옆에 있던 박정치가 입을 열었다.

"저 새끼, 마지막이라고 젖 먹던 힘까지 다해 고는구만."

"실무가서 저러다 죽지, 죽어."

"근데 뭐 한 게 있다고 저리 뻗었냐? 혹시 아까 야외 화장실의 그놈 아니야?"

"하하하. 오늘 밖에서 양다리 걸치던 년한테 부모님과 애인 보는 앞에서 싸대기 맞은 놈도 있다더라."

"맞아도 싸다. 근데 니는 어데 배치 받았노?"

"흑. 포… 항."

"하하하. 좋겠다. 난 포항 쪽으론 오줌도 안 눌란다."

"그러는 너는?"

"김포."

"넌 좆 됐다. 뺏다 부대란 말도 못 들어봤냐?"

"죽어도 포항 밖에서 죽을란다."

"에라, 술이나 한잔 빨자."

박정치가 모가지를 쭉 배고 주위를 살피더니 군장 속 수통을 꺼내며 음흉한 표정을 지으며 말했다.

"크크. 내 이럴 줄 알고 아까 일찍 들어와서 미리 부어놨지."

"야, 역시 '무늬만 훈병' 박정치답다."

"근데 이 공책은 뭐냐?"

"DI들한테 마지막으로 하고 싶은 말 쓰라더라."

"으흐, 욕이 듣고 싶어 환장했구나. 인간이 정말 그러는 게 아니었다고 몇 자 적어줘라."

"그래도 욕한 놈은 하나도 없네."

이리 치이고 저리 굴러도 지나고 나면 추억일까? 내가 아는 모든 쌍

시옷 받침을 다 적고 싶었지만 막상 펜을 드니 미운 정이 느껴졌다.

모듬발 차기는 못 보고 갑니다만 발치기는 정말 일품입니다.
빳다 칠 때는 힘의 분배를 골고루 하셔서
저 같은 짝 궁둥이가 안 나오게 신경 좀 써주십시오.
우리 지금 한잔 하는 중입니다.
신변의 안전을 위해 이름을 밝힐 수 없지만 박모씨 아들 모 정치랑….
죄송합니다. 실무가서 잘 하겠습니다.
그동안 노고에 진심으로 감사드리고
앞으로 들어올 후임들 잘 이끌어주십시오. 필승!

영원한 해병

드디어 훈단을 떠날 시간이 되었다. 밤새 도둑 맞은 보급품에 분노의 감탄사가 곳곳에서 들려왔다. 그래서 '앉으면 이빨, 서면 자세, 돌아서면 긴빠이'라고 했던가.

"김포, 백령도, 연평도 순으로 집합!"

동기들의 이별을 애도하려는지 비가 내린 연병장은 움푹 패인 타이어 자국들이 즐비했다. 한숨 푹푹 쉬는 포항 해병들과 아쉬운 작별의 인사를 나누고 A급 워커와 정복을 입고 몸집보다 큰 꼰봉을 둘러멨다. 그토록 벗어나고 싶었지만 포항 땅을 떠나려고 하니 마음이 가볍지만은 않았다. 미리 대기한 트럭에 각자 목적지별로 차곡차곡 올라타니 연병장의 많은 병력이 눈 깜짝할 사이에 사라졌다.

"잘 가라. 꼭 다시 보자."

"그래, 몸 조심해라."

그토록 헐뜯고 싸웠지만 친형제와의 생이별 못지않게 분위기는 침울했고 동기들의 눈시울은 이미 축축이 적셔져 있었다. 울컹거리는 진흙길에서 평탄한 아스팔트길로 올라가 다시 일렬로 정렬해서 달리기 시작했다. 트럭의 짐 덮개 때문에 볼 수 있는 시야는 제한되었지만 앞차에서 흘러나오는 〈팔각모 사나이〉는 들을 수 있었다.

어렴풋이 들리는 기어 소리가 앞차부터 차례대로 이어졌다. 겁만 주던 실무병들이 길 양쪽에 줄을 서서 박수를 쳐주었고 앞차를 뒤따라 서행하기 시작했다. 우리 차에서도 〈영원한 해병〉이 울려 퍼졌다.

사나이 가슴에 품고 품었다. 불사신 그 이름 영원한 해병.

노도와 함성이 산하를 덮을 때 상륙전 선봉에서 우리는 간다.

무엇이 두려우랴 무적의 사나이 겨레와 함께하는 영원한 해병.

훈단 밖까지 따라나와 우리를 마중해주던 '빤스바람 사이코'가 영화 속 한 장면처럼 트럭을 뒤따라오며 말없이 우리를 바라보고 있었다. 그는 차에 속도가 붙으려고 하니까 링소리를 요란스럽게 내며 전속력으로 달려오다 멈춰 섰다. 그리고 하이바를 벗어 옆구리에 끼고 우리를 향해 주먹을 불끈 쥐어 보였다.

가슴이 뭉클했다. 처음 본 '빤스바람 사이코'의 헬맷 벗은 모습이었고, 처음으로 느끼는 인간다운 따스함이었다. 이것이 치고받으면서 생기는 해병대의 정이라는 것일까?

포항 2훈단 입대전 참고사항

- 낮과 밤이 바뀐 야행성 청년들은 미리 시차 적응을 한다.

- 입대 전 불가피하게 미아리, 청량리 등을 방문할 때는 고무장갑을 꼭 착용한다. 성병은 에누리없이 귀가다.

- 옷은 따뜻하게 입고 간다. 오천은 기상이변이 속출하는 동네다.

- 입구에 늘어선 잡상인들 물건을 절대 사지 않는다. 안에서 주는 것도 쓸 시간 없다.

- 부모님과 헤어지면 잠시 후에 뭔 일이 벌어지므로 정신 바짝 차린다. 잘 돌아가든 못 가든 남 걱정할 때가 아니다.

- 장발, 염색, 파마머리는 반드시 삭발하고 간다. 깎이느냐, 뜯기느냐의 문제이다.

- 자기 맷집이 어느 정도인가 궁금하면 말끝을 '요'자로 끝내고 주머니에 손을 넣거나 짝다리를 짚는다.

훈단에서 성공하는 사람들의 7가지 습관

- 돌출 행동을 삼가하여 DI에게 눈도장 찍히지 않는다.

- 주계 작업원 모집할 때 번쩍 손을 들어 밥 냄새라도 한 번 더 맡도록 하고, '175에 무릎 붙는 놈 나와라'면 키를 줄이든지 오다리를 만들어 반드시 기수는 피해간다.

- 윗기수 수료식 때 병사 쓰레기통을 수색, 산해진미를 취식한다.

- 삼백 명한테 왕따 당할 수 있으니 빽을 내밀지 않는다. 진짜 쓸만한 빽은 말 안 해도 알아본다.

- DI의 성격을 간파하여 '미친00'와 같은 별명을 가진 자의 당직 날을 조심한다.

- 훈련시 체형에 맞는 요령을 연구, 개발하여 실전에 적용한다.

- 낀바이와 짱박기를 생활화하여 풍요로운 병영생활을 영위한다.

이병 시절

ROKMC

"내 나이 스물셋에 월남에 가서 육박전으로 베트콩의 골통 수십 개를 부시고 왔다. 그때는 때리고 부수고 온갖 행패를 다 부리고 다녀도 나라에서 월남 갔다 온 사람들은 사회적응할 때까지 최대한 배려해주었지. 근데 요즘 새끼들은 지가 뭐 한 게 있다고 나가서 깽판 치고 다니는 거야? 싸움도 좆도 못하는 새끼들이 주머니하고 바지 워커, 똥짜바리까지 전신에 해병대 엥카 처바르고 다니고 말이야. 깡? 깡은 뭐만큼도 없는 것들이 후까시나 넣고 다니고. 엉? 되도 안 한 것들이 쓸데없이 미아리 같은 데서 해병대 찾는 개노무 새끼들."

서울 상경

포항역 앞. 초췌한 몰골을 한 채 꼰봉에 줄 맞춰 쪼르르 서 있었다. 슬쩍 눈을 돌려 주변을 살펴보니 우리를 둘러싼 가판대에는 김밥과 오뎅, 쥐포, 햄버거, 우동, 계란, 맥주 등 없는 게 없었지만 그야말로 그림의 떡이었다.

옛 선임들이 한창 악명을 떨칠 때 팔각모를 벗어 그 안에 있는 타군들의 돈을 모두 걷어갔다는 전설 속의 TMO(군인수송열차)에 올라타고 소대별 번호 순으로 앉아 출발을 기다렸다. 열차칸 가득 꼰봉과 굶주린 식충이들이 들어서니 금세 실내는 후끈후끈해졌다. 어딜 가나 빠지지 않는 인원파악이 끝나고 서서히 열차가 움직이기 시작했다.

다들 입영 열차를 탔을 때의 기분 같은 것을 느꼈는지 열차 안은 '고요 속의 침묵'이 이어졌다. 하지만 그것도 잠시. 제한된 자유이지만 이를 만끽하고 싶은 마음에 한두 명씩 고개를 들고 누구 한 명이 나서기만 하란 듯이 서로 눈치를 살피고 있었다.

"우리 지금 가면 언제 다시 만나겠냐? 이빨이나 실컷 까자."

"그래, 설마 민간인들 보는 데서 굴리겠냐?"

앞으로 닥칠 시련을 생각치도 못하는 우리들이 측은해 보였는지 인솔관이 나서며 말했다.

"야, 놀려면 해병답게 멋지게 한 번 놀아봐!"

말이 떨어지자마자 훈단서 응원단장을 도맡아 했던 타이슨에게 시선이 집중되었다. 타이슨은 자는 척하며 버텨 보았지만 이내 소용이 없다는 것을 눈치 챘는지 순순히 나와 울던 애도 뚝 그칠만한 특이한 얼굴로 마지막 기쁨조 공연을 시작했다.

"푸하하. 저 놈은 실무가서도 고참한테 귀염 받을 거야."

벨트를 풀고 뱀쇼, 어우동쇼, 홀딱쇼를 노련하게 잘도 소화해내는 타이슨. 전직이 의심스런 놈이었다. 열광적인 성원에도 불구하고 레퍼토리가 떨어졌는지 나한테 바통을 넘기며 협박했다.

"한 곡 때려봐."

동기들의 시선이 내게 모아졌다.

"안 나오면 쳐들어 간다, 꿍자라꿍짝."

망설일 이유가 없었다.

"조오치. 해병 박수 시작!"

나는 DJ가 된 것처럼 동기들에게 박수를 시키고 노래를 불렀다.

"고요한 내 가슴에 나비처럼 날아와서 사랑을 심어 놓고 나비처럼 날아간 사람…"

위도 아래도 없는 동기들만의 시간. 영원히 이들과 함께 있는 이 열차가 멈추지 않길 바랐다. 웃고 즐기다 보니 어느새 대구역. 간이매점의 우동 냄새가 막힌 코를 뚫어주었다. 서울행 기차로 갈아타기 위해 좁은 지하도를 4열 종대로 지나가니 아줌마들이 벽에 착 달라붙어 경계하는 눈빛으로 한마디씩 던져졌다.

"저기 뭐하는 군인이고?"

"에구, 불쌍해라. 저 꼬라지 좀 봐라."

아가씨 뾰족구두 소리를 잡아먹는 워커소리만 지하도에 울려 퍼지고 우리들은 말없이 앞만 보고 걸어갔다. 이전보다 조금 나은 시설의 열차에 올라타니 매복하고 있던 도시락 장사꾼들이 기다렸다는 듯 덤벼들었고, 그것보다 더 무섭게 달려드는 우리 때문에 도시락은 금방 동이 났다.

"우와, 진짜 맛있다."

"이 새끼야, 니 꺼 처먹어."

불량한 복장으로 카세트 짊어지고 산과 바다로 떠나는 청춘들처럼 들떠서 난리를 부리던 동기 몇 명은 배가 부른지 금세 잠이 들었다.

김포 사격관리대의 실무 맛보기

"730기, 일어나라! 좋은 데 가야지."

인솔관의 목소리가 열차 안을 울렸다. 정신을 차려보니 어두컴컴한 바깥의 분위기가 사뭇 달랐다. 생전 처음 와보는 서울. 첫느낌은 활기차고 분주하다는 것이었다. 퇴근길에 얼큰하게 소주 한잔 걸친 아저씨, 분명 학생 같은데 가방이 없는 녀석들은 몇 개월 전의 내 모습을 보는 것 같았다.

건너편의 웅장한 빌딩 숲을 보고서야 내 촌스러움을 느끼며 바쁘게 움직이는 인파 속을 헤치고 서울역 광장에 집합했다.

"자기야, 저 아저씨들 뭐야?"

"응. 잘 모르겠는데."

오리지널 서울말을 주워들으니 꼭 TV를 보는 것 같았고, 특히 코맹맹이 서울 여자의 애교 섞인 한마디에 온몸이 녹아내릴 것 같았다. 부산 같았으면 "봐라 자들 누고?"라는 여자의 질문에 "내가 우예 아노. 이 가시나야!"라고 했을 것이다.

팬티가 보일 듯 말 듯한 짧은 미니스커트의 아가씨도 눈에 들어오지 않았고, 실무라는 산이 높게만 느껴진 듯 모두들 침묵으로 일관했다. 한 시간여의 기다림 끝에 나타난 청룡버스는 또 다른 이별을 준비했다. '청룡'이란 글씨와 함께 시퍼런 용이 입을 쩍 벌리고 있는 부대마크가 매우 인상적이었다.

"자, 부대별로 탑승해!"

갑자기 코끝이 찡해졌다. 헤어질 동기들과의 마지막 눈 맞춤이 이루어졌다. 호송차로 이송되는 죄수들처럼 당분간 보지 못할 바깥 풍경들의 기억을 조금이나마 더 간직하고픈 욕심으로 길 가는 행인들과 우뚝선 빌딩들을 머릿속에 저장하고 또 저장했다.

섬으로 귀향하는 해병들은 '탱고'라고 하는 편도 열두 시간짜리 해군 LST를 얻어 타기 위해 인천 연안부두로 가고, 나머지 김포로 가는 해병들은 2사단 사격교육대로 향했다.

넓디넓은 김포평야를 지나니 하나둘씩 보이는 군부대가 보이기 시작했다. 배치될 부대를 점치며 조마조마해하는 우리의 마음을 무시한 채 버스는 계속 지나치더니 갑자기 좌회전을 해서 샛길을 비집고 올라가 '사격교육대'란 곳에 정차했다.

훈단과는 달리 스무 명 정도 들어갈만한 작은 내무실에 분산된 동기들과 나는 자리를 잡고서도 뭘 해야 될지 몰라 꼰봉도 풀지 못한 채 마냥 서서 대기하고 있었다. 얼마나 시간이 흘렀을까. 잠시 후에 작대기 두 개 단 실무병이 들어왔다. 실무병과의 첫 대면에서 느낀 느긋함과 새카만 피부에서 묻어나는 강한 첫인상은 앞으로 가야 할 길이 멀고도 험함을 예고하고 있었다.

DI를 능가하는 실무병의 기세에 잠시 쫄아 멍하니 대기하고 있는데 해괴한 복장의 한 사나이가 목을 빼꼼 내밀더니 우릴 향해 음흉한 미소를 지어 보였다. 우리와는 다른 통 넓은 추리닝 위에는 깔깔이(방한내피)를 입고 '685 피바다'라고 적힌 백고무신을 신고 있었다.

"느그들 뭐여?"

"네. 신병입니다!"

"오메, 아끼바리이구만."

"네?"

"느그들 중에 깽 손들어."

"네?"

"이것들이 빨아라 하는구만."

"아… 아닙니다!"

실무라고 온 곳이 다른 나라 땅이었다. 알아들을 수 있는 말보다 못 알아듣는 말이 더 많았다. 답답했는지 옆에 있던 실무병의 이마빡을 사정없이 내리치며 말했다.

"내가 지금 이러고 나가면 어떻게 될 것 같아?"

뒤에 있는 일병 선임이 일그러진 표정과 입모양으로 무언의 메시지를 보내왔다.

"자… 잘 모르겠습니다!"

"잘 모른다. 으음…."

갑작스런 뒷발치기에 문 쪽으로 꼬꾸라지는 일병 선임을 보고 어찌하면 이 위기를 모면할 수 있을까 고심했다.

"어떻게 될 것 같아?"

좀처럼 대답의 실마리를 찾지 못하는 우리들을 대표해서 수습에 앞장서는 우리의 호프 '타이슨'.

"네. 아… 안 좋게 될 것 같습니다!"

"푸하하하. 너 중졸이지?"

"아닙니다!"

"아님, 촌에서 모 심다 왔냐?"

"네? 어떻게 아셨습니까?"

"짬밥이 있지, 새끼야. 집이 어디야?"

"전북 부안입니다."

"움메. 부안이라고라. 근디 왜 아까 손 안 들었어?"

"네. 잘 몰랐습니다."

여기서 잠시. 해병대식 지역표기라는 게 있다. 서울 출신은 뺀질이, 경기도는 다마내기, 강원도는 비탈, 전라도는 깽, 경상도는 보리, 제주도는 독이 그것이다.

"나 며칠 남은 것 같어?"

말이 끝남과 동시에 뒤돌아선 깔깔이 뒷면에는 매직으로 남은 날짜를 거꾸로 카운터 하는 달력에 하루하루 X표가 되어 있었다.

"열 둘, 열 셋…. 네 13일 남았습니다."

"뭐 어째? 이 새끼가!"

장난기 가득한 눈에 돌연 쌍심지를 켠 그는 잔뜩 겁먹은 일병 선임의 귀를 잡고 내무실 밖으로 끌고 나갔다.

"이 니기미 씨발 좆같은 호랑말코새끼가 선임의 제대 날짜를…."

문틈 사이로 새어나오는 둔탁한 발길질 소리와 반반씩 섞여나오는 육두문자를 동시번역해보니 등판에 있는 달력 중 과업이 끝난 오늘 날짜에 X표시를 안 했다는 내용이었다. 선임의 제대날짜를 늘였다는 천인공노할 중죄를 판결받은 일병 선임은 즉심에 넘겨졌다.

잠시 후 백고무신의 말년 선임은 소기의 목적을 달성한 듯 만족한 표정으로 한숨을 내쉬며 들어와 한마디 말만 남기고 사라졌다.

"너 시커먼 놈! 누가 괴롭히면 야그해라이잉."

그때 멀리서 반가운 목소리가 들려왔다.

"어이, 신삥들 밥 먹으러 와!"

"네! 밥 먹으로 가겠습…."

몸에 밴 복명복창이 듣기 싫다며 미간을 구기는 선임의 눈초리에 말이 나오다 들어갔다. 훈단의 왕자 식당과는 비교도 안 되는 아담하고 가족적인 분위기의 식당 시설에 놀라지 않을 수 없었다. 복도까지 일렬로 줄을 섰는데도 좀처럼 줄어들지 않아 위험을 무릅쓰고 모가지를 내밀어보니 맨 앞에서 겁 없이 주걱질을 하고 있는 것이 아닌가.

— 저 새끼가 돌았나?

— 이러다가 밥도 못 먹고 단체로 기합받는 거 아냐?

근심걱정에 골치까지 아파왔다. 하지만 그것은 '자유 배식'이라는 사실을 알고 난 후 우리는 뛸 듯이 기뻤다. 식기에 밥으로 산을 쌓아도 누구 하나 뭐라 하는 사람이 없었다. 알루미늄 재질의 주걱으로 밥을 한 삽 펐을 때 김이 모락모락 나는 것에 감동했지만 먹어도 먹어도 입에서 살살 녹는 쌀밥이 줄어드는 게 서글펐다.

"뭐해? 다 처먹었으면 안 나가고?"

"그게 아니고 식…판."

"놔두고 그냥 나가!"

"넷?"

"이놈의 새끼를 그냥…."

"네, 알겠습니다."

얼른 일어나 나가려는데 선임의 목소리가 들렸다.

"지금부터 주계작업 할 거니깐 먼저 먹은 놈 중에 열 명만 모여봐."

주계작업이 뭔지도 모르고 자원했다.

"3명은 츄라이 닦고 너희 둘은 주계 밖 화구 청소, 나머지는 짬판 설거지해."

어리둥절해하는 우리에게 선임이 소리쳤다.

"이것들이 귓구멍에 전봇대를 박았나? 빨리 안 튀어!"

모르면 눈치로, 눈치가 없으면 코치로 식당 안을 휘젓고 다녔다. 청록색 정복에 장화를 신고 흰 앞치마를 둘러맨 덩치 좋은 실무병이 어영부영하는 우리들의 동작을 보더니 커다란 군용국자로 양동이를 두드리며 고함쳤다.

"다 이리와봐!"

"넵! 이병…."

"이 새끼야, 너 츄라이 몰라? 오파운드는?"

"잘 모르겠습니다!"

"에이, 씨벌. 뭘 배운 거야."

끝내 실무병들과의 사이에 놓인 언어장벽을 무너뜨리지 못한 우리는 피아노 건반이 되어 아름다운 우리 동요 몇 곡을 연주했다. 실무병들이 내리치는 국자가 머리통에 와 닿을 때마다 우리는 할당받은 계명을 소리내야 했다. 하다가 틀린 놈은 사람도 들어갈만한 쇠양동이를 머리에 씌우고 준비된 곡괭이 자루로 마구 두드려댔다. 잠시 후 뚜껑을 열어보니 양쪽 눈알이 따로따로 굴러다니는 묘기가 연출됐다.

"임마, 너 어디 봐? 이거 몇 개야?"

― 아, 멀고도 먼 실무의 첫날이여. 스펄, 이거 우리나라 군대 맞아?

여기서 잠깐. 해병대에서만 쓰는 특별한 용어가 있는데 몇 가지 중요한 것을 나열해보면 츄라이는 해군이나 해병대에서 사용하는 군용 식판을 말하고, 훈련소를 훈단, 막사를 병사, 더플백은 꼰봉, 도둑질은 긴빠이, 점호는 순검, 취사반은 주계, 활동화는 함상화, 정찰모는 나까오리, 동기는 똥가래, 반합은 함구, 곡괭이 자루는 오파운드, 야상은 실잠바 등등이 있다.

플레이보이 따라하기

이틀째 아무것도 안시키니 점점 불안해지기 시작했다. 사격관리대. 김포에 배치 받은 신병들이 실무배치 전 잠시 쉬어 가는 천국 같은 곳이었으나 우릴 바라보는 실무병들의 측은한 눈빛은 보는 우리가 더 안쓰러울 정도였다. 식사 후 주계작업에 발탁되어 쇠수세미로 눌어붙은 밥알을 떼어내고 있는데 짓궂은 주계병 선임이 심상찮은 표정으로 우릴 불러 모았다. 그리고는 첫 그 악몽의 양동이를 뒤집어 깔고 앉으며 말했다.

"어이, 신뼁들. 좆뺑이 치러 가는데 줄 건 없고 너부터 한 명씩 나와."

언뜻 냉장고 끝에 기대 놓은 곡괭이 자루가 보였다. 두근 반 세근 반 심장박동은 빨라졌지만 손은 곡괭이 자루를 지나 냉장고 뒤에 들어갔다. 선임은 팔꿈치까지 손을 넣어 뒤적거리더니 표지에 영어가 잔뜩 적힌 끈적끈적한 책 한 권을 펼쳐보였다. 휘리릭 책을 넘겨 보이는데 온통 살색이었다. 책 중간쯤을 펼쳐 클로즈업 하니 금발의 미녀가 홀딱 벗고서 뺏데루 자세를 취하고 있었다. 입에는 길쭉한 뭔가를 물고서.

동공은 있는 대로 확대되고 하반신은 마비되어 갔다. 험악한 인상이지만 개구쟁이 시절의 잔재가 남아 있는지 주계병 선임이 황당한 제안을 해왔다.

"신음 소리를 리얼하게 내면 뒷 장으로 넘어간다. 알았어? 자, 너부터."

"아, 아, 아…."

"이, 씨발. 국자 가져와!"

"아, 으흥흥…."

"이놈의 새끼들이. 다음!"

"아, 아, 아웅, 아…."

"지원자 또 없어? 너 잘하게 생겼네. 악기 있게 한 번 해봐."

"네! 후… 아웅. 오우 예. 허억, 허억. 앙, 아앙….”

"옳지 잘한다. 계속… 좀 더 격렬하게!"

"아, 아앙… 오우, 예… 예예예… 아아앙….”

"바로 이거야 이거. 너 맘에 들었다. 가져!"

"아… 아닙니다.”

"이 새끼가? 받아 임마!"

주계병 선임은 가운데 두 장을 찢어서 선물이라며 내게 주었다. 모자 대신 양철 냄비를 뒤집어쓰고 즉흥적인 수여식을 마쳤다. 세 번을 접어서 지갑을 열면 교태로운 표정의 여자 얼굴이 나오게 꼼꼼히 접어넣었다 그리곤 마치 큰일이라도 해낸 듯 의기양양하게 돌아왔지만 따라 들어온 주계작업원들 때문에 내무실이 시끄러웠다.

"야, 좀 보자.”

"떽! 애들은 가라. 신음도 못 내는 것들이.”

연대 본부에서의 하룻밤

아침 일찍 인사병의 인솔 아래 연대장 신고를 마치고 대대로 이동했다. 개인적으로 좋아하는 숫자인 11(에이스 원페어)대대라 기분이 썩 나쁘지는 않았다. 김포 마송의 경진다방 맞은편에서 흑염소 집을 한다던 안남규, 훗날 짬밥 먹어도 자세 안 나는 충청도 사나이 장정현, 움직이는 시한폭탄 연규천, 머리에 도끼자국 있는 최명일과 함께 대대본부에 도착했다.

아까부터 전입신고를 하기 위해 대대장님을 기다린 사람이 있었다. 709기 최진혁 해병. 그의 말은 군 생활의 백과사전과도 같았다. 그는 우리에게 앞으로 닥칠 여러 가지 시련의 종류와 대처 요령, 선임한테 귀염 받는 법 등, 경험을 바탕으로 한 주옥같은 이야기들을 아낌없이 해주었다. 그것도 모자라 실습까지 시키는 재미난 사람이었다.

"너희들은 앞으로 수많은 질문 앞에 서게 된다. 먼저 너!"

"네! 이병 장정현!"

"너 밖에서 여자 몇 명 조졌어?"

"네. 저, 아직 한 번도….”

"저기 가서 박고 있어."

"이러면 안 돼. 잘 들어. 육해공 어디를 가나 고참들은 음란한 걸 좋아한다. 없는 얘기도 만드는 거야. 너 해봐. 몇 명 조졌어?"

"네! 셀 수가 없습니다."

"음, 그래. 바로 그거야. 거기서 대답 대신 손가락으로 잠시 세는 척하다 말하면 더욱 신뢰가 가지."

실로 열의에 찬 강의였다. 그의 논리적인 설명에 우리는 연신 고개를 끄덕였고, 사단장님 훈시보다 더 진지하게 듣고 있는 우리의 표정에 신이 났는지 땀을 삐질삐질 흘려가며 열변을 토했다.

"졸병의 임무는 선임의 눈과 귀를 즐겁게 하는 거야. 너 첫경험 얘기 해보라면 어떡할 거야? 아까 저 놈처럼 한 번도 해본 적 없는 등신입니다. 그럴래?"

"아닙니다."

"그럼, 한 번 해봐."

"재수할 때 학원에서 만난 여자 친구와 술을 마셨는데 둘 다 취해서 그만…"

"아, 씨바. 깝깝하네. 첨부터 재미가 없잖아. 분위기를 압도하는 상황 설정을 해주란 말야. 내가 하는 거 잘 봐. 표정도."

그의 언어 구사능력은 가히 사이비 교주의 경지였다. 끈적끈적한 분위기를 조성하는 느끼한 표정, 머릿 속에 그대로 그림이 그려지는 세세한 상황묘사와 부연 설명, 이해를 돕는 절제된 몸짓. '때는 어느 추운 겨울이었습니다'로 시작되어 마치 한 편의 음란서적을 읽는 듯한 분위기에 매료되어 어느새 아랫도리가 뻣뻣해졌다. 잠시 방심한 사이 그는 확인이라도 하듯 한 명씩 거길 건드려 보곤 의기양양해했다.

"이 정도는 해야지. 나 이병 때 오입 얘기 잘 한다고 별명이 '똥치'였다. 여기서 똥치란 생선 종류가 아니라 몸 파는 아가씨나 음란한 얘기에 통달한 사람을 말하는 거야."

잠시 후 우리는 대대장님 벙커에 들어가서 전입신고를 하고 자리에 앉았다.

"인사병, 애들은 몇 중대 가게 되나?"

"네! 2중대 2명, 3중대 3명입니다."

"그래? 알았어. 나가면서 전령 보고 커피 가져오라 그래."

당시 대대장인 조○○ 중령은 땅땅한 체구에 검은 피부와 부리부리한 눈으로 전화받을 때는 항상 "조해병입니다."라고 답하는 골수 해병이었다. 품위 있는 언행과 무게 있는 행동에 높은 사람들은 역시 틀리구나 생각했다. 하지만 전령이 커피잔을 책상위에 올려놓자마자 갑자기 돌변하여 주먹을 불끈 쥐더니 재떨이가 나뒹굴어질 정도로 책상을 내리쳤다.

"야, 이 새끼야! 나만 입이야!"

체칠과 함께 춤을

전방으로 가는 중간 크기의 트럭(닷찌)에 다섯 명의 전사들이 올라탔다. 첫 번째 정류장인 3중대 연병장에 세 명이 내리고, 작별 인사를 나누었다.

"살아서 다시 만나자."

"너나 성질 죽이고 조용히 살아라, 임마."

"오냐, 잘 살아라."

우리는 서로에게 이야기를 건넸다. 동기끼리 하고 싶은 말을 나눌 수 있었던 건 이게 마지막이었다. 동기인 최명일과 함께 겁먹은 표정으로 임시거처인 3소대 내무실로 들어갔다. 사람 하나 지나갈만한 좁은 2층 침상 사이로 싸늘한 찬바람이 지나갔다. 무슨 일이 있었는지 졸병들은 쉴 새 없이 뛰어다니고 상병들은 말 한마디 안 하고 괴로운 표정으로 우두커니 앉아 있었다.

— 쾅!

고요한 적막을 깨고 문밖에서부터 안으로 나뒹굴어지는 사람이 있었다. 723기 김석환 해병. 제주도 출신의 작지만 다부진 체격에 크고 험상 궂은 얼굴을 하고 있었다. 사람들은 그를 '사꾸라'라고 불렀다.

"이 꼴통 새끼, 군 생활도 못하면서 밑에 애들은 졸나 괴롭히지?"

"아닙니다."

"아니긴 뭐가 아니야. 이 새끼가 그냥… 어, 뭐야? 신삥이네. 어이, 신삥들. 느그들은 이러면 안 돼."

687기 이춘복 해병은 잠시 발동작을 멈추고 우리 볼때기를 쓰다듬으며 쭉쭉 잡아당겼다. 그때 뒤에서 김석환 해병이 우리를 노려보며 입모양으로 욕을 했다.

"에잇, 고무신에 흙 묻었잖아. 닦아 와!"

프로스펙스 마크가 그려진 백고무신 한 켤레를 문밖으로 휙 던져버리며 이춘복 해병이 말했다. 고무신, 그것은 그 소대의 최고참임을 증명하는 상징적인 물건이었다. 소대에 온 지 십여분 만에 명일이와 나는 완전히 쫄아버렸다. 그 살벌한 분위기에서도 최고참 두 분만을 위한 콘서트가 성황리에 진행되었다. 숫기 없는 명일이는 고참들에게 귀여움을 받지 못했지만 춤이면 춤, 노래면 노래, 시키면 시키는 대로 다 하는 나에게 고참들은 머리를 쓰다듬으며 칭찬을 아끼지 않았다.

"하하하, 이거 물건이네."

"너 몇 소대 가고 싶냐고 물으면 3소대에 가고 싶다고 해. 알았어?"

"네, 알겠습니다!"

재롱잔치가 끝난 후 악기 테스트 1관문인 '베개 싸움'이 이어졌다. 요령은 간단했다. 양손에 베개를 끼우고 그냥 피 터지게 싸우면 되는 것이다. 그 먼 포항 땅에서 흘러 흘러 이곳까지 같이 오게 된 유일한 동기인 명일인지라 서로 선방을 못 날리고 머뭇거리고 있었다. 그러자 고참들은 옆에서 마대질하던 726기 선임 두 명을 불러 세웠다.

"신병 노무새끼들이 빨아라, 하는데 느그들이 시범을 함 보이봐라."

말이 떨어지기 무섭게 신속하게 베개를 손에 끼우며 우릴 죽일 듯이 한 번 노려보고는 치고받기 시작했다. 마치 권투보다 싸움에 가까운 신인왕 예선전을 보는 것 같았다.

"그만 됐어. 잘 봤지? 이렇게 하는 거야. 자, 청코너 보리 신삥 대 홍코너 전라도 신삥!"

명일과의 대결이 시작되었다. 내무실은 금세 아수라장으로 변했다. 최고참 선임이 경상도 출신이라 관중들은 연신 '보리, 보리!'를 외쳐댔고 응원의 힘을 실은 카운터펀치 한 방에 베개가 터져 겨우 상황을 종료할 수 있었다.

그때 2소대 전령이 들어와 우리를 데리고 갔다. 전령은 어두운 전술로를 지나 언덕배기 밑 좁은 평지에 신비스럽게 자리 잡고 있는 위장무늬 건물로 우리를 안내했다. 주위는 온통 무덤 천지였고 점점 더 크게 들리는 대남 방송소리와 도둑고양이 울음소리가 한데 어우러져 〈전설의 고향〉 같은 분위기를 조성하고 있었다. 3소대와 비교가 안 될 만큼 넓은 내무실에는 관품함 대신 '체스트'라고 하는 철제 옷장이 갖춰져 있었다.

"자, 마중 나가자."

해안선을 따라 규칙적으로 세워진 해안등 불빛만이 출렁이는 갈대
밭을 비추고 있을 뿐 보이는 것은 모두 검은색이었다. 깜깜한 방에 들
어온 것 같은 느낌 속에 K-2 개머리판 접는 소리와 워커 발자국 소리가
점점 더 가까이 들려왔다. 귀신에 홀린 것 같아 눈을 부릅뜨고 쳐다보
고 있으니 칠흑 같은 어둠을 뚫고 수십 명의 병력이 서서히 모습을 드
러내기 시작했다. 전원투입을 마치고 돌아오는 중이었다.

우리 쪽으로 다가오는 사람들의 총 맨 방법은 어깨 걸어총부터 접은
개머리판형, 지팡이 대용형, 사냥꾼형까지 각양각색이었다. 총 하나 달
랑 들고 오는 사람이 있는 반면에 양손에 묵직한 것을 들고 오는 사람,
목에 뭔가를 대롱대롱 매달고 오는 사람 등 다양했다.

"수! 고! 하셨습니다. 필~~~승!"

내 딴에는 최선을 다해 경례를 했는데 전부들 무시하고 지나갔다. 그
러나 헐레벌떡 뒤따라가는 졸따구 선임의 미소 끝에 보인 부러진 송곳
니가 섬뜩했다. 내무실에 들어가서도 짬밥에 따른 행동차이가 있었다.
나무로 만든 훈단 것과는 달리 철근으로 정교하게 용접해 만든 병기 시
건대에 병기를 꽂아두고 가는 사람, 그냥 기대놓고 가는 사람, 자기 것
을 꽂고 나서 기대 놓은 것까지 꽂는 사람, 들어올 때부터 빈손인 사람,
이렇게 네 분류로 나뉘어졌다. 실무에서는 사소한 행동 하나까지 무엇
인가 의해 통제되고 있었다. 그 무언가가 바로 해병대인의 삼강오륜인

'호봉수'였다.

헷갈리는 전입신고

"필~승! 신고합니다! 이병 신호진 외 1명은 서기 일천구백구십사년… 이에 신고합니다. 필승!"

일수(최고참) 선임들은 우리가 누군지 어디서 왔는지에는 별관심이 없는 듯했다.

"워커 몇 미리야?"

"네! 265입니다."

"고마워. 참, 너 반짝이(광택 나는 타군 워커) 받아왔지?"

"아닙니다! 쎄무워커입니다!"

"니들 백골부대 아녀?"

"아닙니다!"

"근데 옷이 왜 그래?"

"주기에 받아왔습니다."

"그러니까 니들 논산에서 온 거 맞지?"

"아닙니다! 포항에서 왔습니다!"

"좋아. 니들 이거 활동화지?"

"함상화라고 했습니다!"

"시끄러! 이제부터 경례할 때 '단결'이라고 해. 알았어?"

"아닙니다!"

"이런 핏덩어리 새끼들이. 안 해?"

"아닙니다!"

"안 하지? 오공 오라 그래."

"상병 서대규. 부르셨습니까?"

"오공, 애들 기합 좀 잡아."

고문실의 독립투사처럼 끝까지 입 다물고 있다가 '오공'이라는 닉네임의 해결사가 등장했고, 그가 뱉어내는 욕 함유율 80퍼센트의 협박에 우리는 결국 입을 열고 말았다.

"다… ㄴ… 겨…ㄹ!"

내무실이 갑자기 조용해졌다.

"아이, 이런 시빡 새끼들이! 해병대가 아가리가 찢어져도 끝까지 '필승'이지. 하여튼 요즘 것들은 안 돼. 저리 꺼져!"

결국 당하고 말았다. 잡아먹을 듯한 기세에 밀려 뒷걸음치려는 순간 전령의 목소리가 들렸다.

"뭐 들었어. 아가리가 찢어져도 신고하라잖아."

"필승! 신고합니다…"

"어쭈, 지들 맘대로 손을 내리네."

경례를 받을 줄 알았는데 머리를 긁는 척 손을 들었다 내렸다 하면서 절묘하게 꼬투리를 잡았다. 아무것도 모르는 우리들은 능글맞기가 구렁이 뺨치는 상병 오장의 능수능란한 장난질에 이렇게 하염없이 놀아나고 있었다.

어디선가 누군가에 무슨 일이 생기면 '짱가'가 나타나듯이 난관에 봉착한 우리를 구해줄 흑기사가 나타났다. 갈매기 두 마리가 날아다니는 팔각모 아래 칼자국이 얹혀 있는 찢어진 눈의 선임하사가 나타나자마자 선임들은 금세 다 흩어졌다. 그가 우리를 내무실 후미진 곳의 벙커로 데리고 갔다.

"방금 무슨 일 당했어?"

"아… 아무 일도 없었습니다."

"거짓말하지 말고 전부 다 말해봐. 내가 책임질 테니깐."

"정말 아무 일도 없었습니다."

"에이, 하여튼…. 이거 빠짐없이 잘들 써."

그는 우리에게 갱지 몇 장을 던져준 뒤 말없이 나갔다. 희미하게 보이는 칸 사이에 개인 신상 기재란이 있었고, 다음 장 위에는 자기 소개서(성장과정)를 적는 칸이 있었다. 그리고 마지막 장에는 여기 오면서 착취당한 물품이라던가 구타 및 가혹행위를 당한 적이 없는가, 물어보는 설문용지가 들어 있었다. 그 밑에 추신으로 '빽빽하게' 하는 말과 함께.

잠시 후 근무를 마치고 선임들이 물밀 듯이 내무실로 들어왔다. 그들은 선임들을 거들며 신병 갖고 놀기에 동참하기 시작했다.

"야, 서영수. 이리와 봐."

서영수 일병이 다가오자 내게 질문이 왔다.

"어이, 신뻥. 이놈 별명이 뭘 것 같아?"

"자… 잘 모르겠습니다!"

"해병대가 모르는 게 어디 있어! 잘 생각해봐. 힌트는 물에 사는 것!"

"잘 모르겠습니다!"

"얼굴을 자세히 봐봐, 빨리!"

나는 그 선임의 얼굴을 자세히 들여다보기 시작했다. 그리고는 천천히 입을 열었다.

"부… 부… 붕어인 것 같습니다."

"푸하하하하…."

내무실은 금세 웃음바다가 되었다.

"으흐, 너 이 새끼 뒤졌어."

"신삥, 괜찮아. 저 놈보다는 내게 한참 위니깐 걱정하지 마."

"너 이 새끼, 누구하고 군 생활 더 오래할 것 같아?"

"야, 붕어. 저리 안 가!"

서영수 해병은 도끼눈을 치켜뜨며 사라졌다.

"야, 신삥. 너 이제 어쩔래? 저 놈아 존나 체질이야. 어쩌자고 그걸 한 번에 맞춰버리냐?"

"그러게 말입니다. 하하, 붕어 열 받은 것 좀 봐."

― 아, 이럴 줄 알았으면 미아리에서 돗자리 깔고 점이나 보는 건데.

다음날 아침 선임하사가 나를 찾았다.

"신호진이 누구야? 너 이 새끼, 군 생활하기 싫어?"

"네? 아… 아닙니다."

"누가 이따위로 작성하래? 똑바로 다시 적어."

둘둘 말은 종이로 머리를 한 대 툭 치더니 선임하사는 말없이 나가 버렸다. 주위 선임들이 내가 어떻게 썼는지 궁금해서 한 장씩 뺏어가서 읽어보더니 한 명씩 포복절도하며 자지러지기 시작했다.

Q : 착취당한 물품은 없는가? 있다면 어디서 무엇을 누구에게?
A : 절대 없음.
Q : 한 번이라도 구타, 가혹행위를 당한 적 있다면 구체적으로 기술하라.
A : 전무후무(前無後無)함.
Q : 하고 싶은 말은?
A : 따뜻한 땅개 실잠바를 입느니 찢어진 위장복 입고 얼어 죽겠다.

"푸하하하… 헤헤. 아이고 배야."
"이거 대대 주임상사한테 가는 거야, 임마."
"깜상한테 찍히면 군 생활 포기해야지, 그럼."
누워서 책 보던 일수선임이 호기심 어린 표정으로 고무신을 끄집고 건너왔다.
"뭐야? 이거 쫀나 꼴통이네."
머리 위 수많은 눈이 지켜보는 가운데 나는 다시 펜대를 굴렸다. 쓸 말이 없어 한참을 머뭇거리다 선임의 친절한 지도 편달 아래 빈칸을 다시 매꿨다.

Q : 하고 싶은 말

A : 분위기가 정말 좋고 선임들이 너무 너무 잘해주신다.

꼴통은 어디 가도 표가 난다

"신삥, 머리 깎으러 와."

나와 명일이는 머리를 깎으러 갔다.

"앉아. 누나 있어? 애인 있어? 몇 번 했어?"

대답할 틈도 주지 않고 속사포 같은 질문에 어안이 벙벙했다.

"씨바, 이 새끼 대갈통이 왜 이래 울퉁불퉁해?"

"하하. 너 대가리 맞았지? 이리 줘봐."

훈단보다는 양호했지만 가끔씩 머리털을 뽑아대는 바리캉으로 벌초
하듯 지나갔다. 한 켠에서 담배를 피던 선임들이 서로 한 번 해보자고
밀고 당기더니 결국 백구가 되어버렸다. 감을 머리도 없어 물 몇 번 끼
얹고 복장을 갖추었다.

명일이는 695기 안병현 해병, 나는 702기 곽기동 해병의 피선도병으
로 정해졌다. 중대본부에 신고하러 가기 위해 아빠와 아들이 손잡고 발
을 맞췄다. 소대에서는 세 손가락 안에 들던 그들도 중본에 가니 맥을
못 추었다.

"하이 꽉! 오래간만이다."

꽉은 내 아부지인 곽기동 해병의 별명이었다.

"필승! 며칠 남으셨습니까?"

110

"아이, 섭하게. 몇 시간으로 물어봐라. 근데 이놈, 니 아들이냐?"

"네, 밀보리(경상남도)입니다."

"설문지에 한 칼 먹였다며? 요거 물건이네."

"완전히 꼴통입니다."

"하하, 넌 졸병 때 안 그랬냐? 그 애비에 그 아들이지."

중대장님의 "형처럼 따르고, 동생처럼 사랑하라"는 눈물겨운 훈시를 듣고 병기와 무장을 지급받았다. 내 이름이 적힌 병기 인식표를 개머리판 밑에 붙이고 소대로 복귀하니 모두들 오침을 취하고 있었다. 불을 끄고 빨간 피색깔의 커튼을 쳐놓으니 낮인지 밤인지 분간할 수 없었고 그 와중에도 졸병자리는 항상 비어 있었다.

맏선임들의 배려로 꼰봉을 풀고 곽기동 해병 옆 체스트에 물건들을 차곡차곡 정리했다. 왼쪽 수납공간에는 꼰봉을 재봉선 따라 접어서 밑에 깔아 방독면을 얹고 위에는 수건을 세로로 반 접어서 걸었다. 그리고 오른쪽 넓은 공간에는 옷걸이에 정복, 실잠바, 전투복 순으로 걸고, 보이는 쪽 소매를 안쪽으로 돌려 감아 주름을 없애고 최대한 밀착시켰다. 보급 팬티와 양말까지 규정대로 접어서 각을 잡아 그 많던 짐이 조그만 서랍에 다 들어가고도 남게 하는 예술적인 공간 정리. 자는 선임이 깰까 봐 조심조심 어깨너머로 배우고 익혔다.

"야, 아들! 대충하고 이리 와. 팔베개 해줄게."

"아… 아닙니다."

"이리 안 와?"

나는 얼른 달려가 누웠다.

"내 새끼, 고추 한 번 볼까?"

"헉. 안 되…."

이때부터 잠과의 전쟁이 시작되었다. 온갖 변태적인 행각을 일삼던 꽉 해병은 끝내 수청(?)을 거부하는 내게 실망한 듯 이내 곯아떨어졌다. 애비가 잠든 걸 확인하고는 슬그머니 자리에 가서 누우려는데 꽉 해병이 몸부림치는 척하면서 내 매트리스 위에 발을 턱 걸치고는 잠꼬대 하듯 말했다.

"저리 가! 내 옆에서 잘 생각하지 마!"

선도병 옆자리에서 곤히 잠든 동기 명일이가 마냥 행복해 보였다. 낙심한 나는 침상에 쪼그려앉은 채로 꾸벅꾸벅 졸다가 멀리서 손가락으로 오라고 신호하는 맏선임들의 지시에 명일이를 깨워 갔다. 집결지는 건조장. 비닐하우스라 덥기는 했지만 남의 눈을 피하기에는 안성맞춤이었다.

"피곤하지? 우린 한 시간밖에 못 잤어, 임마."

"괜찮습니다!"

"니들도 밤에 근무 한 판 나가 봐라. 그런 소리 나오나. 근데, 몸은 별 이상 없지?"

"괜찮습니다!"

"이상 있으면 째깍째깍 얘기해. 꽁하고 있다가 나중에 뒤탈 생기면 그때는 너 죽고 나 죽는다."

"네, 알겠습니다!"

"그래도 니들은 '오빠'가 없을 때 와서 다행이다. 으흐, 끔찍해."

"맞아, 그 선임하고 군 생활 같이 안 하는 것도 하나의 복이지."

"으아, 두 달밖에 같이 안 있었는데 죽는 줄 알았다. 우리 소대 선임들 정말 존경한다, 존경해."

선임들이 말하는 '오빠'란 683기 김정석 해병을 말하는 것이었다. 그는 휴가 나가서 시내 한복판에서 싸움을 했는데 교복 입은 여학생들이 위풍당당한 그의 모습을 보고 '오빠'를 외치며 열광했다고 한다. 그가 전역한 후에도 이처럼 후임들 입에서 오르내리는 것을 보면 실로 엄청난 인물임에 틀림없었다. 한 가지 신기한 사실은 '없는 곳에서는 나라님 욕도 한다'고 했는데 그가 떠난 지금도 선임들이 쓴웃음으로 고개를 절레절레 저으며 존경을 표한다는 사실이었다.

"맞아, 오빠랑 군 생활 안 한 사람은 해병대 아니지."

오빠는 진정한 해병 하리마오의 표상이자 체질 해병이 나가야 할 지표를 밝혀준 전설적인 인물이었다. 모두 잠든 후에 명일이와 나는 맏선임들과 모여 앉았다. 그리고 얼마 남지 않은 기상시간을 보고 분위기가 숙연해져 이병 막내가 내무생활에서 지켜야 할 기본 수칙에 관한 스파르타식 주입 교육을 받았다.

경례는 필과 승을 5초 동안 띄운다(필⋯ 1⋯ 2⋯ 3⋯ 4⋯ 5⋯쓰웅!)

걸으면서 경례하지 않는다.

선임이 무엇을 권할 때는 세 번 사양한다.

선임이 선행을 베풀 땐 "악! 감사히 먹겠습니다"고 외친다.

밥 먹으러 주계를 출입할 때 '식사 많이 드십시오!'를 외친다.

3보 이상 구보로 항상 뛰어다니고 한자리에 오래 서 있지 않는다.

이빨을 보이지 않는다(웃겨도 참는다. 하품은 죽음이다.)

거울을 봐서는 안 되고 세면, 양치도 선임이 다 잘 때 한다.

잘 땐 드라큘라처럼 바로 누워 양손을 배 위에 얹고 죽은 듯이 자고, 일어날 땐 형광등 초크가 3번 터지기 전에 강시처럼 일어난다.

언제 어디서나 담배와 라이터를 휴대하고 선임이 어지럽히면 신속히 정리정돈한다.

간부 앞에서는 ○○○ 해병님이 아니라 병장 ○○○으로 부른다.

선임이 시키면 못해도 해보겠다, 몰라도 알아보겠다, 없어도 찾아보겠다고 한다.

수많은 행동강령을 읊조린 선임은 꼬깃꼬깃한 종이쪽지 하나를 쥐어주고는 급히 들어갔다. 거기에는 소대 선임들의 이름과 기수가 초등학생 글씨로 휘갈겨져 있었다.

전우여, 밤하늘에 영광의 조명탄을

야간 전원 투입이 시작됐다. 나와 이병 만선임은 탄약고에 가서 탄약을 내리고 야간 감시 장비를 챙기면서 틈틈이 가재미눈으로 상황판에 적힌 암구어, BMNT, EENT, 간조, 만조, 취약시간, 물때, 앞뒤직 근무자들을 머리에 입력했다. 그렇게 정신없는 몸으로 야간 전원 투입을 나갔지만 실수만은 하지 않으려고 잔뜩 신경을 곤두세웠다.

"필승! 전원 투입 인원보고. 총원 32… 번호!"

"하나, 둘, 셋, 넷, 다섯….."

고래고래 고함지르고 받은 수모가 생각나서 선임들이 하듯이 나지막이 속삭였다.

"여섯. 이 결!"

말이 끝나기가 무섭게 수많은 눈총이 내게 집중사격을 가했다.

"어쭈, 졸병 새끼가 목소리 좀 봐!"

"목소리 크게 안 하지? 그리고 '이 결'이 뭐야? '둘 결'이지."

"저거는 안 되겠다. 산에 한 번 데리고 갔다 와라."

야간 전원투입은 목소리를 크게 할 뿐만 아니라 구호까지 외쳤다.

"전우여! 밤하늘에! 영광의! 조명탄을!(빨갱이 한 놈 잡자는 뜻)"

전원투입 근무를 마치고 내무실로 돌아왔다. 하지만 나는 선임들의 눈과 귀를 즐겁게 하기 위해 내무실 한 귀퉁이에 대기해야만 했다.

"야, 신삥! 주계가서 꼰봉한테 먹을 거 좀 가져오라 그래."

한걸음에 달려 올라가 고균봉 주계병 선임한테 말했다.

"필승! 먹을 것 좀 가져오시랍니다."

"이 새끼가, 지랄 옆차기하고 있네. 임마, 여기가 PX야?"

"아닙니다. 수고하십시오. 필….."

"어쭈, 누가 가래? 없으면 만들어서라도 가야지."

주계병 선임은 건빵을 식용유에 튀기고 설탕에 버무려 츄라이에 수북이 담아주었다. 들고 내려가면서 몰래 하나 맛을 봤는데 둘이 먹다가 전쟁이 나도 모를 만큼 맛있었다. 하지만 내무실의 반응은 냉담했다.

"니미럴, 건빵 튀김? 가서 꼰봉 잡아와!"

나만 가운데 끼어 죽을 고생을 했다. 겨우 상병선에서 갖다 바친 생라면 하나에 풀려날 수 있었다. 이병 막내가 누리는 유일한 특혜는 먹는 것에 관대하다는 것이다. 우리는 츄라이 옆에 딱 붙어 앉아 종달새 새끼처럼 고참들이 먹여주는 대로 감사히 받아먹기만 하면 되는 것이다. 그러나 모든 일이 그렇듯 순탄한 일이라곤 없었다.

"어라, 신삥들이 맛을 음미하는구만. 맏선임 누구야?"

"네. 이병 안! 용! 섭!"

725기 맏선임 중에 한 명인 '똥파리' 안용섭 해병이 달려왔다.

"악기 한 번 보여봐."

말이 떨어짐과 동시에 우리를 흠칫 노려본 그는 호흡을 길게 한 번 내쉬었다. 그리고는 포클레인처럼 양손으로 건빵을 가득 퍼 담아서 입을 벌려 한꺼번에 쑤셔 넣는 것이 아닌가?

"됐어. 어쭈, 이게 시험 보이랬더니 다 처먹고 있어."

"아… 아닙니다."

숨이 막혀 고통스러워하면서도 우걱우걱 건빵을 먹는 모습을 본 관중들의 시선은 곧이어 나를 향하고 있었다.

"자, 신삥. 질 수 있나? 악기 한 번 보여줘!"

나는 닥치는 대로 건빵을 입에 쑤셔 넣기 시작했다. 나중에는 여유 공간이 없어 코로 겨우 숨 쉬며 이빨보다는 입천장과 잇몸으로 짓이겨 먹었다.

"하하하. 좋아, 좋아!"

선임은 매우 만족스러워했다. 그런데 갑자기 건빵으로 빵빵해진 내 볼때기를 찌르고 두드리더니 볼펜을 던져주면서 말했다.

"먹는 것 스톱! 지금부터 총검술을 시작한다. 앞에 총!"

"우웁… 아… 아악!"

공룡이 불을 뿜듯 기합을 넣을 때마다 입과 코에서 건빵 가루가 튀어나왔다.

"이번에는 집총 체조 시작!"

"허… 억."

"국군도수 체조 시작!"

"허… 허… 억."

"뽀뽀뽀 체조 시작!"

"허억… 아빠가… 허억… 출근할 때… 허허억…."

건빵은 과자인가 빵인가

선도병 일지 적는 시간.

하루 종일 뭘 했는지 속옷은 빨았는지 아픈 데는 없는지 등등을 적었는데 초등학교 그림일기보다 유치한 수준이었다. 수양록에도 구타, 저 변문제 같은 저속한 단어말고 아름다운 병영생활과 관련된 글만 적으 라고 했다. 이런 식으로 적으라며 친절하게 예까지 들어주면서.

건빵을 먹었는데 선임들이 자기 몫까지 주셨다. 너무너무 잘 챙겨주 시고 선도병께서는 친형님처럼 자상하게 돌봐주신다. 웃음꽃 피는 우 리 소대가 너무 좋다.

"어이, 아들. 자장가 함 불러봐라."
곽기동 해병이 드러누우면서 말했다. 최선을 다해 한 곡 불렀다.
"어휴, 됐어. 그냥 재미있는 이야기 좀 해봐라."
나는 마지막 기회라 생각하고 내가 알고 있는 가장 재미난 이야기를 해줬다. 그런데 내 이야기를 이해하지 못했는지 곽 해병은 다짜고짜 화 를 냈다.
"에잇, 시험 조교 앞으로!"
다시 '똥파리' 안용섭 해병이 달려왔다.
"잘 봐봐. 큐!"
큐 사인과 동시에 안용섭 해병의 경직된 얼굴이 서서히 망가지더니 온갖 바보 흉내를 다 내었다.
"원 투, 원 투, 띠리리띠리리… 소쩍꿍….."
한시라도 빨리 이 자리를 벗어나려는 맏선임의 노력이 눈물겨웠다.

웃어야 할지 울어야 할지 정신이 하나도 없었다.

"하하하. 아이고, 배야. 잘 봤냐?"

"넵!"

곽 해병은 잘 했다고 건빵 하나를 손에 쥐어서 보냈다.

"너도 먹고 싶지? 자, 입 벌려. 아~"

"괜… 괜찮습니다!"

"어쭈, 입 벌리라는데도."

"괜… 괜찮습니다."

"괜찮습니다? 누가 내 아들한테 이런 못 된 것 가르쳤어? 안용섭!"

다시 안용섭 해병이 달려왔다.

"니가 그랬지? 묻는 문제 맞추면 함 봐준다. 건빵이 과자야, 빵이야?"

결국 안용섭 해병은 눈썹 뽑히고 나는 추리닝에 단독무장으로 빗자루 들고 불침번을 섰다. 오늘도 동기 명일이는 잘도 잔다.

감동적인 콘서트

조별과업으로 실시된 구보. 전방이라 별다른 연병장도 없어 전방 순찰로에서 민통선 입구까지 '니기미 C발'로 시작해서 '조지나 개10이다'로 끝나는 19금 군가로 동네 사람들을 다 깨우고 다녔다. 우리는 그것을 '사가'라고 불렀다. 소대병력이지만 훈대 1개 대대와도 맞먹음직한 우렁찬 목소리는 찢어지고 갈라져서 시험을 앞둔 수험생과 피로한 아버지의 출근길을 돕는 데 이바지했다. 내용은 대동소이했다. '엿 같은 군 생활' 아니면 '영자의 거시기'. 훈단에서 배운 것은 하나도 없었고, 전부 성인용 에로버전 아니면 무대가리 욕버전이었다.

"곤조가, 핫 두울 셋 네엣!"

"흘~ 러가는 물결 그늘 아래!(차~) 편! 지를 띄우고(에 헤이)⋯."

서두는 아주 서정적이었다.

"오늘은 어디 가서 깽판을 놓고! 내일은 어디 가서 신세를 지나! 우리는 해병대(해병대!) 아로케에이무씨(에무씨) 헤이 빠빠리빠⋯ 때리고, 부시고, 마시고, 조져라! 헤이 빠빠리빠⋯."

결국 마무리는 이렇게 끝이 났다.

"가만히 살짝이 오세요. 아프지 않게요. 언제나 수줍은 긴자꼬 우리 마누라. 살 많은 통통 XX, 뼈 없는 순살 XX⋯."

무슨 이런 노래가 다 있나 싶었다.

"아들, 노래를 모르면 '악, 악!' 거리기라도 해."

"네. 악! 악, 악, 악! 악악악⋯."

"저 새끼가 돌았나? 아가리 안 닥쳐!"

곽 해병의 무책임한 장난에 분위기가 점점 험악해졌다.

"들어가서 상병들 다 집합해."

복귀해서는 계급 순으로 다리미장을 들락거렸고 곧 내무실은 쑥대밭이 되었다. 몇 번을 당하고 나니 눈치가 생겨서 어느 쪽 말을 듣는 게 신상에 이로울까 하는 잔머리도 굴리게 되었다.

겁이 나서 내무실에도 못 들어가고 소각장 근처를 방황하다 내 차례가 되었음을 통보받고 탄약고로 갔다. 초죽음을 각오하고 경건한 마음 가짐으로 들어가니 맏선임 두 분과 거구의 724기 정재홍 해병까지 올라와서 담배를 피며 기다리고 있었다.

"이리 와! 넌 죽었어."

40밀리미터 포 손질도구함을 여니 굵직한 포신 꼬질대가 보였다.

— 으흑. 여기서 죽는구나. 어무이.

선임들이 담뱃불을 튕겨 껐다. 살풀이의 신호탄인 줄 알았다. 허나 극적인 반전. 손질포를 비집고 손을 쭉 집어넣어 한참을 뒤적거리다 무엇인가 입질이 온다는 야릇한 표정을 지었다. 어느새 손끝에는 월척이 하나 걸려 나왔다. 보배 소주 됫병이었다. 이번에는 주머니를 뒤지더니 초코파이를 꺼냈다. 그리고는 주계에서 가지고 온 쇠밥그릇에 순서대로 술을 가득 따라주었다.

"자, 마셔! 씨바, 좆같은 군대, 먹고 죽자!"

"괜… 괜찮습니다."

"괜찮기는. 자, 어여 먹어."

선임들의 마음을 읽을 수 있었다. 오늘 사태의 시발점인 사가 교육을 위해 윗선에서 받은 걸 돌려주는 순서였다. 하지만 얼마나 서럽게 당했으면 우리에게 대물림하지 않으려고 하는 것일까, 하는 생각에 가슴이 쩡했다.

"자, 잘 들어."

선임들은 〈뺏다가〉부터 한 발씩 쏘기 시작했다. 구보 때는 욕을 뺀 나머지 가사들은 전혀 알아듣지 못했는데 자세히 듣고 보니 아름다운 우리 가락에 가사를 덧붙여 리메이크한 곡들이 많았다. 결코 좋은 목소리는 아니었지만 감동의 쓰나미가 몰려오는 탄약고 콘서트였다.

물골 작업과 이빨 사진

"얘들아, ○○○초소 물골 목책 좀 손보라신다."

물골작업이었다.

"제대 준비하라 이거지. 좋아 카메라 챙기고 대검 가져와."

"착취 안 할테니 짱박은 옷들 자세 나게 챙겨 입고 밖으로 집합해."

잠시 후 주계 밑 뜰에 작업도구를 들고 모였는데 한마디로 가관이었다. 지난번에 집합했을 때와는 확연히 다른 위장복, 작업복, 정찰모, 베레모…. 완전히 군복 패션쇼였다. 다들 동원 훈련가는 예비군처럼 위풍당당하게 보였다. 작업도구 또한 그 복장에 맞게 늠름했다. 시시한 낫이나 갈퀴가 아닌 해머와 통나무를 하나씩 어깨에 매고 정문을 통과하는 선임의 모습은 그 어느때보다 진지했다.

전방 초소에서 다시 철책문을 따고 들어가니 온통 크레모아에 조명지뢰밭이었다. 노련한 선임이 발을 디딘 곳만 밟고 지나가며 뻘구덩이에 발을 담갔다. 질퍽한 느낌이 적응이 안 돼 깊이 빠진 발을 양손으로 꺼내가며 용을 쓰고 있는데 노련한 선임들은 통나무를 이고도 끈끈한 뻘의 밀도를 무시한 채 질풍같이 헤쳐나갔다.

— 발이 빠지기 전에 다른 발을 옮겨라.

유심히 관찰하다 극적으로 발견한 요령으로 성큼성큼 걸어 나갔다. 이런 상태라면 물 위로도 걸을 수 있을 것만 같았다. 자만심을 품고 선임들의 눈총을 받으며 뻘을 차고 나갔다. 헌데 뭔가가 허전해 발을 빼보니 이게 웬일인가? 신발이 어디론가 사라지고 없었다. 뻘에 붙어 두 배로 늘어난 보급 양말을 붙잡고 발자국이 남긴 구멍에 일일이 손을 넣어서 찾다가 결국 영원히 뻘 속에 생매장된 내 함상화를 위해 삼가 명복을 빌었다.

— 이곳에 남아 조국을 지키는 한 마리 용이 되거라.

통나무 높이만큼 인간 사다리를 만들어 해머로 때려 박는 것을 보니 선임들이 밖에서 무얼 하다 왔는지 전직이 의심스러웠다.

"자, 한 명 올라타서 흔들어봐."

"됐어. 자, 준비해."

내가 보기에는 다 된 것 같았는데 또 뭔가를 준비하고 있었다. 갑자기 일수 선임이 오파운드 곡괭이 자루를 휘두르며 소대원 전체를 뻘탕 속으로 밀어 넣었다. 경험 있는 고참들은 슬금슬금 도망치며 폴짝 뛰어 입수했고 졸병들은 안 맞으려고 용을 쓰며 도망가다가 슬라이딩하면서 들어갔다.

"대가리 안 넣어!"

"사진 뽑아서 이빨 빼고 흰 게 나오면 각오해!"

머드가 피부에 좋다고는 하지만 뻘에 한 번 들어가면 나올 생각을 하지 않았다. 상황실에서 그만 철수하라고 연락이 오거나 소대장이 와서 가자고 졸라도 좀처럼 나오지 않았다. 뻘 속에서는 선후임 간의 일방적인 격투기 시합과 기마전 등 다양한 놀이들이 벌어졌다. 목만 남기고 파묻기도 하고 갯지렁이를 잡아서 먹으라고 주기도 했다.

"자, 신삥 자세 잡아."

오늘의 메인이벤트는 '이빨 사진' 촬영. 어색한 표정으로 갈대를 살짝 젖히고, 고개를 삐딱하게 내밀고 인상을 썼다.

"저 새끼 자세 잡는 것 좀 봐. 기합빠져 가지고…."

"역시 보리는 달라. 작업하면서 저거 연구했을 거야."

"저것도 짬밥 먹으면 뻘짓거리 많이 하겠구만."

내 사진 촬영이 끝나고 선임들의 순서가 왔다. 선임들은 대검을 입에 물고 엑스트라까지 동원해서 전쟁영화를 한 편 찍었다. 맨땅에 면상부터 처박기, 한강철교, 뺏다치기, 갈대밭 포복, 뻘무덤 만들기 등등. 리얼한 현장을 담기 위해 실제 싸움을 시키는 기지도 발휘하고, 구호와 함께 한 명은 돌려차기하고 한 명은 후방낙법으로 나가떨어지는 고도의 스턴트 연출기법도 선보였다.

몰골작업을 마치니 삽시간에 전부 거지꼴이 되었다. 작업도구들을 챙겨들고 전술로 쪽으로 접어드는데 멀리 애기봉 쪽에서 닷찌차 한 대가 무서운 속도로 달려왔다.

"와, 휴가자다."

후임의 불행은 곧 선임의 행복. 금방이라도 닭똥 같은 눈물이 뚝뚝 떨어질 것 같은 그들의 표정을 보고 모두들 좋아했다.

"자, 복귀선물이다."

옷에 붙은 뻘덩어리를 차 쪽으로 집어던지며 환호성을 지르니 우거지상의 휴가 복귀자들이 힘없는 경례를 때리며 사라졌다.

"제가 니 형이야. 잘 봐줘, 임마. 참, 중대본부에 가서 백조 검문소에서 온 물건 받아와."

지령을 받고 몸을 낮춰 중대본부 뒷길로 진입했다. 그런데 나와 비슷한 처지의 한 선임이 유류고 드럼통 뒤에 숨어 있다가 손짓으로 나를 불렀다.

"야, 임마. 꼬라지가 왜 그래?"

"몰골작업 하다 왔습니다."

나뭇가지로 덮어놓은 라면 박스에는 휴가자가 복귀하면서 검문소에 맡겨둔 과자와 88담배 한 보루, 그리고 선임들이 무언의 협박으로 강요한 제대 선물이 들어 있었다.

"너 730기지?"

"네, 그렇습니다."

"큭큭. 그럼 나랑 같이 나가겠군. 근데 지금 물 안 나오는데 어쩔래? 2소대 오늘 냄새 지독하겠는데."

3소대의 다음 일병 휴가자였던 721기 이종영 해병이었다 얼마 전 중본에서 봤을 때는 당장 자살할 사람처럼 보였는데 오늘은 왠지 얼굴에 미소를 잔뜩 머금고 있었다.

"씨바, 휴가 간다고 다섯 끼를 굶었네."

표정은 밝았지만 잠을 못 자서인지 눈은 푹 들어갔고 통통하던 볼엔 살이 빠져 광대뼈가 드러나 있었다. 선임이 먹을 과자에 독이 있는지 보는 거라며 제일 싼 '뻥이요' 하나를 뜯어 나눠 먹은 후 그는 우리 기수도 다음 차수에 위로휴가 나간다는 뜻하지 않은 쾌보를 전해주고 사라졌다.

소대로 돌아오는 길에 잠시 박스를 내려놓고 추리닝 소매를 뭉쳐 입에 물고 고함을 질러댔다. 너무 좋아서 입이 찢어지려고 하는 것을 꾹 참고 주계 옆 샛길로 돌아오는데 동기 명일이가 나무에 매달려 있었다. 보는 사람이 없는데도 말은 못하고 입모양으로 '뭐하냐?'고 물었더니 억울한 인상을 지었다. 이빨 사이에 낀 과자를 되새김질하면서 한 번 약 올리고 나서 다시 입모양으로 물었다.

—푸하하. 만날 나만 당하더니 나 없으니깐 네가 당하는구나.

—너 뭐 먹냐?

—이제 나의 소중함을 알겠냐?

—같이 먹자. 이 웬… 허걱.

무언가를 보고 놀란 토끼눈이 되어 갑자기 나를 외면해버리는 명일의 행동에 긴박한 위기의식을 느낀 나는 반사적으로 자리를 피했다. 갑자기 위에서 요강만한 돌멩이가 굴러 내려왔다.

"요것들이 이빨까지 말라고 하니깐 수화를 하고 있네."

일병 휴가 복귀자 721기 엄준성, 제양모 해병이었다.

"니가 곽기동 해병님 아들이냐?"

"이병! 신호진. 그렇습니다!"

"내가 첫째 아들이니깐 형이라고 불러라. 알았어?"

엄 일병은 나에게 자신이 형임을 알려주고는 명일을 보며 말했다.

"임마, 넌 거기서 뭐해? 대가리는 꼭 가르마 탄 것 같이 해가지고."

명일의 콤플렉스인 앞머리 흉터에 대한 지적이었다. 역시 그 아버지에 그 아들이었다. 과자 박스를 들고 내무실로 들어가니 선임들이 "이제 정복 입을 일 없다"며 휴가 복귀자들을 부둥켜안고서 정복에 뺄을 다 묻혔다.

"우하하하, 세상에서 제일 비전 없는 놈들. 그래, 잘 놀다 왔냐?"

"필승! 신고합니다. 일병 제양모 외 1명은…."

"됐어. 근데 '뺑이요' 사왔냐?"

"네, 사왔습니다."

일수였던 '웅팽'은 과자 중에서 제일 싸고 양 많은 과자인 '뺑이요'를 좋아했다. 내무실로 돌아가서 휴가 복귀빵 과자 파티에 참석했다. 뭐든지 굶주린 늑대처럼 게걸스럽게 먹어야 하는 졸병에게는 과자파티가 꼭 반가운 것만은 아니었다. 먹는다는 것은 행복한 것이었지만 그 결과는 입천장의 초토화였다. 특히 식감이 날카로운 양파링이나 웨하스 같은 종류는 입안을 황폐화시키는 주범이기도 했다.

"휴가 가서 뭐했어?"

"네, 농사 일 도왔습니다."

"에이, 씨. 넌 됐어. 야타, 너는? 몇 명 조졌어?"

당시 이슈가 되었던 오렌지족에게는 명함도 못 내밀지만 여기 사람들에 비해서는 제법 수려한 외모와 귀티 나는 분위기를 연출하는 엄준성 해병의 별명이 바로 '야타'였다. 구형 프라이드를 끌고 화양리에서 '야타' 행세하고 다녔다는 엄준성 해병의 화려한 휴가 뒷이야기를 풀자마자 선임의 이해를 돕기 위해 나는 연기자로 차출당해 상대역을 소화해내야 했다. 가슴에 양말을 뭉쳐넣고 코 막힌 목소리를 냈다.

"아으으응…."

"그래서 저는 서서히 피스톤 운동을 하기 시작했습니다. 관능적인 그녀는 자신도 부끄러우리만큼 거친 신음을 뿜어냈고 우리는 곧 절정에 이르러…."

"아으흐흐흐응…."

그때 선임들이 한마디씩 하기 시작했다.

"에라, 씨바. 너 같은 새끼가 처녀를 다 조지고 다니니깐 나한테는 걸레만 걸리잖아."

"불쌍한 놈. 1년 동안 여자 구경은 다했다."

"기수빨이 촘촘해서 죽기 전에 상병휴가 가겠냐?"

바로 그때 응팽이 소리쳤다.

"앗!"

"무슨 일입니까?"

"우이씨, '뺑이요'가 없잖아. 이거…."

"어, 분명히 사왔는데 말입니다."

온갖 시선이 내게 집중됐다.

"신삥, 아가리 벌려봐."

"네?"

"어라, 이빨에 뺑이요 끼었잖아. 임마 너 어따 빼돌렸어?"

"네, 그것이….'

"엄준성. 니 동생 좀 봐! 들고 오다가 다 처먹었잖아."

M60과의 데이트

드디어 내 위로휴가 날짜가 떨어졌다.

"너 집에 가지?"

"잘 모르겠습니다!"

"올 거지? 가서 안 오면 안 돼?"

"네, 알겠습니다!"

"뭘 알아? 너 휴가 가냐?"

"아… 아닙니다!"

휴가 준비를 빙자한 깡다구 배양훈련과 특수훈련이라고 해도 전혀 손색이 없는 고된 악기증진훈련 그리고 휴가 머리 깎으면서 받은 '맞고 오면 뒤진다'라는 주제의 정신 교육을 받았다. 이 모든 것을 기쁨으로 전환시켜 세월이 빨리 흐르기만을 바라고 또 바랐다. 철모 다섯 개를 겹쳐 쓰고 M60을 벗 삼아 총검술과 불침번을 반복했다. 갈수록 험난한 휴가 길에 맞닥뜨린 M60 병기수입.

전원투입을 마치고 내무실 침상 한쪽 귀퉁이에 712기 정현희 해병과 마주 앉았다. 그는 전설 속의 인물인 '오빠'의 아들이었다. M60 2총 탄약수. 나의 임무는 탄약보급, 표적에 대한 사격준비 및 측후방 경계, 사수 및 부사수의 유고시 임무대행, 쉽게 말해서 시다바리(보조)였다.

"에이, 저 똥총!"

"다 썩은 거 뭐하려고 닦냐? 근데 그거 나가긴 하냐?"

"갖다 버려, 임마. 아니다. 자세 사진 찍을 때 쓰게 놔둬라."

"으흐, 저것만 보면 왜 열이 받지?"

"야, 오빠 생각난다. 저리 좀 치워라."

갖은 협박 속에 할 수 없이 바닥에 판초우의를 깔고 쪼그려앉아 분해조립부터 시작했다. 병과가 M60인 '오빠' 김정석 해병이 나가기 전까지는 사진 찍을 때 소품으로 쓰기는커녕 M60 닦을 때 옆에 지나가지도 못했다고 한다. 전설이 되어버린 '오빠'에 대한 무성한 소문을 증명하듯 M60이라면 치를 떠는 선임들의 민감한 반응 속에 일방적인 교육이 시작되었다. 하지만 BB탄 장난감 총으로 지나가는 아가씨 종아리를 테러하던 소싯적 경력 덕분인지 한 번 보고는 별 탈 없이 분해조립을 따라할 수 있었다.

"신삥이 너보다 훨 낫다, 임마."

지나가던 선임이 정현희 해병을 자극했다.

"어이, 신삥. 이 부분의 이름이 뭐야?"

"명칭은 아직…."

"이런, 토다냐?"

"아… 아닙니다."

"나는 맞고 시작했다. 여기 봐. 얼마나 맞은 것 같아?"

"네. 여러 번 같습니다."

전설 속의 '오빠'가 남긴 흉터가 여기저기 보였다. 곧이어 세부 명칭에 대한 설명이 시작되었지만, 군대에 와서 구구단도 가물가물해진 머리로는 도저히 감당할 수 없었다. 내 머리는 곧 실로판이 되었다.

도깨비뿔 죽이기

"이런 개쉐이들, 두 줄 잡혔잖아."

다리미장 창문 틈새로 내가 휴가 때 입고 갈 정복이 보였다. 정복은 훈단에서 무더기로 던져주던 정복과는 비교가 안 될 정도로 칼같이 다려져 옷걸이에 걸려 있었다. 하지만 욕쟁이 오공은 마음에 안 들었는지 선임들을 닦달하기 시작했다.

"이 씨박 새끼들아! 니들 위로휴가 때 내가 이런 거 입혀 보냈어?"

"아…닙니다."

"이런 좆도 개념 없는 새끼들, 다른 걸로 다시 줄 잡아!"

집에만 보내준다면 홀딱 벗고도 가련만 막내 안 챙겨준다고 일병들을 쥐어쨌다. 다들 잠든 오침시간에 캄캄한 내무실을 분주히 돌아다니며 몸에 맞는 정복과 머리에 맞는 정모를 찾느라 여념이 없었다.

"야, 니 대가리 원래 이래?"

무슨 말인가 싶어 머리꼭지를 만져보니 예삿일이 아님을 알았다. 휴가 나간다고 앞머리만 빼고 다 밀어버리는 상륙돌격형 머리를 깎았는데 머리 꼭대기에 며칠 전에 생겨난 도깨비뿔이 하나 떡하니 자리 잡고 있었다. 휴가 가려면 소대, 중대, 대대, 연대까지 거슬러 올라가 복장검사에 신고까지 해야 하는데 난감한 일이 아닐 수 없었다. 그래서 이 난관을 어떻게 헤쳐나갈 것인가를 두고 선임들이 정상회의를 했다. 여러 명이 아이디어를 냈지만 초등학생 수준의 결론은 이러했다.

— 튀어나온 부분만 바리캉으로 더 민다.

— 나머지 부분을 두드려서 수평을 맞춘다.

안 되겠다 싶었는지 선임들이 나를 가운데 앉혀놓고 뻥 둘러서서 한마디씩 했다.

"높이를 맞춰보는 건 어떻습니까?"

"으음, 글쎄."

"그러다가 더 울퉁불퉁하게 되면 어떡합니까?"

"토 달지 말고 의견을 내봐, 이 새끼들아!"

"츄라이같이 밑이 밋밋한 걸로 해보는 것은 어떻습니까?"

"어휴, 무식한 새끼! 나보다 더해요."

"된장을 한 번 발라보는 것은…."

"어휴, 그냥 다리미로 확 찍어버릴까?"

처음 들어보는 대학의 먹물이 튀었다는 한 선임의 중재가 아니었다면 꼼짝없이 마루타가 될 뻔한 사건이었다.

"에잇, 그냥 이 새끼 머리통이 원래부터 이렇게 생겼다고 우기자!"

선임들은 모두 고개를 끄덕이며 수긍했다. 그리고는 자신의 휴가 경험담과 유의사항을 알려주는데 다들 화려한 전적의 소유자들이었다. 그중 724기 정재홍 해병(빠클리)의 일화가 인상적이었다.

빠클리 해병은 위로휴가 나간 첫날, ○○극장 앞에서 모 부대 일개 소대 병력을 전멸시키고 헌병 짚차를 타고 복귀했다고 한다. 운동선수 출신임을 증명하는 큰 키에 우람한 덩치를 돋보이게 하는 험악한 인상과 보통 사람 얼굴을 다 덮을만한 솥뚜껑 같은 손을 보니 충분히 그러고도 남을 사람인 것 같았다.

"야, 빠클리. 암만 그래도 상대가 열댓 명인데 어떻게 시비 걸 생각을 했나?"

"그놈들은 아무리 쪽수가 많아도 실제로 나서는 놈은 몇 안 됩니다. 나머지는 뒤로 빠져서 멍청하게 구경만 합니다. 말리는 놈은 그래도 용감한 편입니다."

"솔직히 말해. 너 여기 오기 전에 뭐했어?"

"사실 운동 그만둔 후 조직에서 스카우트 제의도 많이 받았습니다."

그런 그도 여기서는 다 떨어진 함상화에다 복숭아뼈까지밖에 안 내려오는 꼬질꼬질한 추리닝을 입고 선임들의 기쁨조 역할을 했다. 가끔은 체육대회 용병으로 기용되어 대대와 연대에서 서로 먼저 빌려가려고 했다. 의로운 건달 기질도 있고, 못하는 작업이 없어서 높으신 분들의 총애를 받고 있었다. 하지만 그 사건 한방으로 2월의 어느 새벽, 걸어서 삼십 분 걸리는 12X 초소 전방 갈대밭을 알몸에 낮은 포복으로 왕복했다고 한다. 그리고는 얼어붙은 갈대에 찢겨진 흉터들을 보여주며 말했다.

"신삥, 이 이야기가 남긴 교훈이 뭐야?"

"네. 밖에 나가서 사고 치지 말자입니다!"

"이런 붕신 같은 게… 뭔 짓을 해도 잡히지 말자야, 알았어."

나두야 간다

"휴가자 집합해라!"

대대에서 온 수송차가 중대본부에서 기다리고 있었다. 하지만 신고를 마치지 못한 휴가자는 한 발짝도 움직일 수가 없었다.

"제대 선물 절대 사오지 마라."

"네, 안 사오겠습니다!"

"어쭈, 그래. 지포라이터 절대 사오지 마."

"아… 아닙니다."

본부의 독촉에 겨우 내무실을 빠져나올 수 있었다.

—마음은 가볍게, 양손은 무겁게!

선임들의 지령을 가슴속에 새기며 중대 연병장으로 갔다. 거기에는 번쩍이는 정복을 입은 각 소대, 각 계급별 휴가자들과 시동 걸린 닷찌차가 있었다. 잠시 후 인상을 찌푸리며 들어온 중대 선임하사. 그의 별명은 오리였다. 완전무장을 받치기 위해 톡 튀어나왔다고 주장하는 오리 엉덩이와 더 많은 꼬투리를 잡기 위해 튀어나온 눈을 가진 날카로운 관찰력의 소유자였다. 그는 휴가 신고에는 전혀 관심이 없고 뒷짐 지고 기웃거리며 휴가자 복장에만 관심을 보였다.

"어쭈, 휴가복이 무슨 밤무대 의상이야? 뭐로 다렸기에 이렇게 반짝거려?"

"…"

"애들 시켜서 밤새 다렸구만. 말년에 몸조심해라이."

"네, 알겠습니다."

"너, 정모 벗어봐. 어쭈 이 새끼가. 누가 대가리 삭발하랬어? 머리 깎은 놈은 영창 갈 준비하고 있어. 그리고 넌 임마, 키는 난쟁이 똥자루만한 게 바지통은 왜 그리 커? 얼른 바꿔 입고 와."

오리의 검열은 계속 이어졌다.

"너희들 짱박은 거 있으면 다 꺼내. 니들 선배한테 내 이야기 못 들었어? 어여 꺼내."

몇몇 해병들이 물건을 꺼내놓았다.

"사진, 필름… 어라, 탄피까지. 갔다 오면 문제삼겠어. 각오해!"

집에 가서 외우려고 팬티 안쪽 가장 따뜻한 곳(?)에 말아 넣은 M60의 암기사항과 발각되면 자폭하라는 심부름 쪽지를 품고 까다롭기로 소문난 1차 검열을 통과하여 다음 관문인 대대로 이동했다.

이번 휴가길의 마지막 관문..가공할 위력의 대대주상(대대주임상사)의 교육을 받기 위해 대대본부 정신교육관에 들어갔다. '깜상'이라는 별명을 가진 대대주상은 피부색은 흑인에 가깝고 흰머리가 반쯤 섞인 빡빡 머리에 불도그과 사자를 합성시킨 인상이었다. 아랫입술을 반쯤 악물고 어깨를 있는대로 뒤로 젖힌 채 팔을 흔들지 않고 조심스런 스텝을 밟는 특이한 걸음걸이도 위협적이었다. 하지만 무엇보다 TV에서 괴물 목소리를 더빙하는 성우의 목소리 같은 깜상의 초저음 목소리는 사병들은 물론 전 하사관들에게도 공포의 대상이었다.

강남 터미널 탈주 사건

"다들 조용히 해. 대대주상 온다."

문을 박차고 들어와 인상을 한 번 쓰니 쥐 죽은 듯이 조용해졌다.

"내 나이 스물셋에 월남에 가서 육박전으로 베트콩의 골통 수십 개를 부시고 왔다. 그때는 때리고 부수고 온갖 행패를 다 부리고 다녀도 나라에서 월남 갔다 온 사람들은 사회적응할 때까지 최대한 배려주었지. 그래서 살인말고는 헌병대에서 빼돌려 다 풀어주고는 했다. 근데 요즘 새끼들은 지가 뭐 한 게 있다고 나가서 깽판 치고 다니는 거야? 싸움도 좆도 못하는 새끼들이 주머니하고 바지, 워커, 똥짜바리까지 전신에 해병대 엥카 처바르고 다니고 말이야. 깡? 깡은 뭐만큼도 없는 것들이 후까시나 넣고 다니고. 엉? 되도 안 한 것들이 쓸데없이 미아리 같은 데서 해병대 찾는 개노무 새끼들. 지금 여기에도 있어!"

다들 죄지은 듯 고개를 처박았다.

"2중대 정재홍. 그 자식이 포승줄에 꽁꽁 묶여 왔을 때 내가 온몸에 위장 페인트를 쳐 발라서 거꾸로 매달아버리려고 했어. 이번에 또 그렇게 오는 놈은 바로 생매장을 시켜버리겠어."

숨소리조차 들리지 않았다.

"참, 근데 여기 2중대 있어? 2중대 새끼들, 특히 조심해라."

대단한 중압감이었다. 죄지은 것도 없이 한 시간을 뉘우치고 있었다. 대대주상의 그림자 꼬리가 사라지자마자 죽은 척하고 있던 선임들이 안면을 바꾸며 말했다.

"쫄지 마, 이 새끼들아. 뻔한 레퍼토리야."

"어휴, 그래도 저 양반은 언제 봐도 무섭단 말이야."

"군 생활 많이 남은 니들은 깜상이랑 친해지지 마라. 우리 짝 안 나려거든."

대대에서 하룻밤을 자고 싸늘한 새벽바람에 눈을 떴다. 취침등 불빛만이 휴가자들의 이마를 살짝 비춰줄 뿐 창밖은 아직 적막했다. 다들 이불도 없이 달달 떨면서도 눈 뜨면 시간 안 간다는 것을 아는지 팬티 바람으로 잘 자고 있었다. 아직 대대를 벗어나지 못했지만 날짜만큼은 위로휴가 첫날이었다.

한두 명씩 일어나 복장을 갖추고 고요한 내무실에 삘쭘히 앉아 누가 와서 데려가 주기만을 기다리고 있는데 문 부서지는 소리가 들렸다. 선임 한 명이 바지에 다리를 넣다가 뒤로 넘어졌다. 대대주상이었다.

"다시 한 번 말하는데…"

끝말을 여운을 남기고 떠났다. 노련한 선임들은 무서운 얼굴을 보기 싫어서 자는 척 베개에 머리를 처박고 있다가 "갔냐?" 하며 안도의 한숨을 내뱉었다.

"휴가자 집합하십시오."

'사고 치지 말라'는 요지의 대대장 훈시를 듣고 연대로 이동했다. 끝이 안 보이는 연병장에 청룡버스 두 대가 우릴 기다리고 있었다. 이전엔 분명 죄수 호송차량 같더니만 이젠 신데렐라 전용 호박마차 같았다. 좋아서 찢어지는 입을 감당하지 못해 옆자리에 앉은 명일이의 사타구니를 꼬집어 비틀었다.

"아악. 왜 그래?"

"으흐, 미치겠다."

"너도 그러냐? 나는 쌀 것 같아."

"너는 좋아도 별로 티를 안 내는구나."

"씨바, 오줌 마려운 게 뭐가 좋냐."

"어휴, 꼴통. 니랑 얘기 안 할란다. 이 고자야."

말 안 통하는 동기 놈 옆에 앉아 〈대추나무 사랑 걸렸네〉의 촬영장소인 신곡리를 지나 김포공항에 도착했다. 사복 입은 인솔자를 기준으로 4열 종대로 헤쳐 모였다.

"자, 부산, 제주 방면 나와!"

아무도 나서지 않았다.

"안 나와? 집에 가기 싫어? 이근백, 너 이 새끼야. 제주도 버스 타고 갈래?"

"친척집에 들러야 합니다."

"시끄러, 임마. 내가 모를 줄 알아? 집에 안 가고 뭉쳐 다니며 낮술 먹고 사고 치면 절대 용납하지 않겠어."

나는 김해공항에서 집까지 가는 차가 하루에 두 번밖에 없다고 구라쳤다. 그걸 핑계라고 대는 놈이나 부산이 무슨 촌동네인 줄 알고 이병 이빨에 넘어가는 이나 다들 2% 부족했다. 버스는 다시 출발해 강남터미널에 도착했다. 서울에서 내가 아는 몇 안 되는 곳 중에 하나인 이곳. 사고예방을 위해 행선지에 맞는 차표를 끊어와서는 승차 확인 후 출발 5분전이 되어서야 휴가증을 나눠주었다.

— 오랜만에 밖에 나와 전우애 좀 나누겠다는데 꼭 이렇게 뿔뿔이 이산가족을 만들어야 하나?

그렇다고 겁 없는 해병 이병이 요 정도도 못 빠져 나가랴. 부산 발 고속버스는 출발했지만 운전기사에게 양해를 구해 버스를 세웠다. 만약의 사태를 대비해서 미리 정해둔 집결지로 이동했다. 버스 창문으로 뛰어내렸다는 명일이와 접선하여 나보다는 한 번 더 왔다는 놈을 가이드 삼아 한양 나들이 길에 올랐다. 눈에 보이는 도로부터 바로 무단횡단을 했다. 그때 클랙슨 소리가 요란하게 울렸다.

"감히, 언 놈이여?"

건너편에서 두 명의 사내가 은은한 미소를 지으며 손짓하고 있었다.

"자, 타라."

오우 옛. 휴가 나오면 전역한 선임들이 붙잡아서 술 사준다고 하더니 그거구나 싶었다. 그러나 착각은 노망의 지름길. 사복으로 위장하고 터미널을 배회하며 도망자를 색출하러 온 수송 선임하사와 그의 오른팔이었다.

"이병 놈의 새끼들이 간도 크네. 니들 휴가 이게 끝이야."

찬란했던 계획들은 수포로 돌아가고 승용차에 갇혀 말없이 김포로 압송되고 말았다. 달리는 차 안에서 탈출을 한 번 시도했다.

"어쭈, 문에 손 안 떼!"

간곡히 애원도 해보았다.

"시끄러, 임마."

다 소용이 없었다. 이제 물러설 곳이 없는 사생결단의 시간이 왔다.

"딱 까놓고 한 번만 봐주면 안 됩니까?"

백미러로 선임하사가 나를 힐끗 쳐다보았다. 핏발이 서린 내 눈동자, 긴장된 순간이었다.

"차, 돌려!"

이웃나라 서울 땅

이젠 확실히 찢어놓으려고 동기 명일이가 탄 버스가 출발하는 것을 확인한 후에야 나를 풀어주었다. 그러나 단숨에 터미널을 한 바퀴 빵 돌아 도로로 진입하려는 군산 발 버스의 옆구리를 쳐서 멈춰 세웠다.

"야, 최명일. 내려!"

망할 놈의 동기. 목숨 걸고 달려왔건만 자려고 폼을 잡고 있었다.

"야, 그냥 가자. 나 집에 일도 도와야 돼."

"니가 동기의 은공도 모르고 배신의 똥줄을 땡긴단 말이지?"

"또 잡히면 어떡하냐?"

"이왕 찍힌 거 혼자라도 간다. 휴가 내내 소여물이나 쳐 먹여라."

"사고 치지 말고 복귀해서 보자."

"너 이 새끼, 이제 짬밥통 혼자 다 버려."

어쩔 수 없이 단독행동을 강행했다. 위장복은 용산 청룡마크사가 최고라는 정보를 들은 터라 우선은 그쪽으로 향했다. 일자로 쭉 이어진 부산 지하철만 보다 서울 것을 보니 현기증이 났다. 묻는 사람마다 대답이 다 다르고 길 물으려는 나의 의도를 시비 걸려는 걸로 알고 괜히 기피하려는 시민들의 행동에 슬슬 화가 났다. 땅에 떨어진 자존심을 들고 혼자 길을 걷는데 클랙슨을 마구 울리며 택시 한 대가 서서히 속도를 줄여왔다.

"어이, 2소대!"

"야, 이 새끼야."

— 앗.

도망갈 준비를 하고 힐끔 쳐다보았다. 하지만 수송 선임하사가 아니었다. 그들은 일병 휴가자 721기 이종영, 이민규 해병. 우리는 이 넓은 서울 땅에서 다시 만난 것이다.

"야, 임마. 여기서 뭐해?"

"필승!"

"이런 처죽일 놈을 봤나. 밖에 나와서 경례 그따위로 하게 돼 있나?"

10차선 대로변에서 '모가지 제껴'를 당했다.

"너 용산 가지? 길 몰라서 헤매고 있지?"

내 머리꼭대기 위에 있는 그들 앞에서 변명 따위는 필요가 없었다. 그들과 함께 간 용산역. 먼발치에서 선임들이 추천한 청룡마크사를 쉽게 발견할 수 있었지만 서두르지 않았다. '위장복 일체 조달'이라는 소기의 목적을 달성하기 위해 전봇대 뒤에서 주변을 경계한 후 방울 달린 샷시문을 열고 잠입했다.

"오호, 어서 오게."

"차렷, 경례. 필승! 신고합니다. 일병 이민규 외 2명은…."

"됐어, 됐어. 신고는 무슨. 작대기 하나 달고 온 지가 엊그제 같은데 벌써 일병휴가군. 허, 세월 참 빠르네."

씨름 선수 같은 덩치에 해병전우회 앵카가 박힌 위장조끼를 입고 백쩡글라(정글화) 굽을 갈고 계시던 그분은 여기 찾아온 후배들을 모조리 다 기억하고 계셨다.

— 용산해병 전우회 ○○○장, 재향군인회 ○○장, 월남참전용사….

그는 수많은 직함이 적힌 빨간색 명함을 주더니 커피 한잔씩 직접 타서 돌리고는 우리 손을 꽉 잡아주었다.

"근데, 요즘 애새끼들은 손이 왜 이리 조막만해?"

그의 손은 오리지널 솥뚜껑이었다. 그다지 크지는 않았다. 그러나 매우 두꺼웠다.

김포공항에서 생긴 일

김포공항 화장실. 무섭게만 느껴지던 선임이 내 발목에 손수 링을 채워주고 다른 한분은 위장복 상의를 잡아주었다. 말끔한 정복을 벗어던지고 무적의 전통 복장으로 갈아입은 우리 세 명은 의기양양해졌다. 그도 그럴 것이 검게 탄 얼굴과 눌러 쓴 팔각모, 쎄무워커 금빛 링에 휘황찬란한 위장복, 거기다가 그토록 그리던 자장면에 소주 한 병씩을 먹었으니 눈에 뵈는 것이 없었다. 공항에 있던 사람들의 시선이 우리를 향해 모아졌다.

"아저씨 진주! 군바리 세 장!"

택시비 내려 했다며 죽통을 날리더니 비행기 표 살 때는 옆에도 못 오게 했다. 표를 받고 보니 부산이 아니라 진주 사천발 비행기 표였다.

― 으아, 이게 뭐야?

군바리는 인간도 아니라고 들어가는 입찰구도 달랐다. 멍하게 앉아 있던 여자 직원이 낮술이 벌겋게 오른 우릴 보고는 바싹 긴장하더니 혼자서는 벅찼는지 동료 직원까지 불러왔다. 누런 갱지에 주먹만한 붉은색 '참을 인(忍)' 도장이 찍힌 해병 휴가증을 보고 서로 의아해하며 명찰을 힐끔 쳐다보았다.

― 삐익.

링 때문에 금속 탐지기에 걸렸다.

"바지 안에 뭐예요? 풀어보세요."

"이건 잘 때만 푸는 건데… 그럼 아가씨가 나하고 자야 되겠네."

"네?"

그 복장에 술까지 한잔 한 것을 보고는 그리 따지지 않고 통과시켜 주었다.

"해병 아저씨들, 기내에서 난동 피우면 안 돼요."

스튜어디스가 예쁘다고 일부러 끊은 아시아나 항공. 근데 정말 선녀 같았다. 처음 타보는 비행기라 묘한 기분에 휩싸였다. 비행기 세 번 타 보고 나서 '비행기 한두 번 타보냐'고 떠벌리던 친구 놈이 말하기를 창 가에 앉으면 아래로 구름이 보인다던데 내 눈에는 음료수 나눠주는 여 승무원 엉덩이만 보였다.(남자는 군복 입으면 다 이렇다.)

음료수 한 잔 마시자 사천 공항에 도착했다. 위장백 챙겨 매고 사람들 의 시선을 무시한 채 더욱 요란하게 공항을 빠져나왔다.

"저, 이종열 해병님. 아까 김포공항에서부터 느낀 건데 사람들이 자 꾸 우리 명찰을 쳐다보는 것 같지 않습니까?"

"씨바, 이게 어디가 어때서?"

우리는 서로의 명찰을 바라보았다.

―길 비 켜

―피 작 살

―이 무 기

진주 터미널 상륙작전

반강제로 끌려온 진주. 본격적인 상륙주를 위해 진주 시장통 내에 있는 허름한 할머니 집에 들어갔다.

"아이고, 군인 아저씨들 어서 오소. 요새 욕보지요?"

"하하. 욕이 눈앞에 막 지나 댕깁니다."

"근데. 이기 어데 군인잉교?"

"네. 고론 데가 있습니다. 할머이, 여기 있는 거 하나씩 다 주십쇼."

"와이고야, 우째 이름이 이무깅교?"

"할매, 많은 걸 알라 하지 말고. 여기 밖에 처음 나온 놈 있으니까 많이 주야 됩니다."

그곳에는 순대, 떡볶이, 부침개, 오뎅 국물, 잡채, 국수, 계란 등 다양한 먹을거리가 있었다. 근사한 곳은 아니었지만 이 정도면 황홀한 진수성찬이었다.

"자, 한 개에 30초씩. 실시!"

"네?"

"20초. 실시!"

접시째로 털어넣어도 10초가 모자랐다.

"목 막히지? 한잔 마셔라."

OB 맥주 글라스에 7부로 따른 무학 소주. 식도를 타고 넘어가는 그 마법의 물 힘을 받아 목표량 초과달성에 성공했고, 이젠 과업이 시작되었다.

"필~~~승! 여기에 계시는 신사 숙녀 여러분! 제 노래 한 번 들어보십시오. 이병 신호진 군가 일발 장전!"

"발사!"

"뺏! 따도 아! 구창도 나 홀로…."

"스톱! 처먹어도 목소리가 이러네. 박아!"

"카운터까지 돌진!"

내가 위장복을 입고 가장 먼저 한 일은 술 먹고 꼬라박기였다. 하지만 주인장 할머니의 간곡한 부탁으로 겨우 수습되었다. 이어 과거 선배들이 열차칸에서 휴가비를 걷을 때 행했다는 '열차 순검'이 시작되었다.

"이슬비 축축 내리는 서부전선에…."

"목소리 봐라. 길 건너 나물 파는 할매가 뒤로 자빠질 정도로 해라."

"이슬비! 축축! 내리는! 서부전선에 아침이면 피웠다가 저녁이면 지고 마는 가련한 나팔꽃 망울처럼 일찍이 부모님을 여의고 하나밖에 없는 여동생 588 똥집으로 보내야 했던 오갈 데 없는 가련한 내 신세 결국 귀신도 때려잡는다는 인간 도살장 대한민국 해병대에 19XX년 X월 X일 지원입대하게 되었습니다. 날이면 날마다 기습특공…."

"할매가 안 쳐다보잖아. 다시!"

그때 옆에서 한 아줌마가 말했다.

"군인 아저씨, 저 할매 원래 귀 먹었스예."

민중의 지팡이와의 결투

시장통을 빠져나와 시내 대로변에서 〈곤조가〉를 부르며 거리를 헤집고 다녔다. 콩나물시루 같은 사람들의 물결도 홍해가 갈라지듯 반으로 쪼개져 전용보행로가 생기고 확보된 교두보를 3열 종대로 밀고 나가는 우리들 때문에 인도가 비좁아 행인들이 차도까지 떠밀려 나가기도 했다. 아무도 팔각모 아래 감춰진 충혈된 눈을 쳐다보려 하지 않았고, 눌러쓴 팔각모 때문에 앞은 보이지 않았지만 마구잡이로 걸어도 옷깃 하나 스치는 사람 없었다. 잠시 후 시민들의 신고로 민중의 지팡이가 나타났다.

"저, 여기서 이러시면 안 됩니다."

"뭐여, 폴리스잖아. 가만 안 놔두면 어쩔 건데?"

"계속 이러시면 경범죄 처벌법에 의거한 고성방가, 인근 소란죄로 벌금 3만⋯."

무전기를 뺏어 안테나를 잡고 풀스윙을 한 번 휘두른 후 재빨리 진주 터미널로 향했다. 진주가 집인 이민규 해병은 집에도 안 들른 채 '동기 따라 삼랑진 간다'는 말을 남기고 삼랑진행 버스에 이종영 해병과 같이 올라탔다.

"신호진, 너도 가자. 우리 집 배 타고 나가서 쥐포 잡아줄게."

"제⋯ 그게⋯ 네, 가겠습니다."

마지못해 답하는 나를 보고 15일짜리 휴가인 자신들과 다른 처지란 걸 알아차린 그들은 건빵주머니에 부산행 버스표와 꼬깃꼬깃 접은 만 원짜리를 쑤셔 넣어 주었다. 겨우 부산발 막차에 몸을 싣고 맨 뒷자리에 의자를 힘껏 젖히고 앉아 자려고 폼을 잡는데 바로 옆차에 나란히 앉은 선임들이 주먹을 불끈 쥐어 보여주었다.

"가서 효도해라."

자정이 넘어 부산터미널에 도착했다. 상가 셔터가 전부 내려진 깜깜한 터미널 출구를 빠져나오니 승강구 쪽에서 점점 크게 들려오는 쇠구슬 소리의 출처를 궁금해 하는 몇 명만이 어둠 속에서 희미하게 나타나는 나를 힐끗 쳐다보고 있을 뿐 주위는 고요 그 자체였다.

꿈에 그리던 고향의 낯익은 광경들이 한눈에 들어왔다. 갑자기 나타나서 놀래어주려고 했는데 공중전화를 보니 전화가 하고 싶어졌다. 집에 전화하니 형이 트럭 끌고 데리러 온다고 해서 수화기를 놓고 기다리다 문득 732기로 입대해서 훈단 6주차에 잠시 스쳐지나 갔던 친구 성훈의 안부가 궁금해졌다. 날짜를 따져보니 내가 나와 있는 3박 4일 동안 그놈의 훈단 수료식이 겹친다는 계산이 나와 집에 전화를 했다.

"필승! 성훈이 친구 호진이라고 합니다. 성훈이 있습니까?"

"어이, 내다."

"네? 너… 너 왜 거기 있냐?"

"묻지 마라. 훈단에서 튕겼다."

"왜?"

"착하게 생겼다고 가라더라. 히히…."

태권도 3단, 술 한잔 걸치면 종합 무술 12단의 타고난 싸움꾼이 그럴리가 없다며 다른 곳에 수소문해 보았다. 성훈은 입대 3일 전에 술 먹고시비가 붙어 날아다니는 병에 방아쇠 당길 손가락이 찍혀서 귀가했다는 후문을 들을 수 있었다.

"735기로 다시 지원한다고 하더라."

다시 만난 잊혀진 여자

— 으아아악.

새벽 5시. 무언가에 깜짝 놀라 눈을 떴다. 다행히 천장 무늬가 달랐다. 집이 틀림없는데 안 일어나면 누가 덮칠 것 같아 침구, 아니 이불을 개고 세면을 했다. 집에 오기 전에 형과 또 한잔을 걸치고 와서 어디 가느냐고 묻는 경비한테 암구어 안 댄다고 꼬라박아 시키려 하고, 집에 와서는 휴가 신고란 걸 한답시고 동네방네 떠들어대서 이웃사람들 다 깨웠다는데 하나도 기억이 나지 않았다.

짧은 위로휴가라 멀리 나가지 못했다. 입대 전 일하던 단란주점에 닭한 마리 튀겨서 놀러갔더니 사장님이 며칠전 심장마비로 돌아가셨다하여 착잡한 마음으로 형과 집 앞 시장통의 횟집에 가 있는데 '아제'한테서 연락이 왔다.

"야, 윤옥이 데리고 가면 안 되냐?"

"뭐? 됐다. 치아라."

"니, 꼭 봐야 되겠다고 난리다."

"같이 오면 죽는다. 알아서 해라."

1993년 여름, 여대 사진 서클과 함께 동해 진하해수욕장에 연합 MT를 갔었다. 그때 그녀와 저녁 캠프파이어 할 때 사라져 날이 밝아서야 돌아오는 스캔들을 일으켰다. 윤옥을 찍었던 수많은 선배에게 몰매를

맞기도 했다. 훗날 그 미모에 홀딱 넘어간 친구 놈들은 군대갈 때 서로
넘기라고 난리들이었지만 곁에 있던 은미에게마저 등 돌릴 만큼 나는
이미 홀로 서기를 마음먹은 터였다. 잠시 후 죄지은 표정의 아제가 결
국엔 윤옥의 고집을 못 꺾고 같이 왔다.

"내 말 안 듣는다. 니가 얘기해라."

꽃편지가 절실히 필요한 졸병이긴 했다. 하지만 잊혀진 여자에 대한
사소한 감정 따위는 사치라고 생각했다. 해군하사 입대를 열흘 앞둔 아
제는 윤옥과 잘해 보겠다고 노력중이었지만 윤옥의 마음이 아직 내게
가 있는 걸 재차 확인하고 속상했는지 금방 술에 취해 화장실에 간다며
나간 후 소식이 없었다. 윤옥은 내 변한 모습이 어색했는지 옆자리에도
못 앉고 나는 소주병이 테이블을 한 바퀴 돌 때까지 아무 말도 하지 않
았다.

"군인 아저씨, 싸움 좀 말려주이소! 일행 분 같은데."

주인 아줌마의 다급한 목소리에 다들 술잔을 놓고 달려나갔다. 또래
의 청년 세 명에게 무참히 짓밟히고 있는 '시비왕 아제'의 새하얀 필라
추리닝에는 시커먼 발자국들이 난자했다. 정신 좀 차리게 놔둬버리고
싶었지만 아줌마의 성화에 못 이겨 베레모를 주머니에 꽂으며 태연히
다가가는 나를 보고 순간 동작들이 멈춰졌다. 그 와중에도 옷 매무새를
가다듬고 반격의 카운터를 날리며 난장판을 만드는 아제. 그의 철없는
행동에 그동안 쌓였던 악이 폭발해 상대방 머릿수는 중요치 않았고 아
제도 그 속에 끼워 한꺼번에 쓸어버렸다. 윤옥은 전봇대 뒤에 숨어 있

다 이 한마디만 남기고 집에 갔다.

"니 호진이 맞나?"

기억에서 잘려 나간 3박 4일

그 후 며칠이 지난 뒤에 나는 이 자리에 있다. 남들은 그 사이 '위로 휴가'란 걸 갔다왔다는데 난 아니라고 따지고 싶었다. 총알이 빠른가 위로휴가 3박 4일이 빠른가 묻고도 싶었다. 잠도 제대로 못 잤다. 똥국을 먹는 가위에 눌려서. 기억나는 것도 없다. 하루 한 번씩 시비가 붙었다는 것밖에. 그나마 다행이다. 한 대도 맞은 기억에 없다는 게. 변한 건 더더욱 없다. 푸닥거리 횟수가 빈번해지고 강도가 높아졌다는 것밖에.

3만 볼트의 철조망

위로휴가를 갔다 오고 난 후의 첫 근무. 초장(선임 근무자)인 선도병과 초병(후임 근무자)인 내가 2인 1개조가 되는 전방 초소 근무였다. 첫단추를 잘 끼워야 한다는 말이 있듯이 진입 30분 전, 나만의 공간인 화장실에서 만반의 태세를 갖췄다.

대남방송 울려 퍼지는 주간 12X 초소. 철책선 위 윤형 철조망이 햇살에 비쳐 날카로운 이빨을 드러내고 강화도에서 불어오는 짭조름한 갯바람이 땀에 찌든 군복을 드라이해주었다. 묘한 표정의 선도병은 웃통을 벗고 구석진 그늘에 깸통을 깔고 앉아 있었다. 그는 총을 맨 채 돌처럼 굳어버린 나를 어떻게 골려줄까 골똘히 궁리중인 것 같았다. 한참 뒤 묘책을 발견했는지 그가 자리에서 천천히 일어나며 물었다.

"저 철조망에 몇 볼트가 흐르는지 알아?"

"네, 잘 모르겠습니다."

"어쭈, 해병대가 모르는 게 어디 있어? 맞춰봐."

"네, 전기가 안 흐를 것 같습니다."

"허허, 그래? 그럼 한 번 죽어봐!"

선도병은 초소 옆 돌기둥에 설치된 두꺼비집을 열어 커다란 스위치를 올렸다. 그러자 '우웅' 하는 소리가 났다. 나는 하도 많이 속아서 무덤덤한 표정으로 서 있었는데 너무나 진지한 표정으로 쇠붙이로 된 총과 벨트 그리고 시계를 풀고 지푸라기로 테스트까지 했다. 나는 슬슬 후회가 밀려오기 시작했다.

"여기 앞에 딱 서!"

— 으씨, 대충 아무 볼트나 부를 걸.

"바짝 붙어! 안 죽어, 삼만 볼트밖에 안 돼."

위기를 느끼면서도 반신반의하며 철망 앞에 섰다. 그러자 더 가까이 가라고 떠미는데 죽기 싫어서 끝까지 똥꼬에 힘을 바짝 주고 버텼다.

"안 붙어? 안 붙어?"

식은땀을 흘리는 나를 진지하게 바라보며 계속 개머리판으로 떠밀었다. 내 쪽으로 오는 운동 에너지를 고스란히 위치 에너지로 변환하려는 과학적인 발상과 살고야 말겠다는 원초적인 본능으로 개머리판의 속도만큼 머리를 갖다 내밀었다. 그러나 꿋꿋이 잘 버티다 한 번의 페인트

모션에 속아 앞으로 나뒹굴어졌다.

"어휴, 저 바보 멍청이 같은 놈!"

한참을 그렇게 놀려대더니 두꺼비집의 스위치를 껐다. 허걱. 그때서야 그것이 해안등의 전원 스위치라는 것을 알았다.

"너 검정고시지? 팔 칠이 뭐야?"

"네? 팔… 칠… 오십사입니다."

"에라이, 짬밥 며칠 먹었다고 벌써 이래?"

군 생활 세 달만에 구구단을 까먹은 인간이 바로 나였다. 세 살 때 천자문을 떼고 다섯 살 때 명심보감을 줄줄 외우지는 못했지만 남들 구구단 5단 외울 때 6단 외웠고, 받아쓰기도 곧잘해 구름다리 830번지가 낳은 신동으로 통했는데 이놈의 군대가 활발한 뇌세포 활동에 백태클을 걸었다.

이웃 친척 중 홍삼원 팔씨름 대회 입상자가 세 명이나 있을 만큼 기골이 장대하고 단순 무식한 집안 내력 때문에 소싯적 〈장학퀴즈〉의 초딩 버전 〈퀴즈로 배웁시다〉에 나가 20점(?)이나 받았을 때 "우리 집안에 대학 갈 놈이 나왔다!"며 주로 1차 산업에 종사하고 계시던 친지들의 기대를 한몸에 받았던 나였다.

곧이어 2부가 시작됐다.

"야, 저게 뭐야?"

"네! 크레모아입니다."

"좆까지마. 저건 노루 사냥총이야."

"네?"

"크레모아 격발기처럼 생긴 건 방아쇠고 여기 빨래줄로 방향 조절해 가지고 졸라 꼬라서 쏘면 108개의 독화살이 나가는 거야. 알았어? 그걸 잡아서 따뜻할 때 사령부로 가져가면 1계급 특진에 9박 10일 휴가에 노루피 한 사발⋯."

― 와, 졌다.

"이제 휴가도 다녀왔으니 본격적으로 신병 딱지를 떼야지."

신병 딱지를 떼기 위해 반드시 거쳐야 할 필수과정인 '사가 수업'의 시작종이 울렸다. 이제껏 들었던 노래와는 사뭇 다른 분위기의 고품격 발라드풍 사가를 내가 알아듣건 말건 그는 혼자서 부르기 시작했다.

"십자성 반짝이는 백령도에서 병사의 뺏다소리 들려오는⋯"(백령 엘레지)

"적막한 밤바다에 보트를 띄우고 새까만 보트 위에 내 몸을 싣는다. 나라 위해 바친 목숨 상어떼 용사"(상어떼 용사)

그는 〈연평 블루스〉, 〈동기가〉, 〈주란꽃〉, 〈천일의 기도〉, 〈해병 사모곡〉 등등 편지 쓸 때 써먹으면 좋을 만한 알찬 내용의 사가들을 메들리로 불렀다. 드디어 레퍼토리가 떨어졌는지 삼십여 분의 리사이틀을 마치고 나서야 그가 내게 말을 걸어왔다. 그의 짓궂은 표정에 뒤늦게 감을 잡고 '아차' 했다.

"불러봐."

"네?"

"어쭈, 빨리 안 불러?"

"네. 십자성…?"

머리의 한계였다.

"총구 물어."

휴가 복귀해서 한 번도 닦지 못한 이빨 냄새와 녹진한 병기 기름 냄새가 희석된 비릿한 향기를 맡으며 총구를 입에 물고 있으니 대롱대롱 매달린 병기를 톡톡 차면서 원곡의 16배속으로 리바이벌을 해주었다. 총구가 입안의 목젖을 긁어댔다. 하지만 역시 불합격. 사가는 머리로 외우는 것이 아니었다.

"니들은 땅개 실잠바 받아왔기 때문에 더 이상 안 가르쳐준다. 알아서 배워!"

입 아프다고 해놓고 다시 부르는 선임.

"달동네서 내려온 지 열흘밖에 안 돼요. 낫 놓고 기역자도 모르는 나에게 알러브유 율러브미. 오우, 쎄무쎄무워커, 극장 구경 가자더니 여관 방엔 왜 가요. 가슴을 만지려면 양쪽 다 만지세요. 한쪽만 만지면 짝짝이가 되잖아요."

손가락 바느질

"군 수뇌부의 심상찮은 조짐이 보인다."

제 몸 하나 간수하지 못하는 이병이 잘 알 수는 없지만 높으신 분의 짚차가 전방을 들락거리는 것으로 보아 군 개혁에 발맞춰 새 시대가 밝아옴을 느낄 수 있었다.

"우씨, 작업 더럽게 시키겠네."

입이 보살이라 부정을 탔는지 그날 오침은 두 시간을 넘기지 못했다. 누군지 모를 손님을 맞이하기 위한 '수제선 검열.' 때 아닌 총기상이 걸려서 소대 분위기는 초긴장 상태가 되었고 기수빨을 막론하고 일사불란하게 작업에 투입되었다. 가끔씩은 삽이 도끼로 쓰일 때가 있었으므로 창고 앞에서 부러진 숫돌로 삽날을 갈고, 건조장 앞뜰에는 판초우의를 펼쳐놓고 제초기를 손보고 있었다. 그런데 어디가 고장났는지 시동은 걸리지 않고 시커면 연기만 뿜어대고 있었다. 쓰레기통을 들고 소각장을 들락거리는 내 앞에 이빨 빠진 펜치와 구부러진 드라이버가 놓여 있었다.

"어이, 신삥. 너 자동차과 다니다 왔다고 했지? 그럼, 이것 좀 고쳐봐."

학교 밑 당구장에서 고수를 찾아 원정다니며 돈벌이를 일삼다가 시험기간에만 가끔 올라가던 터라 기계에 대해서 알 리가 없었다.

"너 이거 못 고치면 죽을 줄 알아."

"복스렌지가 있어야 될 거 같습니다."

"이런 졸병놈의 새끼가 여기가 무슨 정비공장인줄 알아? 안 되겠다. 제양모 불러와."

낫 갈다가 한걸음에 달려온 721기 제양모 해병. 비쩍 마른 체격에 툭 튀어나온 눈과 시골 냄새 술술 풍기는 행동거지, 어설픈 군대 표준어로 위장은 하고 있었지만 말투가 분명 경상도 보리였다.

"어휴, 안 되는 게 어디 있어?"

사람이 겉만 봐서는 알 수 없다. 맥가이버 혹은 순돌이 아빠로 불리는 제양모 해병은 맛이 간 공구 두 개와 손과 발, 이빨까지 이용해서 순식간에 완전분해했다. 그리고는 잠시 후 새 물건으로 탄생시켜 우렁찬 시동소리까지 선보였다.

"신뼁, 이리와. 이래도 안 돼?"

"되… 됩니다."

"임마, 양모는 검정고시인데 너보다 잘하지? 왜 그런 것 같아?"

"잘 모르겠습니다."

"선임이라서 그런 거야. 알았어? 한 번 해볼래? 신뼁은 제초기를 잡고 제양모는 낫을 잡는다. 실시!"

인간 제초기 대 50cc 제초기와의 한판 승부가 벌어졌다.

— 아무리 선임이라도 기계 앞에서는 어쩔 수 없겠지. 히히히.

하지만 잠시 후 내 생각이 틀렸다는 것을 알 수 있었다. 제양모 해병은 한 치의 흐트러짐 없이 왼손은 슬그머니 뒷짐을 지고 꾸부정하게 허리를 숙여서 빠른 속도로 풀을 베어나가기 시작했다. 나는 잠시 넋을 잃고 말았다. 낮은 지면과 수평을 이뤄 손목 스냅만을 이용한 부채꼴 타법에 질긴 잡초들이 추풍낙엽처럼 우수수 쓰러졌다.

— 아, 저것이 바로 인간 제초기란 말인가.

제양모 해병에게 무참히 패배한 후 낫 가는 법부터 배웠다.

"해병대는 촌놈이 인정받는다. 잘 따라해."

열심히 낫 가는 법을 따라하고 있는데 그가 소리쳤다.

"야, 임마! 이게 뭐야?"

느낌이 이상해서 내려다보니 왼쪽 엄지손가락이 온통 빨간색이었다. 졸다 보니 숫돌에 낫을 간 것이 아니라 낫에다 손을 간 것이었다. 뼈가 보일락 말락하는데 구급함을 가져와 열어보니 빨간약(머큐롬액)과 고름 묻은 솜뿐이었다. 피가 멎지 않아 담뱃재를 뽑아서 지혈제로 쓰고 그래도 안 되면 바르려고 주계에서 가져온 된장 한 숟가락을 옆에 둔 채 쏟아지는 핏방울을 대야에 받아내고 있었다.

잠시 후 두 명만 뺀 나머지는 전방으로 삽 하나씩을 매고 떠나 버렸다. 한참 뒤 피가 멎고 벌어진 살점이 붙을만하니 대대 의무실에서 짚차가 도착했다. 하찮은 이병 나부랭이에게 직접 왕진까지 와주다니 일단은 감격스러웠다. 하지만 그 짧은 감격도 짚차에서 내리는 두 명의 상태를 보고 즉시 걱정으로 둔갑했다. 누가 봐도 돌팔이 같은 군의관과 눈에 전혀 초점이 없는 해군 의무병. 넓적한 얼굴에 하얀 피부의 군의관은 나랑 같은 레벨의 꼴통으로 대대에서 소문난 재원이었고, 의무병은 그냥 척봐도 상태가 영 아니었다. 군의관은 내 손에 난 상처를 한참 보더니 난해한 표정을 지으며 고개를 갸우뚱거리며 말했다.

"째졌네, 꼬매!"

아무나 할 수 있는 진단을 아주 힘들게 내린 군의관은 이내 소대장 벙커로 짱박혀버렸다. 두 눈이 각각 다른 곳을 보고 있는 의무병의 몽롱한 눈이 석연치 않은 듯 남은 사람들과 상황실에 근무하던 욕쟁이 오공까지 가세해서 나를 뺑 둘러쌌다.

"어휴, 이 새끼야. 이거 미친 놈 아냐?"

손가락 꿰매는데 명태 그물도 꿰맬만한 무작한 바늘을 꺼내는 걸 지켜보던 욕쟁이 오공이 가만있을 리 없었다.

"이거 의무용 바늘 맞아?"

"네. 이것밖에 없습니다."

"어휴, 이 새끼들은 우리보다 더 무식해."

손가락 안쪽도 아니고 바깥쪽에 무슨 살이 있다고 그 큰바늘로 쑤셨다 뺐다 반복하기를 수십 회. 찢어진 부위의 살이 벌집이 되어서 다 헐어버렸다.

"이 새끼야, 너 의무병 맞아?"

"네."

"살이 걸레가 됐잖아. 어쩔 거야, 이거!"

"바늘이 커서…."

"너 밖에서 뭐하다 왔는데? 의대 나왔어?"

"아닙니다. ○○ 간호전문대 다니다 왔습니다."

"그런 학교가 있었어? 전문대면 2년제잖아."

"3년제입니다."

"몇 학년까지 하다 왔는데?"

"1학년 1학기 하다 왔습니다."

"씨발 돌팔이 새끼. 누가 물어보면 그냥 놀다 왔다고 해. 알았어."

"네."

"씨박새끼. 하는 짓은 꼭 의사 같아. 너 이거 처음이지?"

"네. 그래도 보긴 했습니다."

"아가리 안 닥쳐? 일루 와."

평손엔 못 잡아먹어서 안달이었지만 아파서 말도 안 나오는 날 대신해 의무병의 목을 쥐어짜는 오공이 고마웠다. 그러나 그것도 잠시였다.

"그래도 방금 실컷 연습했으니까 한 번도 안 해본 우리보단 낫겠지. 이번에는 제대로 한 번 쑤셔 봐."

정권 교체

군 생활 2년여 만에 점쟁이가 다 되어버린 선임들의 직감대로 4만 해병의 새 지도자가 탄생했다. 그가 나타남으로써 근무, 훈련, 작업, 내무 생활 등 여러 곳에서 변화의 바람이 불어왔지만 가장 피부에 와 닿는 건 근무지에서의 '받들어 총' 구호인 "필승! 근무 중 이상무!"가 "필승! 근무 중 이상 없음"으로 바뀌었다는 것이다. 그는 왜 이제껏 잘 써왔던 경례 구호를 과감이 바꾸는 개혁을 단행했을까? 정답은 그분의 존함에 있었다.

신임 부임 사령관 해병 중장 이 상 무.

160

김일성의 사망

155마일 휴전선이 장송곡으로 뒤덮였다. 빨갱이 놈들이 그냥 틀어대는 건지 귀신놀이 하자는 건지 대남방송 최고의 인기 프로인 〈김일성 수령님의 풀이문답〉은 정규방송 관계로 취소되고 연일 곡소리가 이어졌다.

"저 씨발 새끼들이 초상났나. 재수없게 밤새도록 왜 저 지랄들이야."

"저거 방송사고 아냐?"

직접 겪은 우리 측 반응은 냉담했으나 그 방송 내용은 상급부대에 보고되어 김일성 사망설에 관한 의문점을 매스컴에서 대서특필하여 다루었다. 그 후 열흘 만인가. 가뜩이나 꼬인 군 생활에 찬물을 끼얹는 북조선 아나운서의 목소리가 들려왔다.

"친애하는 애국동지 여러분. 위대하신 혁명 지도자 김일성 수령님께서 지난밤 흑흑…."

1994년 7월 9일. 윗동네에서는 빨갱이파 큰형님이 죽었다는 소식을 공식적으로 발표했다. 우리나라를 비방하는 푯말 주위 곳곳에 설치된 스피커에서 울려 퍼지는 수천 명의 통곡소리는 듣는 이로 하여금 소름이 돋게 했고 당장 짐 싸들고 쳐들어올 것만 같았다.

당시 데프콘(DEFCON, 방어준비태세) 하나까지 뜨다 말았다. 운 좋은 사람은 군 생활 36개월 만땅을 해도 한 번 잘 안 걸린다는 걸 작대기 하나밖에 못 올린 시점에서 걸린 것이다. 최근 밝혀진 페리 전 미 국방장관의 비밀문서에도 94년도 한반도 전쟁 시나리오가 계획되어 있음을 언급하고 있듯이 당시 세계의 여론과 외신은 '드디어 올 것이 왔다'고 보도했다. 하지만 각 계층의 반응은 상반되었다. 우선 다음 차수 휴가자와 말년 고참들의 반응은 이러했다.

"우씨, 뭐 같은 거. 제대 며칠 남았다고…."

"에라, 휴가는 다 갔다."

"씨발. 한 달만 더 살다 뒈지지."

휴가도 제대 날짜도 안 보이는 낙 없는 사람들의 반응은 이러했다.

"혹부리 새끼. 드디어 죽었구만. 어지간히 좀 하지. 북한 년들 반은 조졌을 거야."

"개새끼. 좋은 거 많이 처먹더니 오래도 사네."

"전쟁 좀 나라. 나도 기쁨조 맛 좀 보게."

"이판사판 합이 개판이다!"

팜쌍과 A급 문제 사병

드디어 올 것이 왔다. 비록 한 달 반의 공백이었지만 세 기수를 건너뛰어 나에게도 세 명의 졸병이 들어온 것이다. 732기 이진국, 임한식, 윤상기 해병. 제주도 둘에 충청도 출신 한 명이었다. 김일성 사망 이후 신병들이 전방으로 많이 배치됐다고 했다.

땅딸막한 '매미' 이진국은 운동을 해서 가슴 근육이 엄청 튀어나왔다. 그래서 선임들의 대리만족의 희생양이 되어 주물리러 다니기 바빴다. 전직 가스 배달원이었다는 임한식은 출신과는 달리 조용하고 얌전했으며, 윤상기는 잘생긴 고릴라 같이 생겼다. 뺀질한 게 어쩐지 내 뒤를 이를 꼴통임을 첫눈에 알 수 있었다.

"신뻥들, 요쪽으로 와보세요."

고된 일상의 활력소인 신병 갖고 놀기가 시작되었다. '한 번 당해봐라'며 내심 킥킥대고 있는데 이것들이 영 재미가 없었다. 화살은 다시 내게로 되날아왔다.

"보자기, 신뻥이 안 한다. 니가 해라."

신병이 세 명이었지만 내 뒤를 이을만한 코미디언은 없었다.

― 역시 재미없으니깐 안 시키는구나. 나도 재미없게 해야지.

나는 마지못해서 이것저것 하는 시늉을 했다.

"이런, 머리에 피도 안 마른 이병 놈의 새끼가. 졸병 들어오면 개나 소나 때고참이야!"

난 다시 보자기를 덮어썼다. 내가 오기 전까지 기쁨조였던 '빠클리'까지 투입되어 보급수건과 걸레를 덮어쓰고 변태적인 남성 듀오로 소대를 열광의 도가니로 만들었다.

"푸하하하. 그래, 바로 그거야."

몇몇 고참들의 배꼽을 비틀어버리니 살벌한 분위기가 조금은 풀렸다. 하지만 볕이 있으면 그늘이 있듯이 광란의 콘서트를 마친 후 우리끼리 조용히 해결할 문제가 있어 말없이 탄약고로 향했다. 평소 화를 잘 안 내던 '빠클리'의 분노는 의외로 거셌다.

"뭐 만한 새끼들이 시키면 꽉꽉 안 하지? 내가 할까?"

20킬로그램의 시멘트 포대를 옥상으로 휙휙 던져버리는 빠클리의 팔뚝과 돼지 저금통만 한 주먹은 사람이 아니라 소도 잡을 것만 같았다. 주전자만한 손이 강스파이크를 하려다 그냥 천천히 내려갔다.

"인간 좀 되어 보려고 해병대에 지원했는데… 어휴, 씨발. 니들은 죽을까봐 안 팬다."

빠클리가 사라지고 나는 천천히 발걸음을 옮겼다. 졸병들과의 만남의 장소인 40미리 해안포 벙커. 위장막 사이로 730기의 데뷔전을 기념하는 달빛 조명이 화사했다. 상대적 박탈감이나 우월감도 아닌 그저 그렇게 내려왔듯이 꼬인 기수빨에 대한 응분의 보상이었다. 이젠 나도 밑바닥 인생이 아니라는 심리적 풍요와 위에서 받은 만큼 돌려줄 때가 생겼다는 욕망의 분출경로가 생겼다고나 할까. 그날 이후로 우리는 자주 그곳에 들러 밀회를 즐겼다.

아무리 김일성이 저승가면서 많은 신병들을 선물하고 갔다지만 이젠 빈자리가 없는 내무실에선 더 이상 기대할 것이 없었다. 그래서 일찌감치 졸병근성을 심어주기 위해 틈만 나면 위로휴가도 안 간 핏덩어리들을 탄약고로 끌고 다닌 결과 어느새 짬밥통 버리기, 탄창 보관함 올리기를 인계하고 청소비법을 전수할 차례가 왔다.

약육강식의 세계에서 살아남게 하기 위해 어미 독수리는 절벽에서 새끼를 떨어뜨리는 법. 기수빨이 깡패인 이곳에서 살아남게 하기 위해 졸병들에게 훈시를 하고 있는데 갑자기 상황실에서 뉴스 속보가 전해졌다.

"1중대에 대대주상 떴답니다!"

"야, 깜쌍 떴다. 걸릴만한 것 있으면 다 짱박아!"

청소한다고 난리법석을 떨어도 꿋꿋이 자고 있던 선임들이 '깜쌍 떴다'는 한마디에 경기를 일으키며 5분대기를 방불케 하듯 짐을 쌌다. 부피가 작은 사진, 탄피 같이 작은 것은 천장 나사를 풀어서 슬라브 위에 숨기고 부피가 큰 개조워커, 사인지, 앨범 등은 먼지 안 묻게 꼰봉에 담아 침상 나무를 뜯어내 밑에 감추었다. 다리던 위장복은 정복을 위에 덮어 의심 안 받는 이병 체스트로 옮겨두었다.

"어이, 졸병놈들. 인상 안 펴? 웃어!"

"깜쌍이 3중대로 건너갔답니다."

"혹시 모르니까 청소 대충하고 이병들은 돌아다니지 말라 그래."

한 차례 폭풍이 지나간 후, 나는 병사를 벗어나 인적 없는 건조장에 수제자 세 명을 쪼그려앉혀 놓고 전통의 청소비법을 전수했다.

바닥에 물부터 뿌린다. 발을 씻고 침상에 올라간다. 침상은 무릎을 이용해 백스텝을 밟으며 왼쪽에서 오른쪽으로 닦아내되 촘촘히 손이 안 보일 정도의 속도를 침상 끝까지 유지한다. 침상닦기가 끝나면 워커를 꺼내 쓸고 다시 집어넣는다. 바닥은 빗자루를 45도 각도로 눕혀 시작점에서 살며시 곡선을 그리며 흙먼지를 끌어서 직선으로 쭉 뻗어 내무실 끝에서 가운데 쪽으로 몰아간다. 마대질은 바닥 테두리부터 닦고, 남은 가운데 공간은 다리를 어깨너비 두 배로 벌리고 허리를 90도로 숙인 후

왼손은 마대 앞부분을 움켜잡고 15도 각도를 유지하여 선임이 밟으려 해도 안 밟힐 속도로 미친 듯이 닦는다.

청소체계를 나름대로 정리하여 흙바닥에 내무실 구조까지 그려가며 경험으로 터득한 노하우를 전수하고 있었다. 그런데 갑자기 엄습해오는 살의를 느끼며 뒤돌아보니 어디서 많이 보던 시커먼 얼굴이 보였다.

— 으아아악!

대대주상 깜쌍이었다. 뿌연 건조장 비닐에 바싹 붙어 잡아먹을 듯한 얼굴로 우리를 내려다보고 있었다.

"야, 이 자식들아! 너희들 거기서 뭐하는 거야?"

"필… 쓰응!"

"하여튼 2소대 새끼들. 누가 경례를 그렇게 하라고 시켰어. 일병 오장이야? 상병 오장이야? 전부 영창 집어넣기 전에 말해. 누구야?"

"시킨 사람 없습니다."

"어디 거짓말하고 있어. 지금도 그거 가르치고 있었잖아."

"아닙니다. 청소하는 법 알려줬습니다."

"뭐, 청소하는 법? 청소는 뭐 어떻게 해야 되는 건데?"

"그냥 마대질은 내무실 바깥쪽에서부터 하고…."

"너 이름 뭐야? 당장 선임하사 오라고 그래!"

선임하사가 달려왔다. 평소에 눈 하나 깜짝 안 하고 포커페이스를 유지하던 그도 안면이 경직되어 고양이 앞의 쥐처럼 벌벌 떨었다.

"이 2소대 새끼들. 아직도 정신을 못 차렸구만. 선임하사 너는 뭐하는 새끼야? 청소를 그냥 꼴린 대로 하면 되지 무슨 방법이 필요하나."

"똑바로 하겠습니다."

"너 이 새끼, 내일까지 2소대 내에 전반적인 저변문제 모두를 밝혀내 보고서 작성해서 대대로 튀어와!"

"네."

"이놈은 밑에 졸병들하고 절대 같이 못 있게 해. 그리고 매일매일 행 동거지 면밀히 관찰해서 하루 한 번씩 보고해. 알았어?"

"네. 잘 알겠습니다."

"2소대 아주 문제 많아. 나쁜 놈의 새끼들…."

내가 오기 전 683기 '오빠' 때문에 대대에서 가장 문제 많은 소대로 낙인찍힌 상태였다. 그때 대대주상이 수첩에 적어간 내 이름이 대대 문 제사병 리스트에 포함되었다는 것을 병장이 되어서야 알았고, 전역 2개 월 전 행정병을 조져서 그 블랙리스트를 입수할 수 있었다.

신호진. 94-72000000. 악습전통. 저변문제. 난폭. 94년 7월. A급

다방 점령 사건과 개 같은 내 인생

"내가 졸병 때는 고참 순으로 외출 나가면 선임들 술값 걷어주고 술 이 떡이 돼서 들어와 이유없이 두들겨 맞고, 근무도 대신 나가고 했는 데. 이거 군대 거꾸로 돌아가네."

이병들을 위한 '위로 행사'라는 것을 가게 되었다. 선임들의 비아냥거림도 힘들었지만 혹시 대대에서 깜상을 만나지나 않을까 더 신경 쓰였다. 하지만 운 좋게 깜상이 누구 하나 영창 집어넣으러 갔다며 대타로 수송 선임하사가 인솔해서 별다른 절차없이 하성에 나갔다.

"어, 너 전에 강남터미널에서 나한테 잡힌 놈이지?"

"네, 맞습니다."

"주임 상사님이 너희들은 내려주지 말라고 하던데, 왜 그러냐?"

"잘 모르겠습니다."

— 왜긴 왜야. 나 때문이지.

"근데 내가 잠깐 김포에 볼일 있어 나가니까 두 시간 정도만 근처 당구장에서 좀 계겨라. 주임 상사님 언제 오실지 모르니깐 술은 먹지 말고."

"네, 알겠습니다."

대답은 그렇게 했지만 발길은 곧장 술집으로 향했다. 술집이라 하기에는 어딘가 궁색한 그저 간판도 없어 할매집으로 통하는 허름한 선술집. 가장 빨리 나오는 안주인 생두부를 시켜 글라스에 한 잔씩 가득 따르고 시계를 쳐다보며 마구잡이로 털어넣었다. 한 잔, 두 잔 거침없이 식도를 타고 들어가는 알코올의 영향을 받아 자연스럽게 이병들의 노가리 판이 벌어졌다.

"우리는 고참이 많아서 졸병들이 죽어난다."

"부럽다, 임마. 조금만 고생하면 똥차 다 빠지잖아."

"으, 씨발. 아무튼 죽겠어. 니들은?"

"말하지 마라. 욕 나온다."

"그래, 2사단에 우리 소대만큼 기수빨 꼬인 데 있으면 대봐라."

"야, 최명일. 니가 내 앞에서 그런 말이 나오냐. 만날 퍼지는 게."

"에이 좆도. 마시자!"

목을 축여가며 서로의 신세타령에 열변을 토하고 있는데 요주의 인물인 연규천의 볼에 빨간 불이 들어왔다.

"연규천, 그만 처먹어라."

"호진아, 나 괜찮다."

"까불지 말고 전화나 한 통 때리러 가자."

동기를 부를 때는 성과 이름을 같이 부르게 되어 있었다. 근데 다정하게 내 이름을 부르는 것을 보고 꼭지가 약간 돌아갔음을 눈치 챘다. 술판을 정리하고 근처 다방으로 올라갔다. 낯익은 트로트 노래가 흘러나오는 전형적인 시골다방이었다. 껌을 소리 내며 씹고 있는 레지가 타주는 커피를 마시고 있는데 연규천이 찢어진 눈으로 레지에게 시비를 걸었다.

"어이, 오봉. 소주 한 병 가져와!"

"네? 다방에서 무슨 소주를 찾아요."

"이 씨발년이… 가져오라면 가져오지 말이 많아."

"뭐? 무슨 년? 이 새끼가 어디서 낮술 처먹고 와서 행패야!"

"개 같은 년. 내가 이병이라고 알로 보는 거지!"

"개 좆으로 본다. 이 씨발놈아!"

누가 청룡다방 아니랄까 봐 목소리와 깡다구에서 한 치의 양보도 없는 김 양. 더 이상 행패를 부리면 신고한다며 공갈로 전화기를 드는 마담에게 욕을 퍼붓는 연규천의 목소리가 다방 안에 울려 퍼졌다. 전화는 공갈이 아니었다. 잠시 후 계단을 올라오는 발자국 소리가 멈추고 다방 문에 달린 방울이 흔들리는 순간 창문을 깨고 뛰어내리고 싶었다.

예상했던 시골 짭새가 아닌 바로 그 사람. 꿈에 나타날까 두려운 그 얼굴. 바로 대대주상 깜상이었다. 테이블을 뒤집던 드높은 기세는 단박에 어디론가 사라지고 좌절만이 남아 굴욕적인 반성 자세를 취했다. 일명 '청룡다방 오봉 사건'의 주도자 연규천 외 4명은 신고받고 달려온 대대주상의 거친 손에 귓불을 잡히고 힘없이 대대로 압송되었다.

"이놈의 새끼들! 밉다 밉다 하니까 별 지랄을 다하고 있네. 앞으로 730기는…."

깜깜한 BEQ 벙커에서 대대주상과의 한 시간 반짜리 풀버전 정신교육이 시작됐다. 힘들게 밖에 나가서 피죽도 한 그릇 못 먹고 욕만 얻어먹었다. 정권이 바뀐 후 계속되는 검열로 7월의 땡볕 아래 전투체육도 반납하고 군견장 주변 제초작업에 한창인 소대원들이 풀이 죽어 돌아오는 우리를 보고 의아해했다. '위로 행사 30분 복귀'라는 불멸의 기록을 남기고 돌아온 우리. 그래도 신고는 칼같이 했다.

"필승! 신고합니다. 이병 신호진 외 1명은 서기 일천구백…."

"임마! 왜 군견님한테는 신고 안 해?"

"네?"

"너보다 선임이니까 신고해. 어여."

"필승! 신고합…."

"옳지. 근데 왜 벌써 왔어?"

나는 상황을 설명했다.

"뭐야? 푸하하. 잘했어! 해병대가 깽판이지. 바로 그거야!"

소대원들의 뜻밖의 격려를 받은 후 바로 복장 풀고 작업에 가담했다. 그러나 욕쟁이 오공의 요청으로 육하원칙에 의한 짜임새를 기승전결로 나누어 섬세한 세부묘사까지 더해 거침없이 이야기를 해야 했다.

"다방에서 말입니다. 이 씨발년아, 소주 가져와 했는데 그년이 꼰티를 내서 말입니다. 그 자리서 엎어버렸는데 씨발 마담이 대대주상한테 신고해가지고 말입니다…."

"와, 이것들 진짜 해병대네. 어떻게 깜상 단골다방 가서 난동을 부리냐? 참, 니들도 군 생활 힘들게 하는구나. 하하."

그는 '오공'이라는 앙큼한 닉네임을 가지고 있으면서도 일병과 이등병들에게는 공포의 대상이었지만 아무도 없을 땐 '니들이 상병 달면 나는 집에 간다'며 우리에게만은 잘해주었다.

"니들, 내가 왜 오공인지 알아?"

"잘 모르겠습니다!"

"내 얼굴 보고 얘기해."

가슴속에서 끓어오르던 웃음이 폭발해버렸다. '선임 얼굴을 1초 이상 쳐다보면 반항이다'라는 이유로 이제껏 한 번도 자세히 쳐다본 적이 없었다. 해답은 얼굴에 있다는 힌트를 듣고 웃음에 제동이 걸리지 않았다.

"빨리 맞춰봐!"

냉정을 되찾고 위기모면용 답변을 찾아 잔머리를 굴렸지만 차마 '손오공'을 닮았다고는 못하고 오공본드와 연루된 거 같다고 대답했다.

욕쟁이 오공이 군견의 머리를 쓰다듬으며 말했다.

"야, 니 옆에 있는 셰퍼드랑 싸워서 이길 수 있어?"

"모… 못 이깁니다."

─ 군견도 선임이라는데.

"해병대가 진다? 에이, 개보다 못한 새끼. 다시! 이 개새끼한테 이길 수 있어?"

"네! 이길 수 있습니다."

"개보다 더한 노무 새끼. 물어! 쉭."

"어! 어헉!"

군견은 군견병 말 아니면 안 듣는다는데 이건 순뚱개였다.

"진짜로 이 개랑 싸우면 어떻게 될 거 같아?"

"비… 비길 거 같습니다."

"에라이, 개 같은 놈아."

시시콜콜한 농담 따먹기에 놀아나고 있는데 병사 쪽에서 욕쟁이 오공의 맞후임인 군견병 황현석 해병이 구멍난 오렌지색 바가지를 손으로 막고 털레털레 걸어왔다.

"개밥 주러 왔냐?"

"네."

"근데, 이 개새끼 밥값은 하냐?"

"선임들이 장난친다고 하도 딸딸이를 쳐서 똥개 다 됐습니다."

"그래? 개도 그거 해주면 좋아하냐?"

"당연하지 말입니다. 눈깔 뒤집어집니다."

"하기야, 지 딴에는 뼈대 있는 가문의 셰퍼드인데 골목 어디 가서 덮칠 똥개도 없고, 자기 혼자 잡고 흔들지도 못하고 얼마나 답답하겠냐."

욕쟁이 오공이 개 쪽으로 다가갔다.

"어! 안 됩니다."

"깽~깨깨깽~깽! 깨앵~깨~에~엥…."

"어, 엇! 그만하십시오."

"어휴, 불쌍한 개새끼, 얼마나 외로웠을꼬."

"아이구, 이러시면 안 됩니다."

"야, 신호진! 니꺼보다 크지?"

뚫어지게 쳐다보다가 끝내 고개를 숙이고 말았다. 나도 목욕탕 가면 꿀리지 않는 편인데 개가 아니라 말이었다.

어느 이등병의 편지

"곽기동 해병님. 오늘 밀어내기 야간 1직과 5직, 135고정 한 판 있습니다."

"뭐, 또 세 판이야?"

"밀어내기 앞직은 김웅열 해병님이고, 뒷직은 배성우 해병님입니다."

"우씨, 하필 또 김웅열 해병님이야. 빨리 깨워. 그리고, 뒷직 배 씨한 테 이빠이 기합 들라 그래."

끈적끈적한 날씨와 개코피 나도록 돌아가는 야간 근무로 불쾌지수는 만땅이 되었다. 'TTT'라고 하는 이상한 훈련까지 가세하여 가뜩이나 괴팍한 사람들을 '꼬장의 화신'으로 만들었다. 살다 보면 좋은 날도 온다 던데, 북쪽의 어느 놈이 남북회담에서 대뜸 '서울을 불바다로 만들겠다' 는 꼴통발언을 해 분위기는 한층 더 삭막해져 있었다.

어느새 6-7-8-6의 호봉수 중 맨 앞의 6이라는 숫자에 도달했다. 훈병 2개월, 훈병보다 못한 이병 4개월. 어느새 선임의 그림자를 주시하다 선임의 발이 땅에 닿기 전에 슬라이딩해서 슬리퍼를 갖다대고, 담배가 입에 닿기 전에 라이터 불을 당기는 초특급 심부름꾼이 되어 있었다. 그간 편지 봉투에서나 접할 수 있었던 내 이름. 몇 통의 편지를 받았지 만 읽기에만 만족해야 했다.

— 네가 없는 학교생활은 너무나 건전하다.'

— 너의 입대로 주류 업계가 도산에 직면했다.'

별 쓸데없는 내용과 발가락으로 쓴 것 같은 날림체가 전부였다. '오빠 야, 내다' 하며 꽃편지 써주는 착한 친구 여동생도 하나 있었지만, 답장을 못 해줘서 그것마저 말라버린 지 오래고, '답장 기다리다 목 비틀어 진 놈'이라는 발신지로 된 친구 놈의 답장 독촉 편지도 받았다. 그리하여 오늘 내가 일병 진급을 즈음하여 본인의 생사여부를 궁금해 하는 팬들에게 보낼 마지막 '이병의 편지'를 집필하기 위해 나의 집무실(?)에 숨어들었다. 여전히 냄새는 구수했다.

TO. 아제
잘 있나?
잘 있다.
잘 있어라.
— 바빠서 이만.

"신호진, 너 진급하냐?"
"네? 아… 아닙니다."
"근데, 왜 일병이야?"
"잘 모르겠습니다. 자고 일어나니깐 저절로….'"
"이병 한 달 더 해. 알았어?"
"네! 한 달 더 하겠습니다."
— 니나 해라.

입이 찢어져도 모른다고 해야 될 세 가지가 있다. 바로 제대날짜와 휴가날짜, 그리고 진급날짜이다. 왼쪽 가슴에 나도 모르게 달려 있는 마이가리(가짜 계급장, 미리 계급장을 바꾸는 것) 일병 계급장과 결코 싫지 않은 선임들의 장난으로 인해 그날이 왔음을 알았다. 계급장에 검은 벽돌 올리는 조적공사가 한창인 진급복을 밤새 다리미에 눌러준 후 빳빳이 옷걸이에 걸어 내일의 행사를 위해 대기시켜두었다.

8월 31일 135초소. PM 11:55. 비가 내리고 있었다. 나의 이병 생활 청산을 축하하는 장대비가 창가를 두들겼고, 희뿌연 초소 창문에서 내 모습을 발견할 수 있었다.

— 아니, 저게 누구인가?

입대 전 음주가무와 노름, 당구로 올빼미 생활에 익숙한 터라 밤이 짧아 술을 많이 못 마실 정도였고, 점 200짜리 동양화를 사흘 밤낮으로 두드려도 얼굴엔 개기름이 좔좔 흐르던 나였다. 하지만 이제는 영양 상태가 부실해서인지 몸도 마음도 닳고 닳아 몰골이 형편없었다. 뼈다귀만 앙상하게 남은 내 모습에 잠시 서러웠지만, 몰래 습기 찬 유리창에 제대날짜를 한 번 꼽아보았다.

이때 아부지 곽기동 해병이 빗소리를 듣고 잠에서 깨어났다.

"어쭈, 요게. 자는 척하고 있으니깐 별 지랄을 다 하네. 너 총 내려 놨지? 아니면 개머리판에 흙이 왜 묻어 있어?"

"앗!"

"지금 몇 시야?"

"0시 8분입니다."

"그래? 신호진, 진급 축하한다."

"감사합니다."

"자, 입 꽉 깨물어…."

이제 나를 이병이라 부르지 마라.

그리고 D-631일.

실무 고사에 출제 빈도가 높은 8가지 예상 질문

집이 어디야?

OO입니다 : OO가 다 느그 집이야! | OO시 OO구 OO동입니다 : 누가 주소 대랬어!

누나 있어?

있습니다 : 나한테 넘겨. | 없습니다 : 여동생은?

애인 있어?

있습니다 : 몇 번 했어? | 없습니다 : 없게 생겨 먹었네.

너 몇 살이야?

많으면 : 나보다 많네. 꼬와? | 적으면 : 어린 놈의 새끼가 군대 말아먹으러 왔구만.

너 제대 며칠 남았어?

모르겠습니다 : 당연히 모르지. 그 날이 오냐?

OO일 남은 거 같습니다 : 천하의 기합 빠진… 죽고 잡냐?

너 아다 언제 깼어?(첫경험 언제 했어?)

OO년도에 했습니다 : 너 같은 새끼땜에 처녀가 남아나질 않지.

숫총각입니다 : 쪽팔리게 미아리 가서 해병대라고 하지 마.

너 축구 잘해?

네 잘합니다 : 해 봐. 나보다 못하면 죽어. | 잘 못합니다 : 그럼 잘하는 게 뭐야!

너 뭐 잘해?

OO 잘 합니다 : 그거 잘해서 뭐해.

잘하는 것 없습니다 : 뭐 이런 게 굴러왔어. 너 집에 개!

일병 시절

ROKMC

"우리 때는 하루도 안 맞으면 잠이 안 왔지. 밤이면 밤마다 물에 담귀놓은 젖은 곡괭이 자루가 칼춤을 췄으니깐 말이야. 해병대 일병은 인간도 아니었지. 이건 만날 때리면 때리는 대로 맞고, 주면 주는 대로 처먹고. 그래도 말이야, 내게 해병대 깡다구가 없었다면 지금 이렇게 일어서지도 못했을 거야. '맞아야 악이 생기고 굶어야 깡이 생긴다'며 나약했던 나를 강하고 질기게 만든 그때 선임들, 그 양반들은 지금 다들 뭐하고 계시는지…."

진급은 짧고 행사는 길다

"일병, 신호진! 충성을 다하겠습니다!"

살인적인 무더위에 마침표를 찍는 장대비가 하염없이 내리고 그 먹구름 아래 중대 진급자 16명은 본부 연병장에 줄지어 서서 새우깡 하나 더 얹어진 계급장을 수여 받았다. 소대로 복귀하는 언덕길을 넘으며 길고 긴 진급행사를 위한 마음의 준비를 단단히 하고 내무실로 들어갔다.

"필승! 신고합니다! 일병 서영수 외 3명은 이병에서 일병으로, 일병에서 상병으로 각각 진급을 명받았습니다. 이에 신고합니다. 필승!"

최고참 일수부터 신고가 시작되었다.

"흐흐흐, 준비해라."

'웅팽'은 불길한 복선을 남기고 뒷전에 물러섰다.

"지금 주계로 가봐. 꼰봉이 선물 줄 테니깐 잘 들고 오도록."

고참용 재떨이로 쓰이는 맛스타 깡통을 들고 올라가니 음흉한 표정으로 기다리고 있는 주계병 '꼰봉'이 보였다.

"진급 축하한다. 줄 건 없고, 이거나 먹어."

꼰봉은 유통기한이 의심 가는 우유를 전부 꺼내주었다. 그리고는 담배꽁초와 가래침이 오랫동안 숙성된 깡통에 물을 반쯤 타서 간장, 된장, 고추장, 식초, 후추, 깨소금, 오징어 내장, 임연수어 비늘 등등 온갖 잡다한 것을 다 넣었다.

"크아아악… 퉤!"

마지막으로 계란 노른자 같은 엑기스를 단전 깊숙한 곳에서 끌어올려 뱉어냈다. 시큼한 우유를 여섯 개씩 나눠먹고 물구나무를 서서 담배를 피운 후 쳐다보기만 해도 황홀한 그 신비의 국물을 들고 내무실로 들어갔다.

"자, 붕어는 상병이니 조금만 먹고 일병 진급자들은 악기 있게 먹어!"

갑자기 이병으로 돌아가고 싶은 생각이 드는데 어디선가 구원의 손길이 다가왔다.

"야, 이 새끼들아! 이걸 어떻게 먹으라고 애들 주는 거야?"

간이 맞지 않는다고 스킨로션에 병기 기름까지 따라주는 우리 아부지 곽 해병. 한 모금, 두 모금 마시려니깐 간장의 짠맛과 식초의 쏘는 맛, 된장의 구린 맛, 틈틈이 이에 끼는 깨소금과 각종 건더기들이 목에 걸렸다. 하지만 그 무엇보다 나를 슬프게 한 것은 액체도 고체도 아닌 젤리 상태로 목젖을 휘감고 넘어가는 쫄깃한 그것이었다. 용가리처럼 불 뿜듯 할 뻔 한 걸 참고 꾸역꾸역 마셨다.

드디어 베일에 쌓인 깡통 밑바닥이 보이기 시작했고 밑에 가라앉은 제3의 내용물(?)을 확인하자마자 얼굴이 일그러지며 창자가 뒤틀리기 시작했다.

"오바이트하면 세숫대야에 받아서 또 먹일거야."

"우욱~."

결정적인 이 한마디에 입을 두 손으로 막고 화장실로 달려가는 동기 명일이를 따라 오바이트를 했다.

"이 꽉 깨물고 물만 빼!"

"네. 우욱… 웩."

희뿌연 분비물이 폭포수처럼 쏟아지고 소화 안 된 콩나물이 코끝에 매달렸다. 재빨리 한쪽 코를 막고 내공을 이용해 멀리까지 쏘아버린 후 쓰라린 콧구멍과 껄껄한 목구멍을 물로 대충 헹구고 다시 들어왔다.

"계급장 붙여줄게 이리와라. 자, 한 명씩 계급장 붙을 쪽 내밀어."

양면테이프로 붙인 진급식용 보급 계급장을 떼어내 버리고 검은 바탕에 노란 작대기가 그어진 사제 계급장으로 바꿔 붙여주었다.

"작대기가 늘었으니 무거워서 뛰다보면 떨어질 수가 있지."

자상한 선임들은 계급장이 떨어질까 봐 철모로 가슴을 쳐서 완벽한 접착을 해 주었다.

이제 남은 것은 진급식의 마지막 관문인 '팔각모 화생방'이었다. 그것은 열중 쉬어 자세에서 팔각모를 눌러쓰고 일병은 두 개, 상병은 세 개씩 각 계급에 맞는 진급 담배를 손 안 대고 피우며 콧물을 쥐어짜야 하는 코스였다.

역경을 헤치고 돌아온 내무실 체스트에는 조금은 더 상태가 좋은 단독무장과 해병 철모가 잘 정리되어 있었다. 그 옆에는 검은 매직과 선임들이 두고 간듯한 진급선물인 사제 88담배가 탑처럼 쌓여 있었다. 체스트 큰 서랍 손잡이 밑에 있는 개인 인식표 계급란의 네 칸 중에서 아직 비어 있는 세 칸을 보고서야 매직의 용도를 알아차린 후 직접 작대기 하나를 칠했다.

아마겟돈과 완전범죄

9월의 서부전선. 사계절이 아니라 두계절이다. 그만큼 여름과 겨울이 길고, 봄과 가을 날씨가 없는 대신 낮에는 여름, 밤에는 겨울 날씨의 반복이었다. 낮에는 불볕더위 때문에 소매를 걷고 다니다가도 밤이 되면 강화 갯바람이 탁 트인 초소 안으로 몰아쳐 실잠바에 내피까지 입고 나가야만 했다. 하지만 어찌 포항 오천의 변덕스런 날씨에 비하겠는가.

일병이 되자 주계 작업이 추가되었다. 착취 당한 대신 받은 5호짜리 쫄쫄이 바지도 말끔히 다리니 윤이 났고 새로 쌓은 계급장이 무거워도 힘이 막 솟아났지만 일병 막내의 생활은 말 그대로 일(事)병인가 싶을 정도로 스케줄이 빡빡했다.

새벽 전원 투입을 마친 후 셋밖에 안 되는 졸병들을 나름대로 굴려서 내무실을 칼같이 정돈시키고 이병이 들어갈 수 없는 다리미장을 청소하러 들어가니, 구석에 놓인 맛스타 깡통을 골대 삼아 집어 던진 수많은 군솔 꽁초와 공장 굴뚝처럼 하염없이 뿜어대는 일병 고참들의 담배 연기만이 자욱했다.

　"어. 이 새끼 일병 달았네. 너 누구 맘대로 진급하래? 그럼, 나랑 같은 레벨이네. 우리 이제 맞먹자."

　"아… 아닙니다!"

　"에이, 같은 일병끼리 어떠냐? 담배 하나 펴라."

　"아닙니다. 괜찮습니다."

　"당연히 괜찮지, 죽으려고…."

　선도병의 명성답게 그늘진 표정의 '오빠 아들' 정현희 해병이 내무실에서 담배 필 날이 머지않은 듯 다리미 받침대에 삐딱하게 걸터앉은 채 말했다.

　"신호진, 이 꽁초가 수류탄이라고 생각하고 땅에 떨어지기 전에 몸을 날려 받는 거야. 알았어?"

　"네, 알겠습니다!"

　"쉿! 살살 말해. 새끼야."

　자고 일어나면 항상 꼬장을 부리던 아부지 '꽉'의 자리가 다리미장 바로 앞이라 모두들 거기서 소곤소곤 밀담을 나눠야 했다. 몇 번의 페인트 모션과 함께 꽁초 끝의 불씨를 떨궈내기 위해 손가락으로 튕긴 것이 포물선을 그리며 창문 너머 오침 중인 '꽉'의 모기장 위에 떨어졌다.

— 허억, 우째 이런 일이.

재빨리 임의의 선을 그어보니 그 끝이 두 다리가 한 곳에 모여 제3의 다리로 뻗어 나간 꼭짓점에 도달하고 있었다. 저 뜨거운 열기가 전달되어 그의 단잠을 깨우는 순간 어떠한 돌발상황이 발생할지 모를 일이었다. 모두 서서히 나일론 모기장을 갉아먹으며 타 들어가는 불씨를 바라보며 속수무책으로 유언을 남기고 있었다.

그 순간 옆자리 동거 4개월 만에 그의 습성과 성격을 다 알아버린 나는 몰아닥치는 위기감에 재빨리 몸을 던져 모기장을 쭉 잡아 당겨 불똥 지뢰 낙하지점을 수정하는 기지를 발휘했다. 가까스로 세이프. 담배 불똥은 불발탄이 되어 가랑이 사이 씨주머니 2센티미터 아래 지점의 모포에 무사히 안착했다.

"오케바리. 짝짝짝!"

행성 충돌로부터 지구를 구한 영웅들이 등장하는 영화 〈아마겟돈〉의 주인공이 안절부절못하는 국방성 상황실에 태연히 무전을 날렸을 때 나오는 환호성을 여기서 들을 수 있었다. 이제 남은 것은 파편 수거. 창가에 머리를 맞대고 마른침을 삼키며 내려다보고 있는 수많은 시선을 의식하며 옆자리에 태연하게 모포를 덮고 드러누웠다. 인기척을 없애 원활한 침투에 만전을 기하고 만에 하나 들켰을 때 나의 몸부림으로 인식시켜 혼란을 주기 위함이었다.

소싯적 집에서 몰래 담배 피다 이불에 불똥 떨어 졌을 때를 상기하며 손끝에 끈적끈적한 침을 묻혀 '곽'의 가랑이 사이에 손을 넣고 아직 온기가 남아있는 재를 묻혀서 깔끔하게 걷어냈다. 모기장에 지름 5밀리미터 가량의 구멍만 생겼을 뿐 완전범죄였다.

"자알했어."

군대 와서 처음으로 칭찬을 들었다.

아부지, 불효자를 용서하소서

"우씨, 일병 오장! 밑에 애들 똑바로 안 잡아?"

"뭔 일이십니까?"

"워커가 반짝이가 됐잖아!"

"똑바로 하겠습니다."

"암만 좆같아도 그렇지. 선임 워커에다 꼰티를 내나?"

일병이 되고나니 예전에 종종 선임들이 상기된 표정으로 다리미장을 들락거리던 이유를 알게 되었다. 아부지 곽이 그 집합에 원흉이라는 것도. 그 날 밤, 어둠속에서 '곽'의 고참용 아끼바리 모기장에서 낮에 생긴 담배빵 자국을 찾았다. 그에게 과감한 단독테러를 가하기로 한 것이다. 화장실에서 아사(餓死) 직전인 독한 가을 모기 몇 마리를 생포해서 구멍 틈새로 풀어주었다.

"으아아악…."

곽은 느닷없는 모기떼의 융단폭격에 광분했다.

"아부지 불효자를 용서하소서."

여기서 잠깐. 해병대의 상징인 쎄무 워커와 반짝이에 대해서 알아보자. 해병대용 전투화는 상륙전 환경을 감안하여 쎄무 가죽으로 만들어져 통기성이 뛰어나다. 구두약까지 칠한 일반 워커보다 내구성은 떨어지지만 무광 소재여서 야간에 위장 효과가 뛰어나고 손질 및 길들이기가 쉽다. 고로 '닦기'보다는 '털기'의 개념이다. 쎄무 가죽에 묻은 진흙과 먼지를 쇠브러시로 털어내고 털을 한 방향으로 일정하게 세운 후 칫솔에 구두약을 묻혀 굽 주위에 바르고 솔로 문지르면 되는데 물이 빠지면 '쎄무약'이라고 하는 검정 가루분을 뿌려 다시 시커멓게 만든다. 타군에서는 '털신'이라고 부르기도 하는데 젖은 워커를 말리지 않고 바로 털거나 가죽에 구두약이 묻으면 털이 죽어 '반짝이'로 변신하기도 한다.

드럼통 축구

"야, 도라무 가져와!"

"네? 잘 못 들었습니다!"

"도라무! 이 십탱아!"

"네?"

"일루 와. 주디 꽉 깨물어."

잠시 후 족구나 겨우 할 수 있을 만한 주계 옆 공터 위에 드럼통 두 개가 양쪽에 세워졌다. 빈 드럼통은 규정상 반납해야 하지만 돼지 잡을 때 바비큐 숯불통이나 가뭄 때 빗물 받는 물통으로 쓰기 위해 군견장 뒤에 있는 나무로 위장해서 숨겨두었다. 열악한 환경에도 축구는 꼭 해야겠고, 그래서 고안된 것이 바로 드럼통 축구, 즉 드럼통을 맞춰야 골인이 되는 경기였다.

주계 옆 공터의 위쪽에는 무덤이 있고, 아래에는 고추밭이 있었다. 나와 명일이는 그 고추밭 사이 약수터만한 공간에 서서 공이 오기를 기다렸다. 언덕배기를 삽으로 깎아 만든 곳이라 공이 철망 밖으로 퉁겨져 내려오면 볼보이를 명받은 우리는 바운드가 두 번 나기 전에 얼른 낚아채서 다시 넣어주어야 했다.

우리 둘을 제외한 소대원들은 축구를 하기 시작했다. 여기서 통하는 기술이란 오로지 무작스러운 몸싸움뿐이었다. 백화점 기획상품 코너를 능가하는 북적거림과 패싸움을 방불케 하는 현란한 반칙이 총동원됐다. 그 자체가 바로 전쟁이라 만후임들의 위로휴가로 막내 두명에 선발된 나와 명일이는 볼보이가 된 것을 내심 다행으로 생각하고 있었다.

"이런 씨박 새끼가 공을 던지냐?"

이것도 선임한테 주는 물건이라고 못 던지게 해서 잽싸게 언덕을 타고 올라갔다. 공은 나한테 있는데 아직 구석에선 몸싸움을 하고 있었고, 골키퍼는 골 먹었다고 꼬라박고 있었다. 난처했다. 내가 공을 건네려고 하자 전부 땀에 젖은 험상궂은 표정으로 숨을 헐떡대며 하나같이 마이볼을 외쳐댔다.

"이런, 누가 선임이야? 이 새끼야!"

"어쭈, 누구하고 군 생활 오래할 것 같아?"

공을 어디로 던져줄지 우물쭈물하다가 순간 잔머리로 가운데에 어중

간하게 던져주었더니 돌멩이와 욕세례가 날아왔다. 능청맞은 명일이는 구석에 숨어 풋고추를 따먹고 있는데 자꾸 내 쪽으로 공이 날아왔다.

— 내 쪽에는 개발들만 모였나.

신발 신은 채로 벼를 헤집고 들어가 깻잎으로 공에 묻은 진흙을 닦아내고 옷에 슥슥 비벼서 물기 제거까지 한 후에 올려보냈다. 튕겨 나온 공이 땅에 떨어지지도 않았는데 공을 빨리 안 보낸다고 돌을 던지고 바운드가 두 번 이상 되면 서서 졸았다며 '끝나고 보자'는 협박 멘트들이 마구 쏟아졌다.

뭐로 맞아서 깨졌는지 이마에 호떡 만한 반창고를 붙이고 있는 선임도 몸을 날려 헤딩슛을 하고, 몸싸움 하다 밀리면 패기도 했다. 또 공을 무덤 위로 차올려 그 위로 지나다니기도 했다. 무슨 축구가 "와, 골인!"이라는 세레모니는 없고 순전히 "욱! 악! 차!"과 같은 기합 소리뿐이다.

경기가 끝나자 고추밭에서 올라와 기수빨대로 마실 물을 돌리는데 윗선임이 머리에 뿌리고 팬티 안에도 뿌려서 졸병까지 내려오지 않았다. 결국 주계에서 설거지하려고 받아놓은 논물을 퍼 담아 와서 다시 돌렸는데, 기수빨이 밑으로 내려갈수록 무릎과 정강이는 축구화에 차인 피멍자국이 낭자했다. 뿐만 아니라 허벅지와 옆구리까지 축구화 스파이크 자국이 곳곳에 새겨져 있었다. 그렇게 온몸을 던져 전투에 임했지만 게임에 지면 아무런 소용이 없었다.

"물도 처먹지 마. 이 씨발놈들아!"

"암튼, 들어가서 봐. 개쉐이들, 다 죽었다."

나와 명일이를 볼보이로 임명해 주신 '기수빨'님께 감사드린다. 여기서 잠깐. 해병 기수빨이라는 것이 있는데 나열해 보자면 다음과 같다.

미제 철조망은 녹슬어도 해병대 기수빨은 녹슬지 않는다. 대통령 밥그릇은 찌그러져도 해병대 기수는 찌그러지지 않는다. 날아가는 팬텀기는 잡을 수 있어도 해병대 기수는 잡을 수 없다. 선임은 꼬질대로 기둥 세워 빌딩을 짓고 야삽으로 시계도 고친다. 선임은 작두로 잘라도 피가 나지 않고 불도저로 밀어도 밀리지 않으며 뛰다 넘어져도 작전이요, 철모에 똥을 싸도 작전이다. 해병대 1기수 차는 태권도 100단 차이므로 선임은 싸움의 화신이며 기필코 승리한다. 선임은 하나님과 동기동창이고 석가모니의 절친한 친구이며 성모 마리아의 기둥서방이다. 대장, 중장, 소장, 준장 다음 병장이고 선임의 말은 곧 빛이요 진리이다.

빽 댄서로 업종 변경

"자, 10월 첫째주 SBS 인기 가요 20입니다. 이번 주 1위 후보곡은…."

남자 가수냐, 여자 가수냐에 따라 확연히 달라지는 내무실 분위기. TV에 몰두하고 있는 몇몇 선임들의 시야를 가리지 않으려고 요리조리 피해 가며 마대질을 했다.

"불쌍한 것. 일병 달고도 아직 마대를 못 놓다니. 며칠만 참아라."

"이런 빠진 새끼. 일병이 고참이야? 빨리빨리 안 해?"

마대질만 외길 5개월. 오랜 기간 갈고 닦은 노하우를 바탕으로 축구에서 진 팀의 선임 근처에는 여자 가수가 엉덩이 흔들 때 넋이 빠지는 순간을 노려, 치고 빠지는 전술을 펼쳤기에 봉변을 면할 수 있었다.

"자, 이번 주 1위의 영예는 누구에게 돌아갈까요?"

"어이, 막내. 노래 하나 해봐라. 요즘 유행하는 게 뭐냐?"

"네, 일병 신호진!"

"어라, 니가 왜 막내야? 밑에 애들 어디 갔어?"

"휴가 갔습니다."

"기냐? 그래서 하기 싫어?"

"아닙니다. 필승! 일병 신호진 노래 일발 장전."

"군가 부르면 쥑이쁜다. 발사!"

"처음엔 그냥 걸었어. 비도 오고… 오랜만에 빗속을 걸으니…."

"스톱. 뭔 노래가 그래? 염불이야? 그냥 걸어? 별 미친 새끼가…."

원래 이 노래는 힘없이 웅얼거리는 것인데 하기 싫어서 꼰티(꼬운티) 낸다고 눈두덩을 꼬집혔다. 거기다가 비 오는데 할 짓 없이 그냥 걸었다는 군바리 모독 가사 때문에 코털도 뽑혔다.

"다시 한 번 기회를 준다. 저거 해 봐!"

선임이 가리킨 화면에는 그 당시 유행했던 투투의 〈일과 이분의 일〉이라는 노래가 흘러나오고 있었는데 150센티미터 정도의 키에 꼭두각시춤을 추는 인형같이 생긴 황혜영을 따라하라고 했다.

"멀리서~ 너를 보았을 때 다른 길로 갈까 생각했는데…."

소화해 내기 어려운 춤이었지만 이왕 하는 거 안 맞으려고 앙증맞은 표정까지 지어 보이며 동작 하나하나를 흉내냈다.

"야, 재수 없으니까 얼굴은 가리고 해."

찌그러진 얼굴을 보급 수건으로 가리고 귀엽고 깜찍한 춤을 가뿐히 소화했다. 잠시 후 열화 같은 성원에 힘입어 이제껏 손상된 이미지를 만회할 기회를 얻었다. 나는 여기서 멈추지 않고 군바리 특유의 '찌르기춤'에서부터 '토끼춤'과 '허리춤'까지 연이어 선보였다.

— 저 새끼가 미쳤나?

동기 명일이는 걱정된 눈빛으로 날 쳐다보았고 나는 내친김에 함부로 선보여서는 안 될 스테이지 평정용인 '우대춤'까지 밟아 버렸다. 우대춤은 일명 후까시춤으로 과거 청소년 탈선의 경연장이었던 죽장이나 고고장 같은 입장식 나이트에서 각 학교 일진들이 기선을 잡으려고 어깨에 잔뜩 힘을 주고 춤추기 싫은 표정으로 건들건들 박수만 쳐대는 전설 속의 춤이었다.

"오잉, 이게 무슨 스텝이야?"

"네, 양아치 스텝입니다."

"새끼, 존나 삐대하네."

"놔둬봐. 옳지, 우리 아들 잘한다."

벨트가 거시기에 걸칠 만큼 군복 바지를 골반에 걸치고 양 엄지손가락을 벨트 버클에 얹어 사뿐사뿐 팔자 스텝을 밟으며 인상을 긁어대는 그 춤에 모두들 열광하고 있었다. 그때 눈매가 날카롭기로 소문난 한 선임이 정곡을 찌르는 질문을 했다.

"야! 너 바지 몇 호인데 그렇게 쉽게 내려가?"

"1호입니다!"

"졸병 놈이 빠져가지고 통 큰 것 입고 다니네. 나머지는?"

"중본 대기할 때 어떤 분이 와서…."

중본 3소대 일수 선임의 기수빨이 훨씬 빵빵했기 때문에 착취된 나머지 군복은 더 이상 거론되지 않았다. 아무튼 그 날 이후로 TV에 가수가 나올 때면 즉각 청소부에서 빽 댄서로 업종을 변경해야 했다. 인기 그룹 듀스가 유행시켰던 머리 두건 대신 하늘색 보급 수건을 덮어쓰고 공연을 하다가 '보재기'란 별명을 얻은 것도 바로 그때였다.

"너 밖에서 양아치였지? 씨바, 내 여동생이 너 같은 놈하고 눈이 맞아 가출했어. 아직까지 집에도 안 들어오고. 좆같은 삼류 양아치 새끼."

술이 웬수다

"십탱이, 일병 막내가 자나? 올라가서 빨리 감자 안 깍아?"

주계 작업하다 너무 졸려서 근무 나간 동기 명일이 자리에서 몰래 자다가 '순돌 아빠' 제양모 해병에게 들키고 말았다. 침상 걸레질은 열외되었고, 청소할 때도 마대 대신 빗자루를 잡았지만 새로 바뀐 주계병인 제양모 해병의 횡포에 오늘도 칼오침을 위한 몸부림은 계속되었다.

전직 주계병인 '꼰봉'은 음식 솜씨는 제로였지만 잠 못 자는 우리를 생각해서 자기 일은 자기가 하는 편이었는데, '제대준비 추진 위원장' 등 온갖 뻘짓거리를 주도하던 제양모 해병은 이래저래 바쁜 몸이었다.

194

그는 한 번 재미난 일에 몰두했다 하면 밥이고 뭐고 만사 제쳐놓았기 때문에 나는 식당 보조에서 요리사 코스까지 밟게 되었다.

하지만 그는 정말로 못 만드는 음식이 없는 사람이었다. 며칠 전 높으신 분이 사병들과 식사를 하고 싶다며 짬밥 드시러 온 적이 있었다. 그때 그는 그 한 끼에 모든 것을 다 쏟아 부어 열성을 다해 모셨다.

"으음, 아주 잘 먹었어."

이 한마디에 그는 2박 3일의 특별휴가까지 받아놓은 상태였다.

"역시 양모야. 근데 재료가 어디 있어서 고추 튀김을 만들었냐?"

"하하하. 비밀입니다."

제양모 해병의 특휴 날짜가 하루 앞으로 다가오니 평소와는 다르게 우리에게 잘 대해 주었다. 역시 군바리에게 휴가보다 더 큰 선물은 없는 것 같았다.

"마실 다녀올 테니깐 잘 하고 있어."

파리채를 들고 슬그머니 나가더니 얼마 되지 않아 얼굴이 빨개져 돌아왔다.

"꺼억. 난 한숨 잘 테니깐 점심 해 놓고 깨워라."

"네? 네, 알겠습니다."

"밖에서 문 잠궈."

제양모 해병은 부식고에 들어가서 대자로 드러누웠다. 잠시 후 중대 선임하사 오리가 평소에 보기 힘든 밝은 표정으로 중대 주계병을 데리고 들어왔다.

"야, 주계병 어디 갔어?"

"필승! 잠깐 어디 갔습니다."

"음식을 그렇게 잘 한다며? 일 좀 가르치려고 우리 주계병 데리고 함께 왔다."

"아, 네."

"애가 피곤해서 자러 갔나? 짜식. 일단 너희들 부식고 좀 보자. 도대체 뭐로 만들었기에 그런 맛이 나오냐."

"저, 그게 아니고…."

"양모는 고생했으니깐 쉬게 놔두고 네가 가서 부식고 키 좀 가져와."

할 수 없이 부식고 키를 가져와 그 앞에 섰다. 안에서 소리를 듣고 깨라고 일부러 안 맞는 열쇠부터 끼워 요란하게 소리를 내보았지만 안에서는 아무런 반응이 없었다.

— 끼이이익.

부식고 문을 여는 순간 쾨쾨한 쌀 냄새 대신 코끝을 강타하는 것은 술 냄새였다. 쌀독 속에 감춰둔 보배 소주 됫병 반을 마시고 쌀가마니 위에 쪼그려 자고 있는 제양모 해병의 모습이 눈에 들어왔다.

"어라, 이 새끼 좀 봐라."

특휴가 취소된 제양모 해병은 완전무장을 메고 떠난 뒤 저녁 무렵이 되어서야 돌아왔다.

"이제 가면 해병대다. 니기미 씨발 김포땅이다…."

196

스산한 찬바람이 부는 전방의 아침. 구보가 실시됐다. 왜 심통이 났는지 모르지만 멀리 있는 백조검문소까지 갔다 오라는 선임 하사의 꼬장에 분위기가 심상치 않았다.

"김 반장님, 애들 한잠도 못 잤는데 대충하고 그냥 들어갑시다."

"안 돼. 하나 둘 번호 붙여 갓!"

"에이, 좆도. 전체 줄줄이 좌로!"

갑작스런 웅팽의 명령에 기가 막힌 듯 쳐다보는 하사 분대장을 남겨두고 전부 내무실로 돌아왔다. 각오는 했지만 결국 소대 선임하사의 빵빠레가 실시됐다. 주계 작업을 하고 있다가 내무실 사람들이 올라오지 않아 내려가보니 팬티 바람에 줄지어 꼬라박고 있었다. 소대원들을 보지 않았으면 차라리 좋았을 것을 현장을 목격한 죄로 동참했다. 한두 시간이 지나자 거센 바람에 떨어진 나뭇잎이 등짝에 달라붙고 오침에 대한 한 줄기 희망이 무참히 깨졌다. 선임들의 입에서 욕이 나오기 시작했다.

"이 씨박 새끼, 똑바로 안 박어!"

그때 분위기를 깨는 소리가 들려왔다.

"먼저 가보겠습니다. 필승!"

— 앗, 누구지.

덕호였다. 덕호는 야간 근무 한 판 서고 퇴근하는 중이었다. 갯벌에 나가 근무하는 방위라 하여 '갯방위'라고 하기도 하고, 그들 사이에서는 '해변대'라고 불리기도 했다. '김일성 사망'과 '서울 불바다 사건' 때 부대 총비상이 걸리고 데프콘이 걸려도 시간만 되면 냉정하게 퇴근하는 그들은 선망의 대상이기도 했다. 아직까지 북한이 남침을 하지 못하는 이유가 '달그락달그락' 소리가 나는 가방을 들고 날마다 심각한 표정으로 삼삼오오 모여 출퇴근하는 알 수 없는 특수부대의 존재감이 두렵기 때문이라는 우스갯 소리도 있었으니 말이다.

우리 소대에는 해병 방위가 두 명 있었는데 정해득과 조덕호가 그들이었다. 부대 인근지역 거주자로 이틀에 한 번씩 교대로 출퇴근을 하던 그들은 나보다 각각 두 살, 다섯 살이 많았다. '하성 제비'로 알려졌던 해득이는 늘씬하고 뺀질한 외모로 하성 여고생들의 우상이었고, '전쟁나면 적국의 아녀자들에게 접근하여 아군을 생산하겠다'며 싹싹하고 바깥심부름도 곧잘 해서 나에게 '호득'이라는 두 번째 별명을 만들어 준 장본이기도 했다.

한편 덕호는 이웃집 아저씨처럼 순박했다. 90킬로그램을 육박하는 육중한 체격에 배가 남산만큼 나왔지만 법 없이도 살만큼 때 묻지 않은 말 그대로 착한 아저씨였다.

결국 오파운드 칼춤으로 상황은 종료되고 이튿날 최종적으로 다리미장에 불려갔다온 이병 막내 둘은 눈에 쌍심지가 켜져 있었다. 이때까지만 해도 중대장과 같은 연배라 반말을 해도 말끝을 흐리며 유도리있게 했던 덕호에게 열받은 내 동기 명일이의 일격이 가해졌다.

"이 씨발 방탱이 새끼야. 너 어제 그냥 조용히 퇴근하지 왜 약 올려?"

"너, 지금 뭐라고 그랬어."

"씨방세가 귀가 먹었남."

"뭐야?"

순식간에 페더급의 일병 최명일과 슈퍼 헤비급의 상병 조덕호와의 타이틀 매치가 벌어졌다. 육중한 몸으로 밀어붙이는 덕호에게 신체적 열세를 극복하고 오직 악과 깡으로 응수하며 한치도 밀리지 않는 자랑스러운 내 동기 최명일. 잠시 후 덕호는 치료차 퇴근하고 명일이는 다시 팬티바람으로 쇠밥그릇에 꼬라박고 있었다.

제대준비 추진 위원회

"빰빠라밤밤빰. 서부전선 김포 반도의 영원한 등불이신 김웅렬 해병님의 전역이 앞으로 6일 남았습니다."

오늘 아침도 어김없이 막내의 전역 카운터가 울렸다.

"으흐, 6일씩이나. 신뼁, 넌 며칠 남았냐?"

"잘 모르겠습니다!"

"당연히 몰라야지. 오늘부터는 시간으로 계산해."

전역이 일주일도 남지 않은 '응팽' 김웅렬 해병은 요상한 솜바지에 깔깔이를 입은 채 잠도 안 자고 사방천지를 휘젓고 다녔다. 전부터 끼적거리며 정리하던 앨범 사인지와 빨고 다리기를 반복하는 작업복이 그의 전역이 임박했음을 말해 주고 있었다.

얼마 남지 않은 기간 동안 제대 전선에 더욱 박차를 가하기 위해 '제대준비 추진 위원회'가 결성되었다. 사인지 불판 작업은 차후 2사단 사인지에 한 획을 그은 문서위조 전문인 황인원 해병이 담당했고, 워커 눈깔파기와 앨범 정리 보조는 신병, 물빼기와 다림질은 힘 좋은 빠클리, 팔각모와 기타 탄피 관련 수공품은 손재주가 비범한 제양모 해병이 담당했다. 분야별 장인들이 맡겨진 임무를 수행하며, 선임 하사의 감시망을 피해 떠나는 선임에 대한 전역 선물을 마련했다.

"김웅렬 해병님, 뱀 잡았습니다."

말직 근무 철수자들이 까치 독사 새끼를 잡아 그에게 내밀었다.

"에이, 뭐가 이렇게 작아?"

"구워옵니까? 술을 담아 버립니까?"

"그냥 독 빼서 술 담가라."

드디어 웅팽의 제대일이 다가왔다. 조촐한 과자 파티와 함께 소대 막내에 대한 전역 신고가 있었다.

"필승! 신고합니다! 병장 김웅렬은 서기…"

"목소리 봐라."

"이런. 그래, 끝나고 보자. 필~ 승! 신고합니다."

"안 들려. 집에 가기 싫어?"

"이런 졸병놈의 새끼가 기합 빠져가지고, 시킨다고 다하냐?"

"네? 그게 아니라…"

"필승… 웅얼웅얼… 빨리 신고 안 받아!"

구경 온 중대원들이 침상에 다 나자빠졌다.

"우하하, 신뻉. 흔들리면 안돼. 오늘 하루를 위해서 남은 군 생활 포기

할래?"

"네, 알겠습니다. 이 씨발, 목소리 봐라. 다시!"

"으흐. 저, 쳐죽일 놈."

얼마 전부터 노을 지는 저녁이면 옥상에 올라가 다시 못 볼 북녘 땅을 바라보며 연신 담배만 피워댔고, "이제 군용은 싫다"며 예비군복 한 벌만 남긴 채 모든 것을 후임들에게 나눠주던 그 사내는 그렇게 떠났다. 땅거미 질 무렵, 길 양쪽에 정렬하여 〈해병대 청춘〉을 불러주는 소대원들과 일일이 악수를 나누며 젖은 눈시울을 애써 감췄다. 그날 내 수양록에는 한 줄이 첨가되었다.

— O월 O일. 밀린 똥차 한 대 빠져나감.

두꺼비 암살작전

"야, 너 어디가?"

"네, 체스트 옮기라고 해서…."

"에이, 븅신아. 서랍째로 옮기면 되잖아. 실컷 키워놨더니 니가 이 애비를 버리고 간단 말이지?"

웅팽의 전역으로 몇 군데 자리 이동이 있었고 그와 동시에 나도 원래 병과인 M60 화기 분대로 자리를 옮겼다. 워낙 길쭉한 내무실의 극과 극이라 선도병의 품을 벗어난다는 사실이 마냥 즐겁기만 했다.

"흐흐흐 환영한다."

하지만 화기분대에도 난관이 있었다. '오빠'의 대를 잇는 체질분대

일수 정현희 해병과 안용섭 해병은 음흉한 표정으로 나를 맞아주었다. '오빠'가 있을 때는 이유없는 봉변을 당할까봐 되도록 이 근처에는 얼씬도 하지 않았는데, 잔머리 코미디언 하나가 충당됨으로써 볼거리 있는 명소가 되어 사람들의 왕래가 잦게 되었다.

바뀐 초장 정현희 해병과의 첫근무. 전방 초소로 진입하는 길에 발자국 소리를 집어삼키는 빗소리와 함께 천둥번개까지 쳤다. 사정없이 퍼붓는 빗줄기 속에 몸을 맡기며 질퍽한 진흙길이 되어 버린 진입로를 지나가는 순간 나무 밑에서 빗물에 샤워하고 있는 두꺼비를 발견했다.

"뭐야, 이거?"

"네, 개구리인 것 같습니다."

"저게 어째 개구리냐?"

"앗, 두꺼비인 것 같습니다."

"밟아 죽여!"

"네?"

상대방에 피 하나씩을 당기고 쌍피로 변신해 점수나는 데 공헌하는 유익한 두꺼비가 생각나 순간 망설였다.

"두꺼비 하나 못 죽이는 게 전쟁나면 사람 죽이겠냐? 빨리 못 해?"

젖은 워커발을 슬며시 들어 살짝 밟아보았지만 워낙에 큰 놈이었다. 거기다가 진로 소주를 상징하는 캐릭터라 쉽사리 죽이기 힘들었다.

"이런 개씨박 새끼. 가서 보자."

초소에 도착한 나는 두려움에 떨기 시작했다.

— 에잇, 저 놈의 두꺼비 때문에.

말소리가 안 들릴 정도로 매몰차게 떨어지는 빗소리와 '사각사각' 소리를 내며 판초우의끼리 스치는 소리는 점점 긴장감을 고조시켰다. 거기다가 낙뢰로 인해 해안등마저 꺼져 한 치 앞도 보이지 않는 컴컴한 초소에서는 나이트클럽의 스파크 조명 같은 번개와 우렛소리로 공포분위기를 자아내기에 충분했다. 번개칠 때 잠깐 잠깐 보이는 개머리판이 내 눈앞에서 춤을 추고 있었다. 다소 아픔은 있었지만 시커먼 북녘 하늘을 여러 갈래로 찢으며 수십 개씩 쏟아지는 번개는 놓치기 아까운 환상적인 장관이었다. 철수하는 길에 그 녀석이 없기를 바랐다.

"어쭈, 저게 아직까지 안 가고 저기 있네. 가 봐!"

"네!"

"악기가 얼마나 충전되었는지 한 번 보겠어."

성큼성큼 다가가 두꺼비 앞에 서서 점프했다.

— 꿱. 뿌지지이익~.

두꺼비는 형체도 없이 빗물에 씻겨 내려갔다.

— 진로야, 미안.

한 여름밤의 귀신 초소

서부전선을 휩쓸고 간 태풍은 포천, 철원 등지에 많은 인명 피해를 내서 불쌍한 이곳 군인들에게 잊지 못할 아픈 추억을 남겼다. 날아간 초소 지붕을 찾아다녔고 바람에 떨어져 곳곳에 널려 있는 나뭇잎을 일일이 치우느라 조별과업이 오후 과업으로 이어지기도 했다. 과거에는 태풍이 한 번 쓸고 가면 북한 주민으로 추정되는 시체들이 해류를 타고 떠내려 와 상급부대 조사단이 시도 때도 없이 들락거렸다고 한다. 그런데 바로 우리 지역으로 사람 형태의 통나무 하나가 걸려서 주위를 긴장시켰다.

"이런, 우리한테 보냈구만."

"네?"

"여기까지 떠내려 올 리가 없는데 ○○중대에서 귀찮으니깐 작대기로 떠밀어 보낸 게 틀림없어. 그냥 놔뒀다가 썰물 때 다시 보내 버릴까 보다. 그러니깐 귀신 나오는 초소가 생기지."

"그런 게 있습니까?"

"저기 봐. 지형이 툭 튀어나온 곳에 초소 하나 보이지? 해류따라 떠내려 오면 분명히 저기에 걸리게 되지. 옛날에 하도 많이 걸리니까 지들도 귀찮아서 이곳으로 밀어 버렸는데 그때부터 그 초소에 죽은 사람의 혼령이 나타난다는 말이 나돌아서 폐쇄시켰지."

"그래도 귀신 잡는 해병대 아닙니까?"

그때 정현희 해병이 무언가를 발견한 듯 입을 열었다.

"어, 아직 저러네. 저기 저 초소 해안등만 불이 꺼져 있지?"

"네, 그렇습니다."

"정말 귀신이 씌웠는지 암만 고쳐도 계속 고장나서 사단에서도 포기했다고 하더군."

코와 입의 식별이 불가능할 정도로 퉁퉁 부은 시체를 작대기로 밀면 밀리기는커녕 쑥 들어가서 꽂혀 버린다고 했다. 하지만 죽은 사람은 죽은 사람이고, 일단 산 사람은 살아야 될 터인데 물 끌어당기는 심야전지가 번개를 맞아 통째로 넘어갔다. 물이 나오지 않으니 화장실 사용이 불가능해졌다. 결국 화장실 문에 못을 박아 버렸다.

"우리 인간적으로 주계 근처에는 싸지 말자."

어쩔 수 없이 선임들의 눈을 피해 야간만을 이용해 은폐와 엄폐가 용이한 깻잎밭에서 큰일을 치렀다. 물이 없어 커다란 양동이를 머리에 이고 민가에 가서 물을 길어오거나 야밤에 불시에 오는 물차 때문에 자다 일어나 물드럼통을 굴리고 다니기도 했다. 그을음 묻은 솥은 표면이 거친 호박잎으로 닦아내고, 설거지 물 절약을 위한 '츄라이 핥아 먹기'로 인해 물 한바가지로 일개 소대 설거지를 다 해결하며 힘들게 끼니를 연명해 나갔다.

그러던 어느 날, 상황실에 보고를 한 뒤 삽자루를 어깨에 메고 큰일을 보러 갔다. 근데 불과 이틀만에 깻잎밭도 지뢰밭이 다 되어서 더 이상 똥 묻을 데가 없었다. 생각다 못해 무덤 옆에 있는 군견장까지 발을 뻗었다. 시뻘건 야광눈으로 쳐다보고 있는 군견이 소리를 지를까봐 잔나무가지를 헤치며 조심스레 이동했다.

— 앗.

순간적으로 가시덤불 깊숙한 곳에서 어두운 사람 그림자가 이동하는 것이 보였다. 너무나도 매끄러운 동작에 '혹시 귀신이 아닐까'하는 생각도 들었지만 분명 사병용으로 지급되는 붉은 추리닝을 입고 있었다.

"필승! 많이 누십시오."

이렇게 말하기가 뭐해서 그냥 짧은 경례만 때렸는데 그는 아무런 대꾸없이 어둠 속으로 사라져갔다. 원래 화장실에서는 경례를 주고받는 게 아니라서 그런가 하고 별 의심없이 성공적으로 지뢰를 매설할 지형 탐사를 시작했다.

— 우욱…악!

세상 구경하고 싶은 그것들이 갑자기 출구를 박차고 나오려 해 바지를 내리고 풀썩 주저앉았다가 꺾어진 나무뿌리에 그곳을 찔렸다. 다시 평탄한 지역을 골라 삽으로 판 구덩이에 정조준하여 장 내의 모든 것을 내보냈다. 지뢰매설을 마치고 상황실로 돌아오니 '오공'이 순서를 기다리고 있었다.

"더럽게 오래 누네. 깻잎밭에 똥 때릴 자리 있어?"

"깻잎밭은 벌써 초토화입니다. 어?"

"왜 그래, 임마?"

"그… 그게 말입니다."

뭔가 이상했다. 분명 상황실에서 삽 하나를 세워놓고 그걸 바통 삼아 한 사람씩 교대로 갔으니 나 이외에 당시 내무실을 나간 유동 병력은 없었다.

— 그럼 내가 본 그는 누구인가?

오공이 내 말을 듣고나자 식은땀을 흘리며 말했다.

"씨발. 옛날에 군견장 근처에서 자살한 선임이 있다고 하던데… ."

그해 깻잎 농사는 풍년이었다.

초대받지 못한 손님

육군 모부대에서 근무 견학을 왔다. 중사 두 명이었는데 정말 잠귀신이 붙은 사람들이었다. 좋지 않은 소문이 퍼질까봐 제일 좋은 시간대에 근무 한 판만 보냈는데도 바뀐 시간대에 적응을 하지 못했다. 또한 오침 끝나고 밥 먹으라고 깨우면 고통스런 표정으로 일어나 청소하는 졸병들을 넋을 잃고 바라보며 혀를 찼다.

"저기요, 저 사람들 잠은 언제 자요?"

"지들이 알아서 잘 잡니다."

"어휴, 사람들이 만날 저렇게 어떻게 살지?"

지금도 몇몇 어르신네들은 해병대에 가면 맞아죽거나 굶어죽는다고 생각하는 사람이 있듯이 그들도 기성세대들이라 더플백에다 먹을 것을 양껏 준비해 왔다. 전에 온 사람들도 그랬다지만 선임들은 이러한 그들의 모습을 보고 화를 참지 못했다.

"씨바, 누가 굶겨 죽이냐."

"야, 내일부터 꼰봉이 똥국 끓여."

이제껏 끝까지 먹은 사람이 없다는 '꼰봉표 똥국'과 반찬 투정하는 어린애 고문용 임연수어국을 번갈아 삼시 세 끼 먹여 보내려고 했다. 그런데 그들은 커다란 고추장 단지 하나씩 안고 주계에 올라와서 밥을 먹는 것이 아닌가? 그것도 상추에 밥을 싸서 아주 맛있게.

보급병의 실수

"제양모 해병님, 부식이 잘못 왔습니다."

"뭐가?"

대대 부식차가 전술로를 지나가면서 던져주는 바구니에 손님 접대용 부식을 더 얹어주고는 했는데 보급병이 실수를 한 것이다.

"소스는 없고 돈가스만 두 봉지 왔습니다."

"뭐야?"

다음날 아침 주계에서는 진풍경이 벌어졌다.

"어이, 취사병! 아 참. 주계병이라고 했지. 주계병!"

"왜 그러십니까?"

"여기 샐러드 없어요?"

"네? 그게 뭡니까?"

"소스도 없고, 왜 돈가스만 두 개예요?"

"아하."

"지금 우리 일부러 골탕먹이는 겁니까?"

"지금 어디선가 소스만 두 개 먹고 있을 불쌍한 애들 생각해서 그냥 드십시오."

그만 싸울 때도 됐다

고요한 전방의 아침. 저 멀리 애기봉 쪽에서 잔잔히 들리는 엔진소리

208

와 함께 먼지가 슬며시 피어오르고 있었다. 해병대 차량 넘버는 노란색인데다 대개 엔진 소리가 경운기 소리처럼 덜덜거리기도 하는데 멀리서 봐도 새것 같아 보이고 안테나까지 달려 있어 바짝 긴장하며 다가오는 짚차를 주시하고 있었다.

"어라, 땅개 짚차잖아."

우리가 근무서고 있는 곳은 해병대 작전 지역이라 타군 차량 출입이 거의 없었다. 간혹 합동참모부나 육군부대 작전차량이 들어오기는 했지만 미리 연락을 하고 와서 별 문제가 없었다. 그런데 지금 오고 있는 짚차에 대해서는 아무런 연락을 받지 못한 상태였다. 도대체 어떻게 된 영문인지 몰라 급히 상황실에 연락했다.

"필승! 후방 전술로로 땅개 짚차 한 대 들어갑니다."

"뭐? 잡아!"

"지금 막 지나갔습니다."

"이 새끼들이 근무를 어떻게 서는 거야!"

재빨리 각 지역 검문소에 연락을 취했다. 하지만 그 짚차는 허가 없이 검문소를 피해 샛길로 무단침입을 했고 인근 지역 근무자의 정지 명령을 무시하고 밀고 들어갔다. 순식간에 중대에 보고되어 중대장이 노발대발했다.

"이 새끼들, 못 막으면 죽을 줄 알아!"

소대가 발칵 뒤집어져 그 문제의 짚차가 중대까지 가기 전에 저지하려 나섰다. 한가닥 하는 선임 몇 명이 깔깔이 차림으로 삽과 곡괭이를

들고 뛰어나가 소대 앞을 지나가는 짚차를 간신히 세웠다. 몽둥이 하나
씩을 들고 짚차를 삥 둘러싼 선임들이 밤새 잠 못잔 충혈된 눈으로 짚
차를 노려보았다. 그 짚차에는 검은 베레모의 모공수 특전사 소속의 대
위와 운전병이 타고 있었다.

"여기는 뭐하러 오셨습니까?"

"지형 관측하러 왔어. 금방 나갈 거야."

"더 들어가도 길 없슴다. 돌려서 나가십쇼."

"금방 나간다잖아. 왜 그래?"

지형정찰에 착오가 생긴 건 그쪽이고 텃세를 부려도 우리가 부려야
하는데 되려 큰소리치는 그들의 말투에 뚜껑 열린 '빠클리'가 나섰다.

"이런 씨발 땅개 새끼가 계속 반말이네. 내려 이 새끼야!"

"뭐야? 이 자식아?"

"나와, 이 새끼야. 안 나와? 씨발, 짚차째로 확 던져 버릴까보다."

빠클리가 짚차를 흔들었다.

"우와!"

슬쩍 포즈만 잡았는데도 짚차가 휘청휘청거렸다. 그때 중대장이 달
려오면서 소리쳤다.

"동작 그만!"

"헉. 총원 차렷! 필승!"

"다 들어가."

"그래도 말입니다…."

"이 새끼들이 자꾸 토 달꺼여?"

눈에 살기가 맺혀 굶주린 야수처럼 으르렁대는 대원들을 돌려보낸 후 중대장은 차에서 내리지도 않는 그들에게 선처를 구하기 시작했다.

"우리 애들이 잠을 못 자 좀 날카롭다. 이해해 달라."

"그래도 타군 상관한테 이러면 됩니까? 에잇…."

"뭐, 에잇? 이 새끼가 정말. 내려!"

결국엔 중대장마저 폭발했다.

"이 개놈의 새끼가 보자보자 하니깐…."

그날 처음 알았다. 해병대 기질은 병이나 장교나 모두 똑같다는 것을.

조루야 물러가라

"휴가자 밥 먹으러 왔구만. 안 내려가?"

서럽게 고개를 숙이고 주계에서 쫓겨났다. 만후임이 일병 진급을 하여 주계 작업을 마감할 때쯤 대망의 일병 휴가가 성큼 다가오고 있었다. 혹시나 기합 든 후임들이 햄버거빵이라도 하나 챙겨놨을까 창고 내의 은밀한 약속 지점인 낫보관함을 뒤져 보았지만 이빨 빠진 조선낫만 나를 반길 뿐 전투식량 하나 없었다. 눈 딱 감고 군견사료 몇 개를 먹어 보다 텁텁해서 뱉어 버리고 훈련에 참가했다.

"신호진, 휴가 계획이나 발표해봐."

"네. 첫날은…."

"어쭈, 이런 기합 빠진 놈이 있나. 벌써 휴가 계획 다 짜놨구만."

"아, 아닙니다."

"지금 휴가 간다고 자랑하는 거야? 집총체조 준비!"

"악!"

"야, 딱총 말고 니 총 있잖아. 저기 큰 거 말이야."

M60 기관총으로 집총제조와 총검술이 이어졌다. 다시 휴가계획발표.

"첫날은 동네 친구 만나고, 다음 날은 학교 친구 만나고, 그 다음날은 불알친구 만나고…."

"여자는 언제 만나?"

"네? 만날 여자 없는데 말입니다."

"없으면 만들어야지. 너 이번에 여자랑 한 증거 가져와. 알았어?"

"어떤 증거 말입니까?"

"말을 해야 아나? 격렬함에 뽑혀나간 털이나 뭐 묻은 이불이라든가."

"속옷도 됩니까?"

"속옷? 바로 그거야. 대대로 여자 속옷 상납은 편한 군 생활을 꽃피우게 하는 지름길이지."

— 통통통통.

"어디까지 왔냐?"

"헉. 지, 집 앞입니다."

"어쭈, 벌써 집이야? 이게 죽을려고."

"아, 아닙니다."

— 통통통통.

철모에 배를 깔고 헤엄쳐서 집에 가는 휴가 준비 B코스인 '통통배'가 시작되었다. 복근 단련용으로는 그만이지만 이십 분만 타면 헛것이 다 보일 정도로 힘든 코스였다. 온몸이 땀으로 범벅이 되었지만 짬밥물을 뺀다고 생각하며 기분좋게 응하고 있었다.

"야, 그만하고 애들 좀 씻겨라. 거지같이 해 가지고 보낼 거야?"

"원래 이렇게 생긴 놈들이 때 빼고 광 낸다고 뭐가 달라집니까?"

소대장의 만류로 C코스 고향열차 및 하체 단련은 생략되었다. 그리고 소대장의 지시대로 묵은 때를 벗기기 위해 세면장에 갔다.

"흐흐흐. 휴가 간다고 씻으러 왔냐?"

먼저 와 있는 구멍 난 팬티 차림의 안뼹에게 거시기를 잡혔다.

"내가 너희들 정권 단련시켜 주겠어."

지난여름 심전 벼락 사건으로 새로 교체된 소방호수를 방불케 하는 '한일 자동 펌프'의 물발은 실로 경이로웠다.

"너희들은 지금 여자 구경을 못해서, 했다하면 바로 찍이야. 그래 안 그래?"

"그렇습니다!"

"해병대는 자가용이든 영업용이든, 주간 과업이든 야간 과업이든 한 번 세웠다 하면 50분 과업에 10분간 쉬어야. 알겠냐?"

"네!"

샤워기에서 물이 쏟아져 나오기 시작했다.

"자, 기합 넣어."

"움! 해병대!"

"기합소리 봐라. 쇠브러시 갖고 올까?"

"아닙니다. 악! 해병대!"

"열번만 하고 와. 숙제야. 알았어?"

"네엡!"

열중쉬엇자세에서 폭포처럼 쏟아지는 물줄기를 거시기로 막으려니 오금이 다 저려왔다. 그래도 약간은 야릇했다.

— 조루야, 물러가라. 신 해병이 나가신다.

담 넘어 우리 집

오랜만에 다시 모인 대대 동기 다섯 명과 청룡버스 안에 붙어앉아 그 윽한 눈으로 창밖을 바라보고 있었다. 그때 옆 차에 탄 대대주임상사인 깜씅과 눈이 마주쳤다.

"앗, 쑤구려."

죄 지은 것도 없는데 몸이 반사적으로 움직였다. 험상궂은 인상은 여전했고 휴가자 정신 교육 때 나오는 월남전 스토리도 변함없었다. 이번에는 직접 터미널 주위를 순찰할 기세로 사복을 입고 나왔다.

"야, 깜씅 얘기 들었냐?"

"뭔데?"

"저 양반 원래 병 출신인데 월남 갔다 와서 전쟁후유증 때문인가, 성질을 못 죽여서 기리까이한 거라더라."

"오, 그래."

기리까이란 '전환'이나 '변화'를 뜻하는 속어인데 군대에서는 병에서 하사관이 되는 것을 말했다. 동기 녀석의 이야기를 계속 들어보니 육박전에서 맨손으로 베트콩 수십 명을 때려잡아 무공훈장을 두 개나 받았다고 했다. 하기야 깜쌍의 얼굴을 보면 한 치의 의심도 들지 않았다.

"기분이 들뜨면 사고치게 돼 있어. 그리고 너 이 새끼, 조심해라."

곧이어 걸걸한 소리와 함께 매캐한 연기를 내뿜으며 시동이 걸리고 보름간의 휴가가 시작되었다. 근데 출발하자마자 차가 멈춰 섰다.

— 으흑, 이건 또 뭐야. 사고난 거 아냐?

다들 긴장된 눈빛으로 서로를 쳐다보고 있었다. 그때 집이 마송인 안남규가 우리를 향해 손을 흔들면서 말했다.

"잘 놀다 와라."

차가 출발한 지 10초도 되지 않아 내리는 안남규의 모습에 황당한 인솔자가 물었다.

"임마, 너는 그냥 걸어가지 왜 탔어?"

"헤헤. 그래도 기분 아닙니까. 휴가 버스인데."

차가 다시 출발했다. 안남규는 대대 정문 맞은편 자기 가게인 마송흑염소에서 붕어빵 같은 자기 아버지하고 같이 나와 손을 흔들어 주었다.

"안남규는 좋겠다. 집이 가까워서."

"좋기는 개코가 좋냐? 쟤는 위장복은 다 입었다."

"하기야 저 놈은 군바리 땅을 벗어나질 못하는구만."

방송국을 점령하라

"괘씸한 놈들. 어디 두고 보자!"

휴가 첫 날. 편지 한 통 안 쓴 괘씸한 학교 동기놈들부터 처단하러 구포 개시장행 306번 버스를 탔다. 일당백이 될지 모를 광란의 밤을 위해 잠깐 눈을 붙였다. 피곤한 몸이었지만 마음 편안하게 잘 수 있었던 것은 그곳을 지날 때면 언제나 지친 몸을 흔들어 깨워주던 친근한 알람소리가 있었기 때문이다.

"깨깽깽! 깽! 깨에에엥."

개 잡는 소리에 눈을 떠보니 학교 앞이었다. 그곳은 속이 텅 빈 견공들이 발라당 드러누워 노릇한 냄새를 발산하며 학우들의 양기 증진에 힘쓰고 있었다. 하교 시간이라 우르르 내려오는 낯선 인파들을 헤치고 학교로 올라갔다. 예전에는 록키 당구장 '날제비'를 모르면 간첩이었는데, 이제는 아는 이도 몇 명 없었다. 그 몇 명도 검은 추리닝에 백고무신을 신고 상륙돌격형 머리를 한 나를 알아볼 리 만무했다.

회심의 미소를 띠며 동아리방 문을 박차고 들어갔다. 예전처럼 발 디딜 데가 없을 정도로 어지럽혀진 그곳에서 노닥거리고 있는 아이들이 눈에 들어왔다.

"헉. 누, 누구세요?"

"너희들밖에 없어? 선배들 다 잡아와."

"아, 혹시 호진 선배? 네, 알겠습니다."

휴가를 어느 정도 맞춰 나갈 수 있다는 타군이 부러운 순간이었다. 하필이면 축제기간이 지나고 한창 바쁜 중간고사 기간이었다. 선동렬 방어율을 능가하는 학점으로 졸업 전에 평점 한 번 올려 보려고 도서관에 짱박혀 커닝페이퍼 제작에 애쓰는 동기도 있었고, 나의 술 고문 때문에 폐인이 되어 일치감치 학업을 포기하고 당구장을 전전하다 내가 온다는 소식을 듣고 도망간 선배들도 있었다.

"여기는 PBS 방송국입니다. 공지사항을 알려… 앗!"

"에이, 줘보소. 하나 둘, 하나 둘. 아, 아. 나 신호진이다. 야, 느그들 죽을래? 그러고도 무사히 시험 칠 줄 알았냐? 좋은 말로 할 때 튀어나온나. 내가 도서관으로 쳐들어가면…뚝!"

"죄송합니다. 찾으시는 분들께서는 속히 동아리방으로 모여주세요."

교내 방송국에 쳐들어가 멘트를 하니 얼마 안 되어 삼십여 명의 소대 병력이 집결했다.

"으아. 졌다, 졌어."

"호진이, 니 얼굴이 와 이래 됐노?"

"니 싸움하러 왔나? 무시라."

거울 본지가 제법 된데다가 비슷한 사람들 속에 묻혀 살다보니 내 인상이 더럽다고는 생각 못했는데 그 말을 듣고 소주방 화장실 거울을 본 뒤에야 나의 변한 모습을 느낄 수 있었다. 2차에서 뒤늦게 합류한 은미를 만났다. 하나도 변한 게 없는 깜찍한 그녀를 보니 너무나 험상궂게 변해 버린 내 모습에 착잡한 심정을 금할 수 없었다.

"호진아, 안주 좀 먹어."

"씨발, 됐어."

은미는 아무렇지도 않은 듯 태연하게 날 반겨주었다. 힘들 때마다 생각나던 은미가 예전 같이 친근하게 느껴졌지만 내 행동은 뜻하는대로 되지 않았다. 위로휴가 때 몸에 밴 해병 주법 한 가지. 무조건 원샷에 안주는 담배 한 까치. 그리고 아무 거리낌없이 자연스럽게 튀어나오는 육두문자. 나는 어느새 욕쟁이가 되어 있었고 어색한 분위기를 반전시키기 위해 여러 후배가 재롱도 부렸지만 왠지 웃음이 나오지 않았다.

심란한 분위기를 보다 못해 자리를 정리하고 주당들만 3차를 가기 위해 가게를 나섰다. 은미와 처음 만난 작년 이맘때처럼 은행나무 잎들이 바람에 떨어져 인도를 뒤덮고 있었다. 뜻밖의 내 행동에 충격받은 은미는 쌀쌀한 날씨에 몸을 움츠리며 집에 가기 위해 누군가를 기다리고 있었다. 나는 아무 말도 할 수가 없었다.

그때 마치 다시는 만날 수 없을 것 같은 뭉클한 감정에 무심코 은미를 안으려 했다. 예전의 우리 사이를 알고 있었던 주위에서는 열화와 같은 성원을 보내주었다.

"꼭 안아주세요. 갈비뼈가 다 뿌라지도록…."

잠시 후 어디선가 클랙슨 소리가 울렸고 그녀는 캐피탈 승용차에 앉아 점점 멀어지고 있었다.

예비역들과의 만찬

— 자, 부어라. 마셔보자. 이 밤이 다 새도록. 초라해진 나를 위해, 돌

아서 간 당신 위해.

첫날부터 귀가하지 못했다. 얼마나 마셨는지 속에선 구데타가 일어났고 확인해보니 먹은 게 물 뿐이라 끈적끈적한 위액만이 폭포수처럼 쏟아졌다. 술 냄새 풀풀 풍기며 집에 돌아오자마자 지난날의 내 모습이 담긴 앨범을 꺼내보았다. 그리고 거울도 자세히 보았다.

— 아, 이게 누군가?

뽀얀 피부는 간데없고 시커먼 껍데기에 마른버짐과 분화구만 가득했다. 하지만 절망하지 않았다. 손과 발가락을 이용해 혼자서 위장복 줄을 잡고 어깨 너머로 배운 다림질로 빡빡 다리고 방구석에 굴러다니던 탄피를 잘라서 링 안에 넣고 목걸이도 만들어 걸었다. 그리고는 부산 젊은이들의 약속 장소인 서면 '마리포사'로 향했다.

거리에는 흥청대는 젊은이들이 발 디딜 틈도 없이 지나다니고 있었지만 그다지 통행에 불편은 없었다. 길을 터주며 보내는 따가운 시선들에게 '뭘 꼬라봐, 새끼야'라는 메시지를 담은 눈빛으로 보답하느라 바빴지만 간혹 더 당황스러운 일도 생겼다.

"어이, 몇 기냐?"

"필승! 730기입니다!"

"그래? 나 624기야. 따라와."

우리 일행들에게 양해를 구하고 포장마차로 끌고갔다.

"고생 많다. 술은 잘 마시나?"

"네! 좀 마십니다."

"취하면 죽어! 좋은 데 가야 되니까."

그렇지 않아도 쓰린 속에 예쁜 소주잔을 놔두고 맥주 글라스에 술을 따라주는 선임. 그가 들려주는 그 시절 군대 이야기에 친구들은 눈알이 튀어나오려고 하고, 한 컵 두 컵 빨개지는 얼굴에 밤은 깊어만 갔다.

"아저씨, 우리도 이 친구 일년만에 처음 봤습니다. 좀 보내주세요."

"그래? 아쉽구만. 이거 내 연락처인데 복귀전에 연락해라. 찐하게 한 잔 하자."

자력으로 도저히 빠져나올 수 없는 자리를 옆 테이블에서 구경하던 친구 놈들이 총공세를 펼쳐 겨우 탈출했다. 포장마차에서 나와 친구 놈들하고 몇 걸음 걸으려니 길 건너편에서 우렁찬 목소리가 들려왔다.

"어이, 거기 위장복! 몇 기야?"

"헉! 필승! 네, 730기입니다!"

"꼼짝 말고 거기 있어!"

술이 오른 30대 초반의 건장한 두 분이 단숨에 왕복 8차선 도로를 무단횡단해 건너왔다.

"필~~~~~ 승!"

능숙한 솜씨로 경례를 받고 아래위로 복장을 훑어보며 말했다.

"하하하. 멋져! 해병대가 이 정도는 되야지. 가자!"

할 수 없이 일행을 내팽개치고 졸졸 끌려다니다 급기야 카사노바라는 음란한 분위기의 단란주점에 들어갔다.

"너 오늘 이 새끼 홍콩 못 보내면, 이 집 사장 가만 안 놔둘 거야."

출중한 미모의 여급들이 들어왔고 그 집에서 가장 예쁘다는 탤런트 뺨치는 아가씨가 내 무릎위에 슬그머니 앉았다.

"오빠, 한 잔 해요. 우리 러브샷 할까?"

"오케바리. 머리에 털고 귓구멍에 확인하기!"

예전 같으면 이렇게 했겠지만 술이 한 잔 들어간 나는 머리에 악발만 가득찬 감정없는 동물이 되어 있었다.

"이런. 요강 안 치워? 바지 구겨지구만."

난장판이 시작되었다. 당시에는 노래방 기계에 〈곤조가〉가 없던 터라 손님 다 쫓아보내는 라이브 〈곤조가〉부터 사가 메들리에 마무리로 〈나가자 해병대〉까지, 한 번 점령한 스테이지는 목숨 걸고 사수했다.

나도 한 목소리 하는 편인데 현역에 절대 뒤지지 않는 선임들의 박력이 눈부셨다. 테이블에 꼬라박고 병나발 불며 스테이지를 장악해도 벌겋게 달아오른 눈을 보고 누구 하나 뭐라고 하는 사람이 없었다. 잠시 후 옆 테이블에서 점잖은 감색 양복 차림의 노신사가 다가왔다.

"자네들 해병대 출신인가?"

"네, 그렇습니다."

"그래? 나 219기야."

"네? 필~~~승! 몰라봐서 죄송합니다."

"허허, 괜찮아. 암튼 보기 좋구만. 내가 젊은 후배들 노는데 끼기는 뭐 하고 여기 계산을 넉넉하게 해놨으니 재미있게 놀다가게."

"네! 감사히 먹겠습니다. 총원 차렷! 필~~~승!"

앵콜한 사람도 없는데 계속해서 〈곤조가〉가 울려퍼졌다. 더 단란한 곳에 가자며 잡아끄는 선임들에게 어제도 집에 못 들어갔다는 자초지종을 말했다.

"그럼 또 연락해라."

선임들은 택시비와 담배 한 보루를 건빵 주머니를 벌려서 억지로 쑤셔 넣어 주었다. 익명의 제보자가 보내는 술을 받아 마시며 '필승'을 때리느라 목이 쉬었고, 길 가는 예비역 선임들이 찔러준 담배는 주머니를 가득 메웠다.

"으따, 그놈의 해병대 사람 잡네."

밤새 같이 있었으면서도 나와 몇 마디 못 나눈 형은 택시에서 내려 먼저 집에 들어갔다. 안주빨도 못 세우고 주는 술만 다 받아먹으니 속에서 요동을 쳐 입대 전에 자주 찾던 집 앞 포장마차에 들렀다.

"아저씨, 오래만입니다. 우동 하나 주십쇼."

항상 웃는 얼굴로 맞아주던 아저씨의 표정이 묘하게 변했다.

"어, 자네 해병대 갔었나? 나 315기야."

"필승! 신고합니다…."

"됐어, 됐어. 하하하. 자네가 해병대 갈 줄 몰랐는걸."

그분은 사업실패 후 낮에는 운전, 밤에는 눈부신 미모의 사모님과 포장마차를 운영하고 계셨는데 배가 조금 나오긴 했지만 거대한 덩치와 굳은살 박힌 주먹에는 'ROKMC'라는 문신이 새겨져 있었다.

근처에 가스 충전소가 있어서 그 억세다는 택시 기사들을 상대로 장사를 하다 보니 싸움이 벌어졌다하면 신고도 하지 않았는데 파출소에서 출동할 정도로 목소리가 큰 괴력의 소유자였다. 포장마차 자릿세 문제로 거의 매일을 동네 주먹들과 부딪치지만 끝까지 굴복하지 않고 제일 좋은 자리에서 특유의 털털함과 남자다움으로 단골을 다 끌어당기고 있었다.

"해병대 간다 했으면 내가 술값을 안 받지. 근데 요즘도 많이 팼나?"

"어찌 선배님 앞에서 감히 명함을 내밀겠습니까?"

"아, 우리 때는 하루도 안 맞으면 잠이 안 왔지. 밤이면 밤마다 물에 담궈놓은 젖은 곡괭이 자루가 칼춤을 쳤으니깐 말이야."

한동안 멍하게 형광등을 바라보더니 희뿌연 담배 연기를 내뿜으며 내리 세 잔을 들이켰다. 그리고는 긴 한 숨을 내쉬며 과거 해병대의 고된 일상에 대한 이야기가 시작되었다.

새벽마다 근처 공동묘지에 집합해 빳다로 지옥문을 들락거리고 그것도 기수빳다라 오파운드를 넘기며 '더 조져!' 하면서 여분의 몽둥이를 갖다주기도 했고 훈련소에선 똥으로 머리와 얼굴을 감고 집합, 짬밥통에서 밥 건져 먹기, 변소 밑바닥 기어 통과하기, 시궁창 기기 등등. 그리고 군 시절 휴가 나갈 때 중대장이 직접 대검을 갈아서 줬다는 얘기, TMO 한 칸을 가득 채운 타군 병력을 단지 휴가 나온 두 명의 해병이 옆칸으로 다 밀어냈다는 얘기, 그 두 명 때문에 그 칸을 가득 채운 타군들은 숨을 가다듬었다는 얘기 등등. 이야기를 다 마친 그분은 땀을 닦는 척하면서 소매로 눈가를 훔쳤다.

"자네가 지금 일병이지? 해병대 일병은 인간도 아니었지. 이건 만날 때리면 때리는 대로 맞고, 주면 주는 대로 처먹고. 아…."

암울했던 과거사를 비춰주듯 그의 쪼인트에는 살이 찢기고, 떨어져 나가 뼈 자체가 움푹움푹 파져 있었다.

"그래도 말이야, 내게 해병대 깡다구가 없었다면 지금 이렇게 일어서지도 못했을 거야. '맞아야 악이 생기고 굶어야 깡이 생긴다'며 나약했던 나를 강하고 질기게 만든 그때 선임들, 그 양반들은 지금 다들 뭐하고 계시는지…."

천호동 방랑기

별다른 로맨스도 없이 술과 함께한 보름. 이제 가야 할 시간이 왔다. 다음 달이면 부대이동으로 헤어질 동기 명일이와 휴가 마지막 날을 광란의 밤으로 보내기 위해 복귀 하루 전날 강남 터미널에서 만났다. 검은 추리닝에 위장빽을 멘 나는 터미널에서 형사에게 불심검문을 두 번이나 당했다. 잠시 후 정복차림의 명일이와 연규천이 벌어진 이빨을 보이며 나타났다.

낮 시간이라 해질 때까지 시간 때우려고 극장에 갔다. 정선경의 데뷔작 〈너에게 나를 보낸다〉를 뻣뻣한 동기놈들이랑 보았는데 남녀가 레슬링만 해대고 팬티 안에서 담배를 꺼내기도 하면서 요염한 자태를 뽐내는 여주인공을 보고 우리는 하반신이 마비되어 버렸다.

"너, 한 번 담갔냐?"

나와 명일이는 서로 고개를 저었다.

"빙신 같은 놈들. 따라와."

우리 셋은 청량리보다 우수한 인재들이 많다는 천호동을 공략하기로 했다. 서울 지리에 빠삭하다는 연규천의 말만 철석같이 믿고 두 시간여를 헤맸다. 분명 신도림에서 탔는데 몇 번을 갈아타고 내려도 또다시 신도림이었다. 참다못해 택시를 타기로 했다.

"아저씨, 천호동 갑시다."

"천호동 어디요?"

"에이 참. 거, 몸 푸는데 있잖습니까?"

뻔뻔한 내 동기. 오색찬란한 네온사인이 반짝이는 유흥가를 지나 골목길에 들어서니 붉은 정육점 불빛 아래 집집마다 다른 차림의 아가씨들이 줄지어 앉아 있었다. 발정한 수컷들이 가게 앞을 지나가면 그 중 한 명이 홀딱 벗고 튀어나와 유혹해 끌고들어가는 모습이 눈에 들어왔다.

"어휴, 죽겠네."

그녀들이 입고 있는 옷도 다양했다. 한복에서부터 팬티가 보일락말락한 미니스커트, 도우미 유니폼, 캐주얼, 드레스 등등. 여자 장사도 사업이라고 집집마다 테마를 두고 장사하는 것을 보니 부산의 진역이라는 곳에서처럼 새벽에 술 먹고 지나가면 할머니들이 "총각, 꽃밭에 물 좀 주고 가소"라며 애원하는 것과는 비교도 안 되는 무릉도원이었다.

군복을 입으면 아무 여자나 예뻐 보인다지만 막상 들어가기가 아까워 구경삼아 한바퀴 삥 돌아보았다. 암만 봐도 이 세상 예쁜 여자는 다 여기에 모여 있는 것 같았다.

"오빠, 공수 오빠. 이리 와. 잘 해 줄게."

"야! 나 공수 아냐. 해병대야. 알았어?"

"알았어. 해병대 오빠. 이리 들어와. 내가 뿅 가게 해줄게."

"난 웬만해선 뿅 잘 안 가."

"호호. 내가 위에서 이렇게 허리를 돌리면 오 분도 못 갈 껄."

"이게 씹창 나려고…."

"씹창이 나나 좆창이 나나 함 해 보자. 오빠, 으응?"

그때였다. 멍하게 서 있던 명일이가 잡히고 말았다. 그녀들은 정말 해병대보다 더 조직적인 것 같았다. 한 명이 다가와 말을 걸면 다른 한 명이 정모를 뺏어서 방으로 들어가 버리고 다른 한 명은 벌써 워커끈을 반쯤 풀고 있었다.

타락하기로 맘먹고 간 것이지만 일단 명일이가 저렇게 잡혀가는 것을 보고 있자니 도와줘야겠다는 생각이 들었다. 그래서 워커발로 방안에 쳐들어가 방방마다 다 뒤져 정모 들고 토낀 년을 찾아냈다.

"오빠, 다른 집 가도 별거 없어. 여기서 놀자, 응? 오빠."

놀라운 것은 그전에 방문 두 개를 열었는데 손님과 그 짓을 하면서도 태연하게 "누구 찾아, 오빠?"라고 말하는 것이었다. 가게 아가씨들이 전부 달려들어 팔다릴 붙잡고 늘어지는 걸 뿌리치고 간신히 빠져나왔다. 큰길로 나와 머리를 맞대고 중간회의를 시작했다.

"너 얼마 있냐?"

"3만 원."

"합치면 딱 되긴 하는데 복귀는 어떻게 하냐?"

"군인은 할인 안 해 주냐?"

"군바리는 많이 굶었기 때문에 더 받는다."

"그럼, 공평하게 한 놈을 밀어주자."

"고맙다, 동기야. 후딱 갔다 올게."

"이 새끼가 전우애 금 가는 소리하네. 그렇게 싸고 싶냐?"

"싸는 게 뭐냐? 무식하게. 사정이지. 사정!"

"그래, 이 형님이 물이 차서 그러니 사정 좀 해야겠다. 그러니깐 내 사정 좀 봐주라."

"내가 이렇게 사정할 테니 나를 좀 밀어다오."

"임마, 해도 군번 선임인 내가 먼저 해야지."

"지랄하네. 앞으로 고생할 나를 위해 양보해라."

"에이, 좆도. 오입 앞에 동기애가 무너지는 구나."

"씨발. 그래 술이나 빨러 가자!"

결국 쇼윈도 안에서 동전으로 창을 두드리며 애타게 부르는 묘령의 아가씨들을 뒤로 한 채 붉은 조명 꺼질 줄 모르는 천호동 뒷골목의 허름한 여관에서 머슴 같은 동기놈들이랑 밤새 술을 퍼마셨다. 밤새 뻣뻣한 막대기에 찔려가며 수컷들이 뱉어내는 흰 피를 받아내고 아침이 되어서야 옷 하나 걸치고 해장하러 가는 천호동 여전사들을 바라보며 명일이가 입을 열었다.

"저것들은 하루에 몇 번씩 하겠냐?"

"으음, 적어도 열 번 이상?"

"많이 닳았겠군. 아무 느낌도 없겠다. 안 그러냐?"

"남자 배 밑에서 풍선껌 불거나 뜨개질 하겠지, 뭐."

"근데 힘은 남자가 쓰는데 돈은 왜 남자가 내야 되냐?"

"맞다. 같이 좋자고 하는 건데. 가려운 곳도 긁어주고 말이야."

"정말 밑천 안 드는 장사군. 열 번이면 얼마야?"

"TV 10대 파는 것보다 코쟁이한테 몸 한 번 파는 게 외화획득에 더
이익이라더라."

"게다가 또 쟤들은 한 달에 일주일은 휴가잖아."

"아, 참. 나를 해병대에 오게 만든 백령도 출신 동네 선배가 있었는데
말이야, 덩치는 산만한데 그게 좀 작거든…."

"그거야 필요할 때만 크면 되지. 근데?"

"여기 와서 여자가 밑에서 하품하기에 열 받아서 뒤로 하자고 했대.
본때를 보여주려고 열심히 흔들고 있는데 귀찮아진 여자가 거기 힘을
꽉 주더래."

"하하하. 그래서 깨물렸다나?"

"너무 조여서 반격 한 번 못하고 찍 싸버렸는데 계집애가 침대에 물
을 안 묻히려고 꽂은 채로 '오빠, 왼발부터 따라와'라고 해서 한걸음씩
발맞춰 휴지 있는 곳까지 갔다더라."

"푸하하하."

"으하하하."

"하하, 지금 쟤들 밥 먹으러 가네. 명일아 가서 '장사 안 합니까?'하고 한 번 물어봐라.

"이 새끼가!"

"하하하."

야간 고지 점령에 실패한 군바리들의 음담패설은 끝이 없었다. 밥을 먹고 세탁소에 맡겨둔 정복을 찾으러 갔다.

"우씨. 아저씨, 여기 두 줄 잡혔잖습니까?"

"거 옷이 희한하대. 그거 뭐로 다린 거여?"

"드라이하면 저절로 줄 서니까 다리지 말라고 했잖습니까?"

"허허, 미안혀."

"으흐, 들어가면 죽었다."

"정말 미안하이. 자 담배나 한 대 피게."

아저씨는 'THIS'라고 적힌 담배를 한 갑씩 건네주었다. 처음 보는 담배였다.

"어, 이거 국산입니까? 양담배 들고 갔다간 맞아 죽는데."

"하하. 새로 나온 담배인데 88보다 부드러워."

담배를 한 개비 꺼내 피어보니 마일드 세븐처럼 부드러우면서도 감칠맛이 돌았다.

"바로 이거야. 야, 근데 디스 뜻이 '이거'냐, '저거'냐?"

"어휴 무식한 새끼. '이거' 아냐."

"그래?"

곧장 담배 가게로 달려갔다. 그리고는 당당하게 말했다.

"아저씨, '이거' 한 보루 주십시오."

숙제 검사

"쯧쯧쯧. 가엾은 것들."

복귀 세 시간 전. 영등포에서는 그날 전역한 696기 선임들이 거리를 아름답게 수놓고 다니고 있었다. 선임들의 늠름한 모습을 바라보며 우렁찬 경례를 때렸더니 담배 한 갑씩을 주고 갔다. 경례는 했지만 속은 쓰렸다. 이제 한동안 보지 못할 바깥 풍경을 고이 간직한 채 낙없는 일병 휴가자들만 하성 초등학교 운동장에 쓸쓸히 앉아 도살장에 끌려가는 개처럼 모든 걸 체념한 채 줄담배만 피워댔다.

— 닷찌차여, 제발 오지 마라.

잠시 후 체육 시간이 되어 뛰어놀던 어린 아이들은 서서히 멀어지고 전방의 칼바람이 피부에 느껴질 때 벌써 시커먼 갯벌이 눈앞에 들어오고 있었다.

"으악!"

갯벌을 보고 있다가 깜짝 놀랐다. 뻘 위에는 눈을 시퍼렇게 뜬 사람 머리가 솟아올라 있었다. 우리의 처절한 복귀를 축하하듯 뻘에 파묻혀 목만 내놓고 있는 716기 임민식 해병이었다. 오면서 들은 말에 따르면 근무 펑크와 구타 사고가 있었다는데 그 일과 연루된 것임을 단번에 눈치 챌 수 있었다.

— 으흐, 분위기까지 황이네.

내무실로 들어서니 740기 신병 둘이 바짝 기합들어 앉아 있었다. 임민식 해병이 복귀하기 전까지는 선, 후임을 떠나서 한 명도 자지 않고 말없이 기다리고 있는 중이었다. 놀려 먹기 가장 좋은 일병 휴가자들이 복귀했는데도 본 체 만 체 했으니 그 분위기가 어떨 것인지 쉽게 상상이 가리라. 임민식 해병은 밤이 되어서야 만신창이가 되어 돌아왔다.

"필승! 다녀왔습니다."

"어, 왔냐? 넌 전방에서도 별의별 훈련을 다 받는구나. 고생했다."

"아, 갯지렁이가 빤스 안으로 기어 들어와서 싸는 줄 알았습니다."

"하하, 너 번데기잖아? 뭐 먹을 게 있다고."

임민식 해병은 '기합은 곧 훈련이고, 훈련은 곧 전투다'라며 자기만의 색깔 있는 군 생활을 하는 당당한 해병이었다.

"야, 씨발. 기죽지 마. 군대 좆같은 거 이제 알았냐?"

예상과는 달리 맞은 후임은 구석에서 눈치만 보고 있었고 가해자는 의기양양해서 선임들의 칭찬과 격려를 받고 있었다. 내무실의 분위기는 갑자기 화기애애졌다.

"어이, 세상에서 제일 비전 없는 두 놈. 숙제부터 가져와 봐."

안뼹의 '여자 팬티 가져오기'는 그의 전역으로 이미 무산되었다. 제대 선물이나 특전사 베레모 따위에는 별 관심이 없는 우리 아버지 꽉의 휴가 복귀 숙제였던 '여자 사진 20장 가져오기'는 과거 사진동아리 출사 가서 찍은 무명모델 사진과 서클 동기 사진, 후배 사진, 친구 동생까지 깡그리 모아왔지만 열 장 밖에 되지 않았다. 그러나 휴가 감상문 낭독 시간에 천호동에서 있었던 일을 실패가 아닌 성공으로 시나리오를 재구성하여 소설 뺨치게 입을 놀려 가까스로 위기를 면할 수 있었다.

"때는 지난 오후 22시. 냄비산 점령을 위해 최명일과 천호동에 집결 하였습니다. 접선자를 만나 암구어 '현찰 5만원 혹은 카드 6만원'을 주고 받고 작전에 돌입하려 하였으나 실단 부족으로 일 명만 입장할 수 밖에 없는 위기에 봉착하였습니다. 그러나 일단 싸고 보자는 신념으로 밀고 들어가 제일 예쁜 년을 찍어서 '그만'할 때까지 진격한 결과…"

아, 군바리는 위대하다.

논두렁 축구

전방대대와 예비대대간에 임무교대 명령이 떨어졌다. 대대 이동전 각자 지역에 정착할 이들을 위해 대대적인 부대 정비가 실시되었다. 월동준비의 일환으로 싸리비 만들기, 수제선 정비, 진지 및 몰골목책 보수, 난로 설치와 내무실 대청소 등등 새손님을 맞이할 준비에 눈코 뜰 새가 없었다.

추수를 마쳐 적당히 말라붙은 광활한 논바닥이 드러났다. 동계 작전 시 쫄다구 앞에 놓인 더 큰 시련은 일명 논두렁 축구. 포항 수색대에는 마라톤 선수도 거품 문다는 백사장 폭풍 구보가 있다지만 김포 전방에서는 그 이름도 찬란한 논두렁 축구가 있었다. 여자들이 남자한테 제일 들기 싫어하는 말 3위가 축구 이야기, 2위가 군대 이야기, 1위가 군대에서 축구한 이야기라지만 잠을 자지 못해서 어지럽기만한 졸병에게는 정말 피하고 싶은 종목이었다.

"이 새끼가 휴가 갔다 오더니 빠져가지고. 빨리 빨리 안 뛰어!"

"헉. 이 새끼가 선임 쪼인트를 까네."

연병장 같지도 않은 좁은 뜰에서 드럼통 축구만 하다 잠실 운동장 같은 논이 펼쳐지니 살판나서 선임들은 침을 질질 흘리며 미친 듯이 뛰어다녔다. 하지만 휴가 후유증에서 아직 헤어나지 못한 우리들은 쌓아놓은 짚단을 피해 울퉁불퉁한 논바닥 위에서 어디로 튈지 모르는 공을 잡으러 다니느라 악을 쓰며 단내가 나도록 뛰어다녀야만 했다.

"○○○ 해병님, 전원투입 20분 남았는데 그만 하시지 말입니다."

강화 앞바다에 해가 뉘엿뉘엿 떨어져 어둠이 깔리니 그 격렬함이 서서히 사그라졌다. 그래도 나름대로의 규칙은 있었다.

"씨바, 선임들이 이길 때까지…."

잠자는 사자의 코털을 뽑지 마라

중대선임하사가 전방에서의 마지막 날이라고 돼지고기를 구해왔다. 세상에서 제일 좋은 불판인 지붕 슬레이트를 뜯어와서 물 한 바가지를 부어 헹구고 나서 드럼통을 잘라 장작불을 피워 고기를 구웠다.

"졸병들, 악기있게 먹어!"

"네, 알겠습니다!"

졸병들 많이 먹으라고 최고참 두 명이 오침을 반납하고 자진해서 말뚝근무를 나갔다. 어디를 가도 빠지지 않는 보배 소주 됫병을 츄라이에 연거푸 받아먹고 나니 알코올과 피로 때문에 몸이 녹초가 되었다. 늘어진 몸을 이끌고 내무실로 돌아오니 스르르 눈이 감기는데 신병 하나가 칼오침 전선에 태클을 걸었다.

"야, 내 밑으로 다 일어나! 신뼁 똑바로 안 재워? 죽어볼래?"

740기 신병 두 명이 들어왔는데 각각 태권도 3단에 격투기 2단이었다. 훈련 나가서 1소대 신병과 씨름을 시켰는데 자기 두 배만 한 덩치를 뒤집기로 멋있게 넘겨 '쓸 만한 놈이 왔다'며 흡족해 했었다. 그런데 이놈들의 잠버릇이 가관이었다. 눈을 부릅뜨고 자서 '혼수상태'라 불렸던 한상훈은 그래도 나은 편이었지만 밖에서 '김제 점백이'로 통했다는 배남규라는 놈은 잘 때마다 탱크를 몰고 다녔다. 그래서 술 한 잔 마신 선임들의 불쾌지수가 폭발 직전까지 올라간 것이었다. 곧이어 탄약고에는 사람들이 하나둘씩 모여들기 시작했다.

"이 새끼들이, 쫄다구 잠버릇 하나 못 고치고 선임 잠을 깨워?"

탄약고에 마실 다녀오니 코골이 주위에는 어디선가 날아온 베개, 워커, 철모가 여러 개 어지럽혀져 있었다. 일단은 휴지로 코를 막았다. 그랬더니 휴지를 대포알처럼 공중으로 쏘아댔다. 참다못해 방독면을 씌웠더니 더 은은하게 울려 퍼졌다. 선임들도 이런 놈은 처음이라고 했다.

"신호진, 오침은 너의 손에 달렸다."

막중한 임무를 하달하고 휴지로 귀를 틀어막으며 들어가는 선임들 덕분에 '해결사' 임무가 서서히 시작되었다.

"씨발. 네가 이기나 내가 이기나 한 번 해보자."

우선 라면 국물을 가지고 와서 배남규의 코에 몇 방울을 떨어뜨렸다.

"씨바, 긴장을 안 하니깐 코를 골지."

잠시 후 다시 코 고는 소리가 들려왔다. 나는 조금의 망설임도 없이 다시 라면 국물 몇 방울을 떨어뜨렸다.

"헉. 허허헉."

"씨바, 손 안 떼! 해병대에서 못 고치는 버릇은 없어."

나는 다시 라면 국물 몇 방울을 코에 떨어뜨리고 코골이의 손을 꼭 잡고 잠이 들었다. 조용하고 아늑한 소대의 분위기 속에서 서서히 아침이 밝아오고 있었다.

꿈이여, 영원히!

전방에서의 마지막 근무를 나갔다. 코골이의 등장으로 그 위의 일병들의 오침은 그 누구도 보장할 수 없었던 까닭에 몸에서 열이 나고 헛것이 보이기 시작했다.

"이 새끼가 똑바로 안 걸어!"

근무 진입하다가 잠이 들어 파놓은 진지에 다이빙도 하며 간신히 초소에 도착했다. 도착과 동시에 잠은 달아났지만 부스럭거리는 소리에도 소스라치고, 오지도 않는 근무자 깸통소리가 귀에서 울리는 노이로

제에 시달렸다. 내 의지를 무시하고 구겨지는 다리를 막기 위해 벨트를
나무 기둥에 묶어볼까도 생각해 볼 찰나 갑자기 온몸에 소름이 돋기 시
작했다. 전방에 미확인 물체가 시커먼 뻘을 덮어쓴 채 이쪽으로 기어오
고 있었다. 나도 모르게 잠깐 잠이 들었나 싶어서 티 안 내려고 선임에
게 또박또박 이야기했다.

"해병님, 전방 11시 방향에 미확인 물체가…."

"앗. 상황실, 상황실! 12X 초소 11시 방향 30미터 전방에 적게릴라로
보이는 이상 물체 출현. 속히 출동 바람!"

캠통을 열어 크레모아 격발기를 연결하고 수류탄을 꺼내놓은 뒤 실
탄을 장전하고, 방아쇠를 점사(한 발씩이 아니라 연속으로 발사되는 것)로
해 놓았다. 어느새 소대 기동타격대가 도착해 인근 진지에 일사분란하
게 배치되었다. 그때 슬며시 갈대밭이 갈라지면서 서서히 접근하고 있
는 물체가 눈에 들어왔다.

"눌러!"

"네!"

쫘아앙. 펑, 펑! 따다다앙…. 상황은 해제되고 '한 놈 잡아 나라에 충
성하고 부모님께 효도하자'라는 푯말처럼 문제 사병으로 낙인 찍혔던
내가 간부들의 환송을 받으며 간첩 포상금을 들고 고향 앞으로 향했다.

이렇게 되었으면 얼마나 좋았을까? 정말 깨기 싫은 꿈이었다. 나도
모르게 잠깐 잠이 들었나 싶어서 티 안내려고 선임에게 또박또박 이야

기했다.

"해병님, 전방 11시 방향에 미확인 물체가…"

"씨바, 노루잖아. 좋았구만. 이리 와."

갈대밭을 훌쩍 뛰어넘으며 도망치는 노루를 원망하며 눈앞의 번갯불을 맞이했다.

긴빠이 전쟁

새벽 3시. 아련히 보이는 북녘 땅을 뒤로하고 완전무장에 각종 살림이 담긴 꼰봉을 이고 잔류병들과 작별인사를 나눴다. 이사가는 걸 적에게 노출시키지 않기 위해 부엉이도 졸고 있는 컴컴한 산길을 두 시간여 걸어 앞으로 살아갈 새 집터인 예비대라는 곳에 도착했다. 날이 밝음과 동시에 서서히 윤곽이 드러나는 그곳은 육안으로 봐도 탁 트인 대지에 각 중대가 생활할 수 있는 병사와 대대 총원이 들어갈 수 있는 주계, 그리고 전방에서는 구경도 할 수 없는 넓은 연병장이 여러 개 펼쳐져 있었다.

"으악!"

우리가 생활할 2중대 병사 앞에 도착하니 상상도 할 수 없는 광경이 눈에 들어왔다. 선발대와 함께 하루 일찍 실어 보낸 침구류는 새벽이슬에 다 젖었고, 작업도구와 츄라이는 난장판으로 굴러다니고 있었다. 이것이 바로 '긴빠이 전쟁'의 시작을 알리는 신호탄이 되어 복도 끝 다리미장은 항상 둔탁한 소리로 분주했다.

"이런 새빠질 놈들. 하나를 업어와도 모자랄 판인데, 긴빠이를 당해? 츄라이 20개, 삽 10개, 낫 5개, 세숫대야, 바가지, 슬리퍼, 다리미 등등. 수단과 방법을 가리지 말고 내일까지 다 맞춰 놔!"

예비대 생활 첫날부터 도둑놈이 되어 타 중대를 기웃거렸다. 내 일병 생활도 점점 막을 내리고 있었다.

상병 시절

ROKMC

"내가 81년도 공수부대 있을 때 말이야, 국군의 날 행사 연습으로 합숙훈련을 하고 있었지. 그때 밤마다 해병대 몇 명이서 타군 숙소를 들쑤시고 다니면서 쑥대밭을 만들었어. 정말 둘 이상 모이니깐 못 말리겠더구만. 그러다 들켜서 밤새 빵빠레에 빳다 맞고도 매년 행사 때마다 최우수도보부대상을 휩쓸었지. 여의도 광장에서 분열하는 걸 보고 행사에 참가한 우리 여단장도 내 병사는 아니지만 정말 탐난다고 하더군."

상병으로 가는 길

상병으로 가는 길은 순탄치 않았다. 후임들의 전방 잔류와 전출로 내 맏선임이 6기수 차의 '빠클리'가 되었다. 그의 상병진급 이후로 '해결사' 일병 오장 생활을 석 달 째 하다 보니 거칠어진 입과 몸놀림에 내 모습은 점점 초췌해져갔다.

동계 전술훈련을 마친 주말 오후. 내무실에 졸병이 하나도 없었다. 졸병이라고 해봤자 몇 명 되지도 않는데다, 그나마 훈련 도중에 두 명이 다쳐 의무대 입실까지 해 버렸다. 팔자려니 하고 힘들지만 세 명이라도 잘 굴리고 다독거려서 상병 진급까지만 무사히 가자는 심정으로 같이 뛰었다. 일병 말호봉인데 신발 정리에 담배 심부름, 봉지라면 물 받아오기를 하다 보니 시키는 선임들이 더 미안해했다.

"네가 이걸 왜 해? 네가 일병 달고도 마대를 잡은 건 운이 없어 그런 거지만, 지금 와서 짬밥 대우를 못 받으면 그건 니 잘못이야. 알았어?"

나는 더 이상 체질의 길을 걷지 않으리라 다짐을 하고 후임들도 도와 줄 겸 무장 정리하는 옥상에 올라갔다. 근데 우째 이런 일이? 옆소대 무장과 침낭들은 다 녹아서 말려지고 있는데 우리 건 아직 시작도 안 한 채 한곳에 뭉쳐서 발효되고 있었다. 후임들은 그림자도 보이지 않았다. 열 받은 김에 옆 소대 일병들에게 기수빨로 밀어붙여서 제일 양지 바른 자리를 뺐었다. 내 후임들이 그럴 리 없다며 철석같이 믿고 있었지만 슬슬 선임들의 말들이 머릿속에 아른거리며 서서히 눈이 도끼 모양으로 변하기 시작했다.

졸병 수색 3분 만에 눈에 들어오는 풍경은 졸병들끼리 짝다리 짚고 담배 피며 오순도순 노가리를 까고 있는 아름다운 한 폭의 수채화였다. 순간 피가 거꾸로 솟으면서 한걸음에 달려가 빨랫줄 기둥을 짚고 몸을 날렸다. 머릿속에서 '마음을 다스리는 글'이 재생되었지만 몸은 말을 듣지 않았고 때는 이미 늦었다.

"야, 동작그만! 이 새끼들이…."

그곳은 장교숙소(BOQ) 바로 밑이었다. 소리를 듣고 나온 본부 중대장에게 목덜미를 잡혀 중대장 벙커에 끌려갔고 코골이 배남규는 고개를 푹 숙이고 있었다.

관자놀이에 뚜렷이 찍혀 있는 함상화 발자국으로 고된 일병생활의 마침표를 영창에서 찍게 되었다. 중대장 벙커에서 무릎 꿇고 있는데 나의 영창행을 막기 위해 소대 일수 선임들이 벙커에 몰려왔다.

"중대장님, 저희가 잘못 가르친 탓입니다. 한 번만 선처해 주십시오. 다시는 이런 일 없도록 하겠습니다."

"나가!"

"쟤는 아직 갈 길이 멉니다. 대신 얼마 안 남은 제가 가겠습니다."

"아닙니다. 제가 가겠습니다."

"저희 소대 후임이니 제 책임이 큽니다. 제가 가겠습니다."

"안 나가!"

하늘 같이 보이던 고참들이 내 옆에 같이 무릎을 꿇었다. 예상치 못한 선임들의 행동에 한줄기 눈물이 뺨을 타고 흘러내렸다. 그 순간 나는 느낄 수 있었다. 평소에는 잡아먹을 듯 거칠게 몰아붙여도 속마음은 그렇지 않다는 것을. 졸병의 슬픔은 곧 고참의 기쁨만이 아니라는 것을.

소대로 돌아오니 다들 한쪽 내무실에 모여 앉아 아무 말이 없었다. 잠시 후 들어온 소대장과 일수 선임의 어두운 표정을 보고 다들 고개를 떨어뜨렸다. 정현희 해병은 손수 영창용 꼰봉을 싸주었고, 입창 신고하러 간 소대 선임들마다 침울한 표정으로 미안하다는 말만 연신 되풀이했다. 다들 자기 일처럼 걱정하는 침울한 분위기의 내무실에 있기가 민망해 다리미장에 가서 혼자 담배를 피우고 있었다. 필터가 타고 있는지도 모르고 한창 상념에 빠져 있는데 코골이 배남규가 옆으로 다가왔다.

"저, 신호진 해병님."

"왜? 담배 한 까치 땡길래?"

"죄, 죄송합니다."

"아니다. 선임들 잘 모시고. 무장 개수 한 번 파악해 봐라."

"네?"

"함구하고 지주핀 몇 개 모자라는 것 같아서 1소대 꺼 업어다가 네 자리 침상 밑에 짱박아 놨다. 그거 페인트칠 해서 다시 번호 적고…."

태연한 척했지만 속은 한없이 무너졌다.

나를 슬프게 하는 운전병

중대 선임하사와 짚차를 타고 일명 '마송 체육관'이라 불리는 99XX 2사단 헌병대 구치소로 갔다. 잠시 후 짚차는 흰 하이바를 깊게 눌러쓰고 근무를 서고 있는 헌병대 위병소에 도착했다. '오리'는 먼저 내려 절차를 밟으러 갔고 운전병과 함께 좁은 짚차에서 침묵을 지키고 있었다. 그렇지 않아도 저기압인데 운전병은 대대에서부터 백미러로 힐끗힐끗 쳐다보며 실실 웃더니 결국은 불난 호떡집에 휘발유를 갖다 부었다.

"뭐 때문에 가냐?"

수심이 가득한 얼굴에 우스꽝스런 방한모를 쓴 내가 자기 졸병으로 보였나보다. 비슷한 기수빨의 각 중대 일병 오장이면 주계 작업 때 츄라이 쟁탈전하면서 한 번은 내 손을 거쳤을 텐데 그 정도도 안 되는 물일병이거나 핸들 잡느라 아직 내 명성을 못 들어본 놈이 틀림없었다. 뒤칸에 꼰봉을 안고 불쌍하게 쪼그려앉아 있다가도 그가 던지는 한마디에 워커발이 움칠움칠하고 이왕가는 마당에 잘 걸렸다 생각도 했지만 때가 때이니만큼 끝까지 참았다.

"대답 안 하냐? 꼽냐?"

— 으흐. 참자, 참아.

"말하기도 싫다 이거지? 그래 고생해라."

아, 사랑하는 전우를 잃은 설움보다 더 슬픈 건 기합 빠진 졸병의 모습을 봤을 때가 아니던가?

"에라이, 이 새끼야. 확 뒈져라."

좁은 뒷좌석에서 몸을 날렸다.

"헉. 몇, 몇 기십니까?"

"보름 뒤에 보자. 이 개씨박 새끼."

길가다 머리에 새똥 맞은 표정으로 운전병은 멍하니 나를 바라보고 있었다.

새사람이 되자

부채꼴 모양의 구치소 감방에 싸늘한 회색빛 쇠창살과 그 안의 어두운 얼굴들. 감방을 향하고 있는 CCTV와 창살 앞에 가지런히 놓인 백고무신. 그리고 '새사람이 되자'라고 적혀 있는 구치소 근무자 단상 앞에 그려진 발자국 표시. 시간이 안 가는 걸 보라는 의도인지 정중앙에 시계가 있었다.

"필승!"

"필승 좋아하네. 벗어!"

나는 옷을 홀딱 벗고 발자국 표시 위에 올라갔다. 각종 질문에 성실히 대답했지만 새신랑 같이 차려 입은 헌병들이 어찌 그리 욕을 잘 하는지 오금이 다 저릴 정도였다. 정현희 해병이 '오빠' 때부터 물려 내려 온 거라며 챙겨준 영창용 작업복이 통바지라는 이유로 한바탕 땀을 뺐다. 감방은 먼저 온 놈이 장땡이라지만 여기서도 기수빨은 살아 있어 신참은 첫날엔 맨 앞줄에 자리를 잡고, 다음날부터는 눈에 덜 띄고 화장실 냄새 덜 나는 곳부터 기수빨대로 재정렬했다.

드디어 밥이 나왔다. 쇠창살 밑 좁은 틈새로 들어오는 귤색 플라스틱 용기에 놓인 밥을 보고 와락 눈물이 쏟아지려 했다. 정확히 한 주걱이었다. 큰집하면 생각나는 콩밥은 나오지 않았다. 식사를 마치면 옆방 벽을 두 번 두드려 'O호방 식사 끝'을 외치고 각 방 배식원들이 양동이에 식기를 담아 고무신을 신고 어디론가 나갔다.

"과업 시작."

이 좁은 데서 웬 과업인가 했더니 눈 감고 벽을 향해 꿇어앉아 있는 것이었다. 무엇보다 힘든 건 구치소 근무자 중 동기가 있는 말년 병장이 배식 나갔다 묻혀 들어오는 담배 냄새이고, 그것보다 우리를 슬프게 하는 건 헌병들이 야간에 끓여먹는 라면 냄새였다. 양팔을 X로 가슴에 대고 엎드려 머리를 처박는 순검자세와 연대 담당수사관의 가공할 위력의 정신교육, 사이사이 고맙게 느껴지는 체력단련부터 배트맨, 파도타기, 감방 유격, 황금박쥐 등등 온갖 변태적인 일도 없진 않았다. 하지만 아무런 불평도 하지 않았다.

— 죄인이 무슨 할 말이 있으랴.

1, 2, 3···86399. 하루는 86400초.

담배갑 글씨 크기로 매일 열 장의 반성문을 쓰다보니 시인이 되었다.

아, 불효자는 웁니다

— 끼이이잉.

요란한 쇳소리를 내며 창살문이 열렸다.

"신호진 퇴창!"

"네, 징계 신호진. 퇴창하겠습니다!"

중대 선하가 던져주는 꼰봉에는 너무나 정성스럽게 다려진 전투복과 쎄무 워커가 들어 있었다. 그리고 담배 한 갑과 라이터, 만약을 대비한 목욕비도 들어 있었다.

"그간 죄송했습니다. 필승!"

그동안 나를 원수처럼 괴롭혔던 기리까이 헌병 상병이 다름 아닌 코골이 배남규의 동기라는 걸 알았다. 그 헌병이 문 앞까지 나와 경례를 붙였다. 철창 속의 부러운 눈길들을 뒤로 하고 둔탁한 구치소 철문을 열고 나왔다. 오랜만에 쬐어본 따스한 햇살에 에너지가 충전되는 것 같았다. 이제껏 퇴창하면 마송에 나가서 목욕도 시켜주고, 곰탕도 한 그릇 사 먹여서 들어오곤 했다는데, 훈련 중이라 곧바로 대대로 향했다.

중대로 돌아오니 아무도 없었다. 어색하기만한 중대 복도를 지나 도착한 내무실 문에는 명예소대 페넌트가 붙어 있었다. 전투체력시험에서 일등한 소대를 한 달간 '명예소대'라 임명하고 분대별로 특별휴가를 보내주기로 했었다. 중본에선 "2소대가 미쳐가지고 전 종목 우승했다"고 말하는데 박찬호의 이단 옆차기 사건이 LA다저스의 응집력에 불씨를 당겼듯이 이번 일을 계기로 소대원들이 뭔가를 한 번 보여주려고 했던 것은 아닐까, 하는 생각이 들었다.

그러나 슬픈 소식은 내가 속한 화기분대만 특휴를 못 갔다는 것이다. 미안한 마음에 어쩔 줄 몰라 한동안 내무실 밖을 나가지 못했다. 그간 못 펴왔던 담배라 이번 기회에 한 번 끊어볼까 생각도 했지만 체스트에 소복이 쌓여 있는 진급 담배 뒤에 적힌 메시지들에 감동해 다음을 기약하기로 하고 다리미장에 가서 담배 하나를 물었다. 한 모금 빨아 당기자마자 내가 서 있는 자리를 중심으로 지구가 뱅뱅 도는데 다리미판을 붙잡고 버티다 그만 털썩 주저앉고 말았다.

한참을 기다리다보니 배가 고파 창자가 요동치기 시작했다. 혼자 주계에 츄라이를 들고 갔다. 먹고 싶은 만큼 퍼 먹을 수 있어 정말 좋았다.

— 으흐, 근데 웬 생두부 조림?

뒤를 돌아보니 주계병인 제양모 해병이 내게 V자를 보이며 웃고 있었다. 밥을 먹고 내무실로 돌아왔다. 한데 12시가 넘어도 아무도 올 생각을 하지 않았다. 어느새 2시, 3시가 넘어서고 벽에 기대 꾸벅꾸벅 졸고 있는데 먼 곳에서 은은한 발자국 소리와 함께 찢어지는 함성소리가 메아리가 되어 귓가에 와 닿았다.

"악이야! 깽이야! 악! 악! 악···."

훈련 복귀였다. 왁자지껄한 소리와 함께 외로운 늑대들의 울부짖는 함성소리로 훈련의 막은 내리고 내무실에 켜져 있는 불빛을 보고 내가 온 줄 알았는지 대뜸 오공이 문을 발로 차고 들어왔다.

"신호~지인!"

"수고하셨습니다, 필승!"

"으아, 왔구나. 안 자고 기다렸냐?"

"괜찮습니다."

"보름동안 건지고 왔구만. 얼굴이 하얗게 폈네. 너 영창 간 뒤로 지금 내무실에 세 번째 들어오는 거다. 너 없어서 정현희가 말년에 M60 들고 뛰어 다니느라 죽어났다. 근데 넌 진급식 안 하냐?"

"괜찮습니다."

"뭐가 괜찮아. 늦어도 해야지. 너 없을 때 화기소대 전춘발이 진급자들한테 신병들 행군 때 신은 보급양말 빤 물을 대야 째 먹였다가 순검시간에 거품 물고 실려 갔어. 너도 한 번 해야지."

"아, 아닙니다. 괜찮습니다."

"쫄기는. 명예소대 간판 봤냐? 애들이 너한테 주는 선물이라 생각해라. 사실 니 후임들 일등 먹으려고 개발로 똥볼 차느라 고생 많았다. 봐라, 저 꼬라지를."

다들 종합병원이었다. 각 소대 병장들이 일일이 들어와서 어깨를 두드려주었고, 대대 짚차 운전병이 그때 일을 사과하러 찾아왔다. 코골이 배남규는 품에 아껴뒀던 초코파이 하나를 몰래 건네 왔고, 나는 녀석의 머리를 한 번 만져주고는 옷을 갈아입었다.

"야, 너 다리가 왜 그래? 거긴 밥도 안 처먹이냐? 이 다리로 M60 메다가 다리 부러지겠다."

무심코 내려다본 내 다리는 미스코리아보다 더 날씬한 참새 다리가 되어 있었다. 이에 흥분한 정현희 해병이 청룡회관 PX 방위를 번개 때려 불러왔다. 야심한 밤에 그곳에서 산도, 소시지, 닭다리, 컵라면 초코파이, 북어포 등을 쌓아놓고 혼자서 다 해치웠다.

"저, 이거 좀 드십시오."

"너나 먹어라. 근데 이 새끼가 다 처먹어 놓고 먹으라네."

"헉."

"근데 서랍 열어봤냐? 곽기동 해병님이 지단(전역 교육대) 들어갈 때 뭔지 몰라도 많이 넣고 가더라. 열어봐라."

곽기동 해병이 떠난 빈자리엔 텅 빈 체스트만이 쓸쓸히 자릴 지키고 있었다. 내 체스트에는 그가 쓰던 위장 철모와 단독무장 그리고 서랍 속엔 평소 아끼던 물건과 사진, 편지 한 통이 잘 정돈되어 있었다. 아버지(선도병)의 전역도 지켜보지 못한 불초소생에게 이렇게까지 해주고 가다니 눈물이 나오려고 했다.

─ 그동안 못 해 준 것도 많았으리라 생각한다. 선임된 입장에서 너에게 할 말 없다. 넌 너대로 선임에게 할 만큼 한 거다. 널 그렇게 보내놓고 혼자 가서 미안하구나. 고생했다. 그리고 미안하다. 꼭 한 번 찾아와

라. 702기 곽기동.

예비역 체질들의 부대방문

오랜만에 따스한 봄 햇살이 비치는 주말 아침이었다.

"어이, 수고한다."

입초를 서는데 사복을 입은 험상궂은 사람 네 명이 무작정 중대장 벙커로 들어가려고 했다.

"어떻게 오셨습니까?"

"하하하. 묻지 마. 다쳐!"

"어, 이러시면 안 됩니다."

즉시 뒤따라갔지만 벙커문 열리는 소리와 함께 나타난 중대장 얼굴을 보고 소스라치게 놀라서 원위치했다. 갑자기 낯선 사람임에도 불구하고 반갑게 맞이하는 걸 보니 사전 약속이 있었던 것 같았다. 하지만 머리를 보니 군인은 아닌 것 같았다.

— 누구지? 제대한 중대장 친군가?

곧이어 졸병들이 커다란 TV와 박스 몇 개를 낑낑대며 들고 들어왔다.

"그게 뭐냐?"

"네, 돼지머리 눌린 것 같습니다."

순간 머릿속을 때리고 지나가는 직감으로 비워놨던 입초일지 방문자란을 메꿨다.

— AM 11:00 예비역 선임 방문(4명).

3, 4년 전 이곳을 다녀갔던 600자 초반 기수 네 분이었는데 아련한 옛 추억을 되살리는 듯 내무실 곳곳을 둘러보며 쓴웃음을 지었다. 각 소대에 한 박스씩 떨어졌던 돼지머리는 졸병들의 몫이 되어 굶주린 아기 맹수들의 살기어린 손놀림을 아낌없이 보여주었다. 고참들은 깔깔이와 고무신에서 추리닝과 축구화로 갈아 신고 1소대 내무실에 집결해서 따로 인사를 드렸다.

"어이, 상병들. 추리닝 상태 좋은 걸로 네 벌만 가져와봐라."

그들의 능숙하고 자연스런 명령에서 아직도 식지 않은 열정과 하리마오 정신을 느낄 수 있었다. 곧이어 현역과 예비역 사이에 두당 만 원 빵 족구시합이 벌어졌다. 실력에서 졌는지 기수빨에서 밀렸는지 게임은 현역들이 졌지만 저녁에 과자파티라도 하라고 도리어 만 원빵 타이틀금까지 주고 갔다. 돌아가는 그들의 섭섭해 하는 뒷모습에 '총원 차렷! 필승'을 합창하고 병사로 돌아왔다.

논에서 만나 자유부인

5월의 첫날. 보름짜리 중대 단독훈련이 시작되었다. 일명 강화남단 전지훈련. 이제껏 듣도 보도 못한 훈련이었다.

"우리는 장비고 부식이고 아무것도 필요없습니다. 보내만 주십시오."

훈련을 너무나 사랑하는 너구리 중대장이 대대장님에게 적극 간청했다고 하는데 전지훈련이라는 제목부터 왠지 비밀스런 느낌이 들었다. 그와 함께하면 모든 것이 특수 훈련이 되기 때문에 모두들 긴장하고 있었다. 훈련 출발도 연대 후문의 큰 길을 놔두고 으슥한 대공초소 산길로 진입했다.

"전방에 산발적인 포탄 낙하!"

탁 트인 대지가 나오자마자 중대장의 신호와 함께 게거품을 물고 뛰기 시작했다. 정신없이 도착한 이웃 연대 각개 전투 시험장. 헐벗은 산 전체를 밀어서 각종 장애물과 은폐물을 만들어 놨고, 양쪽 능선에는 기관총 거치대까지 설치되어 있어 마치 하나의 영화 세트를 보는 것 같았다. 연대장님과 참모들이 있는 후방 관람석에서 신호가 떨어지자마자 106미리 포탄이 산 정상에 그려진 타깃에 정확히 떨어져 지축의 흔들림이 내장까지 파고들었다. 그때 호 속에 있던 시범대원들이 잽싸게 튀어나와 일사분란하게 기어 올라갔다. 실탄 사격에 연막탄까지 터트리며 정상을 향해 꿋꿋이 기어올라가는 모습은 마치 한 편의 〈배달의 기수〉를 보는 것 같았다.

"우와, 진짜 잘 기네. 걷는 것보다 빠르겠다."

"저거 하려고 얼마나 굴렀을까. 저 놈들 무릎 개창 났을 거야."

오갈 데 없는 떠돌이인 우리는 참모들 뒤에 꼼사리 껴서 구경하고 있었다. 시범이 끝나고 간부들과 폭발물 처리반까지 다 철수한 뒤에야 중대장의 경직된 얼굴이 풀려 괜히 사람을 긴장시켰다.

"잘 봤지? 우리도 할 수 있다."

이렇게 좋은 기회를 놓칠 사람이 아니라는 생각은 하고 있었지만 너무나 신속한 반응이었다.

"우리도 실탄으로 한다. 실전에 임하는 것처럼 몸을 팍팍 던져라."

"질문 있습니다! 그러다 탄피 잊어버리면 어떡합니까?"

"탄피는 잊어먹어도 좋다. 대신 나한테 죽는다. 헤쳐모여!"

사수, 부사수, 탄약수가 옹기종기 모여 앉았다.

"여기서 화끈하게 다 쏴 버리고 가볍게 출발하는 거야."

각자 X자로 메고 온 M60 실탄을 한 자리에서 다 쏘기로 작정했다. 100발짜리 탄약띠 몇 개를 길게 늘어놓고 연사로 쏘니 순식간에 총열이 녹을 듯이 벌겋게 달아올랐다. 그 와중에 106미리 후폭풍이 남긴 불씨가 돌아다니다 갈대밭에 떨어져 불이 붙었다. 건조한 날씨와 바람탓에 불길은 우리가 뛰는 것보다 더 빠른 속도로 무장 모아둔 곳을 집어 삼켰다. 어느새 우리는 소방관이 되어 방탄복을 벗어 휘두르고 뒹굴며 불길을 겨우 잡았다. 하지만 교장 주위는 꼭 우리가 야영하면서 불 피우다가 그런 것처럼 새카맣게 타 버렸고 곳곳에서 방독면 고무 타는 냄새가 나돌았다. 중대장이 의기양양하게 말했다.

"타버린 전투식량에 미련을 두지 마라. 실제 전시상황에선 어떤 상황이 닥칠지 모른다. A텐트 타서 잠 못 자면 지옥주, 전투식량 다 타서 배고프면 생식주라고 생각하고 버텨라. 파손된 무장은 수단과 방법을 가리지 않고 보수해서 메고 간다. 출발!"

본격적인 강화도 유배생활이 시작되었다. 대대와도 연락이 끊겼고 모든 것이 자급자족이었다. 원모루 IBS 교장에 도착해 고무보트를 나란히 나눠타고 염화강을 건너 강화도 뻘지대에 무사히 도착했다. 선임 한 분이 어디서 바람 빠진 공 하나를 주워왔다. 시작에 대한 별다른 언급도 없이 손으로 들고 뛰기 시작했다 '해병 축구'의 공이 울린 것이다. 손과 발이 모두 사용되는 축구. 정해진 규칙도 없고, 반칙도 없었다.

"허억."

"퍼어억."

육박전을 하다보면 어디선가 주먹도 날아오고 팔인 줄 알고 꺾은 것이 종아리가 되기도 했다. 시커먼 얼굴에 누런 이빨만 드러낸 채 피 터지는 쌈박질을 하다보면 선임도 후임도 없었다.

"어라, 이것들이 선임을 패는구만."

볼이 물에 빠지면 무개념 수구로 변하고 골인이 될 것 같으면 골대 대용으로 서 있는 졸병을 뭉개버리기도 했다. 또한 뻘 웅덩이에 빠진 공을 낚아채려고 들어갔다가 뒤따라 뛰어든 6, 70여명의 중대 병력 때문에 잠시 생매장이 되었다가 구사일생으로 빠져나오기도 했다. 기마전하면서 뽑을 머리도 없는 백구를 쥐어뜯기며 끝마친 뻘 극복훈련의 끝은 우리를 경악스럽게 만들었다.

"안 씻는 것도 훈련이다. 남들은 돈 들여 머드팩도 하는데 해병대는 얼마나 좋나. 출발!"

며칠간 이름 모를 찝찝한 훈련을 하며 부랑자 행색으로 걷고 또 걸어 도착한 강화도 전방의 분위기는 인적이 없고 음침한 곳이었다. 훈련 중에 사진 찍다가 들켜서 모심기 전 물 대놓은 곳에서 팬티 벗고 들어가 온갖 푸닥거리를 한 뒤에 똥물에 푹 절어서 나왔다. 민가가 뜸한 곳이

었지만 누가 볼까 정신없이 벗어 놓은 옷을 찾아다니는데 갑자기 호미
들고 밭에 일하러 가는 아줌마 두 명이 나타났다.

"헉."

'에구 망측해라'며 피해갈 줄 알았는데 눈도 깜짝 안 하고 먼저 말까
지 걸어왔다.

"거긴 순 똥물인데, 시방 뭐해유?"

워낙 외진 곳이라 사람이 반가워서 그러는지 떠나지도 않고 아래위
로 훑어보며 계속 말을 붙였다.

"아이구, 이 총각들 다리 한 번 실하네. 사위 삼았으면 딱 좋겠네."

"아, 그만 좀 쳐다보십시오."

"얼마 전에 5연댄가 하는 데서도 우리 논에서 별 이상한 짓을 다하고
갔는데, 여기가 놀기 좋은갑지요?"

금방 친해졌다. 아줌마들은 갈 생각도 안하고 우리도 옷 입는 걸 잠시
잊었다.

"따님이 몇 살입니까?"

"중학교 2학년."

"아줌마, 누구 게 제일 커?"

우리끼리 뒤에서 웃자고 한 소리였는데 그 아줌마는 정말 성실하게
답변해 주었다.

"뭐, 다 고만고만하네."

물 위를 걷는 여자

훈련 막바지에 도착한 강화 최남단엔 호반의 도시 춘천의 마라톤 코스처럼 차량소통이 거의 없는 깨끗한 아스팔트길이 펼쳐져 있었다. 군대에서 절실히 느낀 것이 슬픈 예감은 절대 빗나가는 법이 없다는 것. 나와 생각이 통했는지 곧바로 완전무장 마라톤이 시작되었다. 입에서는 단내가 났고 한 시간만에 가도 가도 끝없는 도로의 끝자락을 간신히 잡을 수 있었다.

"뭘 망설이냐? 해병대는 후퇴가 없다. 무조건 전진!"

우거진 숲을 헤치고 비포장 자갈길을 올라가 정상에 도달했다.

"좋아. 한 번 더!"

처음 한 시간은 가뿐하게 뛰었으나 정상에서도 보이지 않는 출발점을 다시 왕복하라는 폭탄 발언에 스텝이 엉기기 시작했다.

"이 새끼들이 다리가 꼬이나? 발 똑바로 안 맞춰."

"허억."

"오늘밤에 야삽 들고 병장부터 집합해."

황영조와 이웃집에 살았는지 지칠 줄 모르는 선임들은 눈으로 레이저 광선을 쏘아대며 개머리판을 휘둘렀다. '욕하지 마자, 때리지 말자, 겁주지 말자'라는 구호가 있지만 급할 땐 전지전능한 수단이었다.

꼬불꼬불 산길을 여러 시간 맴돌아도 강화 최남단은 물이 귀한 곳이었다. '이제껏 안 씻었는데 며칠을 더 못 버티랴' 하고 씻는 건 예전에 포기했었지만 밥 해 먹을 물도 없는데 수통에 몇 방울 남은 물로 이빨을 닦고 있는 고참의 위대함에 박수를 보내야만 했다.

　새벽 4시 돈대라고 하는 널찍한 평지에 자리를 잡은 후 야간 공격방어를 위해 M60사수, 부사수는 산 속에 짱박혔다. 새벽이슬에 판초우의를 덮어쓰고 진달래꽃을 따먹으려 상황을 주시하는데 전방에 괴상한 물체가 나타났다.

　"헉. 저게 뭐야?"

　자세히 보니 저 멀리 바다 건너편에서 누군가가 물 위를 걸어오고 있는 게 아닌가.

　"간, 간첩인 것 같습니다."

　"잠깐. 앗, 물 위를 걷는 여자다."

　조수간만차가 워낙 크다보니 방금 전까지 밑에서 파도가 넘실거리고 있었는데 어느새 물이 빠져 건너편 섬에서 한 할머니가 드러난 바다 위를 걸어오고 있었다.

　"무서운 할매입니다."

　"저 소쿠리 안에 뭐가 들었을까?"

　"아마 안주하기 좋은 것들이 모두 들어있지 않겠습니까?"

　"굴? 소라? 낙지? 에잇, 배고파."

　이른 새벽 조용한 섬마을 산하를 울리는 M60 공포탄 사격으로 주민신고가 들어와서 폴리스 1개 중대와 대치하기도 했다. 주머니 속에 다 부스러진 건빵 조각을 먹으며 산에 몰래 올라가서 칡뿌리 캐먹을 작전을 세웠다. 생식주와 지옥주를 병행한 너구리식 특수훈련이었다. 그날 밤, 수킬로미터 떨어진 민간에는 일대 소란이 일었다.

"아주머니, 먹을 거 좀 주십쇼. 네?"

"앗! 고, 공비?"

그렇게 전지훈련이 끝나가고 있었다.

문수산 호랑이

"아이고, 이젠 죽었다."

"지지리 복도 없지. 유격 네 번 받는 놈 있으면 나와봐봐."

"당분간 나한테 담배 권하지 마라."

문수산 유격대에 입교했다. 구름 낀 문수산 골짜기의 끝자락에 신비스럽게 자리 잡은 유격장은 이미 알려진 일화들이 말해주듯 분위기가 범상치 않았다. 미 해병 O사단 대원들이 입교 첫날 오전에 '오 마이 갓!' 을 외치고 되돌아갔다는 이야기에서부터 몇 년 째 꼴찌의 늪을 헤매던 모은행 여자 농구팀이 이곳에서 '지옥훈련' 코스를 거치고 다음해 우승해서 체력 단련장에 운동기구 일체를 기증했다는 일화까지 다양했다.

또한 이곳은 2사단의 매기수 전역자들이 말년에 빠진 기합을 채워넣기 위해 전역 전에 2박 3일 동안 반드시 들렀다 가는 '지단 교육대'로 쓰이기도 했다. 포항 유격장에 비해 시설면에서는 다소 협소하지만 이렇듯 많은 전설과 소문을 남긴 것은 그 곳에 문수산을 지키는 산신령이 기거하고 있기 때문이다.

이름보다는 '문수산 호랑이'로 더 잘 알려진 김학로 유격대 주임 상사는 포항은 물론 북한땅까지 그 명성이 알려져, 대남 방송에까지 나왔던 전설적인 인물이었다. 하사 때부터 주임상사 때까지 30여 년의 세월을 유격대에 몸담은 관록이 묻어있는 터질 듯한 카키 팬티와 털이 무성한 허벅지에 새까만 얼굴과 눈빛은 1초 이상 쳐다보기가 껄끄러운 정도였다. 하지만 그는 첫날에는 나타나지 않았다.

잠시 후 얼굴 반을 가린 빨간 모자를 쓴 조교들이 연병장에 나타났다. 다들 흑인 같은 시커먼 피부와 단단한 체구에 조교용 보급 산악화를 신고 '해병 유격 교육대 RANGER'라고 적힌 붉은 티셔츠를 입고 있었다.

"어이, 가방끈 랑거(Ranger)가 뭐냐?"

"네, 위험하다(Danger)는 뜻인 것 같습니다."

"위험이라. 저거 자세 나오네. 나갈 때 하나 긴빠이 해 가야겠다."

호루라기 소리에 맞춰 온갖 절묘한 동작으로 하루 종일 먼지 구덩이에서 헤엄치고 나니 겨우 본 과업이 PT로 넘어가게 되었다.

"똑바로 안 하겠습니까? 똑바로!"

"악!"

높이뛰기에서부터 온몸 비틀기까지 여러 고문 동작들이 반복되었다. 교육자인 조교와 회색 CS복에 계급장 대신 올빼미 번호를 붙인 피교육자만 있을 뿐 훈련 시에는 계급이 없었다. 대답도 오로지 '악' 뿐이다. 하루 종일 따라다니며 괴롭혔지만 그들 중에서도 졸병은 있을 터였다. 참다못한 말년 '오공'이 조교 중에서 제일 졸병을 하나 납치했다.

"야, 너 몇기야?"

"네, 745기입니다."

"이 씨발 좆나 졸병이네. 나 며칠 밖에 안 남았어. 살살 안 해?"

"네, 알겠습니다."

다음날이 밝았다.

"거기 뒤에 나오십쇼. 쪼그려뛰기 100회 실시!"

어제 745기라 밝힌 조교의 손이 오공을 가리켰다. 그가 천천히 오공의 주위를 돌며 지시했다.

"똑바로 못합니까? 똑바로! 쪼그려뛰기 200회 실시!"

전설 속의 그 훈련

드디어 그가 나타났다. 문수산 호랑이. 무표정한 얼굴에 꼭다문 입을 둘러싼 시커먼 면도 자국만으로도 슬슬 오금이 저려왔다.

"앞으로 나란히!"

뜻밖에도 그 전설의 훈련은 '앞으로 나란히 해서 앉았다 일어서기'였다. 이 단순한 동작을 얼마나 반복했으면 전설로 통하나 싶었다.

"124번 자세 불량. 20회 실시!"

"동작이 왜 이리 산만해."

"60번 목소리 불량. 다시 40회 실시!"

"너희들은 로프 탈 자격 없어. 하루 종일 기합이야."

2주간 그에게서 들은 말의 전부였다 유격 모자 창 밑으로 겨우 보이는 살벌한 눈은 80여명의 교육생들의 동작 하나하나, 구령의 립싱크까지 다 잡아내었다. 그리고 중대장과 선임하사를 포함해 한 명의 열외도 없는 훈련과 전 교육생의 하나된 동작을 강조했다. 그의 교육 방침은 피도 눈물도 없이 냉정했다. 처음에는 '허, 별거 아니네'로 시작했다가 '으흐, 제발'을 되뇌다가 막판에는 '더해라 더해. 함 죽어보자'로 눈에 핏대가 서게 만들었다.

외줄, 두줄, 세줄, 암벽등반, 암벽 레펠, 타워 레펠, 헬기 레펠, 긴 하강 등이 순서대로 이어졌다. 다른 것은 몰라도 외줄만큼은 포항보다 훨씬 길었다. 워낙 길다보니 로프를 아래위로 튕겨서 몸이 공중에 떴을 때 몇 달음을 한 번에 당겨버리는 조교들의 서커스 동작에 그저 입이 다물어지지 않을 지경이었다.

2주간의 유격 교육 마지막 날, 제대로 걷는 사람은 졸병들 뿐이었다. 날고 기는 고참들도 절름발이가 다 되었는데 태연한 척 걷고 있는 졸병의 고통은 오죽했으랴. 그런 피교육생들과 유격대 조교들과의 축구시합이 벌어졌다. 워커끈을 풀어헤친 채 엉금엉금 기어가는 우리 팀과 그걸 기다리며 축구화 끈을 묶고 제자리에서 개구리처럼 폴짝폴짝 뛰어보는 조교들을 보고 있노라니 잠시 후 펼쳐질 비참한 스코어가 눈에 훤했다.

하지만 일단 전투가 시작되니 절뚝거리는 발을 부여잡고 워커 발로 날라차기까지 해가며 몸을 아끼지 않았다. 그간 쌓였던 교육생의 독기와 홈그라운드의 자존심이 더해져 경기는 해가 져서도 계속되었고 다음날 아침 우리는 알철모에 커버를 씌우고 그곳을 떠났다. 저 멀리 산

자락 능선에서 떠나는 우리를 '문수산 호랑이'가 말없이 내려다보고 있었다.

일편단심 민들레야

"너 이 새끼, 따라와."

최근 줄곧 시무룩한 맏후임 김주영을 깨워서 화장실로 끌고 갔다. 보급창고 작업하면서 몰래 짱 박아 둔 보급 캔 맥주를 먹기 위해서였다. 한따까리 하는 줄 알고 체념한 듯 고개를 푹 숙인 채 따라 들어오는 녀석의 표정이 왠지 어두워보였다.

"임마, 왜 계속 똥 씹은 표정이야? 네 애인이 바람이라도 났어?"

"어, 어떻게 아셨습니까?"

"그, 그래? 자, 맥주나 한 병 까자."

잘생긴 외모로 봐서는 끈적끈적한 여자관계를 예상했다. 그리고 한 번에 대여섯 통씩 다발로 오는 일기식의 편지를 보고 이놈은 징크스를 깨는가 싶었다. 하지만 그 역시 일병 휴가 복귀 후부터 편지수와 비례해 말수가 점점 줄어들었다. 그날 밤 새벽 2시, 대대 PX 공중전화에 야간기습을 했다. 예비대 와서 한 번도 써보지 못한 공중전화였지만 맏후임에게 수화기를 넘겼다.

"여보세요?"

저쪽 편에서 전화 받는 소리가 들렸지만 그는 대답하지 않았다. 그리곤 말없이 수화기를 내리더니 천천히 입을 열었다.

"걔 아버지가 받아서 끊었습니다."

떨어져서 누가 오나 망보고 있었지만 분명 젊은 여자 목소리였다. 분통이 터져 닦달했더니 서서히 입을 열기 시작했다. 언젠가부터 뜸해지기 시작한 편지가 무엇을 의미하는지를 일병 휴가 때 현장에서 바로 확인했다고 했다.

"마음 같아서는 부엌칼 들고가서 년놈 모두 쳐 죽일려고 했습니다. 근데 낯선 남자의 품에서 즐거워하는 그녀의 모습을 본 순간, 미련없이 뒤돌아서서 왔습니다."

"그래, 그래."

"에잇, 씨발년. 내일이면 1000일인데."

녀석의 사랑 이야기를 다 들어주며 피 같은 술을 당일치기로 다 까먹어 버렸다. 내무실로 돌아온 녀석은 술김에 그녀에게 편지를 쓰다 수양록에 머리를 처박고 잠이 들었다.

― 그녀와의 추억 속을 달리는 109번 버스의 차장 밖으로 그녀의 예쁜 얼굴, 아름답고 너그럽기만한 그녀의 마음이 펼쳐진다. 종점이 멀기를 아니, 종점이 없어져서 버스가 멈추지 않기를 바라면서 오늘도 그 버스에 몸을 싣는다. 동그란 토큰 대신 소주병을 하나 들고. 청춘아 동작 그만, 내 사랑 원위치, 세월아 구보로….

그 누가 말했던가? 1년의 기다림은 춘향이요, 2년의 기다림은 열녀요, 3년의 기다림은 미친년이라고.

우정의 무대와 홀딱쇼

병력을 가득 실은 각 연대 GMC 차량들이 강화도 OO체육관에 속속들이 집결했다. 〈우정의 무대〉 '청룡부대편'의 촬영이 시작된 것이다.

"이 씨박 새끼들아, 아무 데나 쳐 앉고 대가리 맞춰!"

누군지 모르지만 2층에서 울려퍼지는 목소리에 어수선함이 단번에 정리됐다. 그리고는 침묵만이 이어졌다. 요즘은 카메라를 갖다대면 기합 빠진 훈병들이 실실 쪼개면서 손가락으로 승리의 V자를 흔들며 TV 앞에 앉은 수많은 예비역 체질의 복창을 뒤집지만 당시만 해도 영내든 영외든 이빨을 못 보이게 했다. 그래서인지 TV에서 보았던 왁자지껄함은 그 어느 곳에서도 찾아볼 수 없었다. 곧이어 생각했던 것보다 더 키가 작은 뽀빠이 이상용 아저씨가 리허설을 위해 무대에 나타났다.

"해병대만 오면 이래. 야, 인상들 좀 펴라. 무서워서 방송하겠냐?"

"…."

"어이, 병장들. 애들 좀 웃게 해 줘. 이러면 촬영 못 들어간다."

"…."

"좋아. 이건 사회자로서의 자존심 문제다. 누가 이기나 해보자. 여자를 과일에 비교하면 말이야 10대는…."

사회자 이상용 씨의 이미지는 이제껏 봐왔던 것과는 180도 틀렸다. 그것이 바로 방송인으로서의 프로 근성이겠지만 안 그래도 살벌한 상륙돌격 머리에 경직된 표정으로 부동자세를 취하고 있는 우리들의 긴장을 풀어보려고 그는 15000가지가 넘는다는 음담패설을 퍼부었다. 출연 가수로는 당시 최고의 인기를 구가하고 있었던 소방차와 와일드 로즈가 나왔다. 이전에는 〈사는 게 뭔지〉의 이무송이 왔더란다.

"우씨, 군대에 좆달린 놈들이 왜 와?"

"와일드, 쟤들은 뭐하는 애들이야?"

해병대에서 촬영할 때는 무대 올라가서 난동 부릴까봐 예쁜 여자는 절대 안 온다는데 정말 그런가 싶었다. 사회자는 시베리아 벌판을 음담패설로 공략하느라 바쁘고, 카메라맨은 관중석을 헤집고 다니느라 더욱 분주했다. 워낙 인간들 표정이 어두우니 뜨거운 밀담이 끝나고 약간 반응을 보일 때 클로즈업을 해서 나중에 편집하여 곳곳에 넣으려는 의도였다.

드디어 본 촬영이 시작되었다. 빵빠레가 울리자 뽀빠이 아저씨가 빨간 명찰 달린 군복으로 갈아입고 달려나왔다.

"야, 2중대! 내 밑으로 편하게 앉아."

"네? 네, 알겠습니다. 야, 편하게 앉아라."

"씨바, 편하게 앉으라고. 나처럼."

앗, 순검자세였다. '웃지마라(음담패설), 입 벌리지 마라(애인과 병사), 울지 마라(그리운 어머니)'고 참석하기 전 인계사항으로 내려온 여러 사항들을 당시엔 이해할 수 없었다. 하지만 이다음에 TV에 나왔을 때 상륙돌격형 머리의 흔들림 없는 표정과 오와 열, 그리고 엉덩이가 들썩거리며 하늘을 찌르는 해병 박수의 일사분란함은 우리 스스로도 감탄을 자아내게 했다.

촬영은 모두 끝났다. 하지만 고참들은 자리를 뜨지 않았다.

"야, 어디 가? 이제부터 시작인데."

"오늘 보급 휴지 거덜나겠군."

굶주린 국군 장병들의 사기 함양과 발기능력 시험을 위한 〈우정의 무대〉 2부가 시작된 것이다.

— 아, 말로만 듣던 2부 쇼를 볼 수 있겠구나.

내 머릿속에는 고참들한테 들었던 홀딱쇼부터 북쇼, 부채쇼, 어우동쇼 등이 그려지기 시작했다. 하지만 2부 쇼는 그 앞 촬영을 마지막으로 폐지되었다고 했다. 들리는 소문에 의하면 끈적끈적하게 뭉쳐진 휴지 때문에 변기가 자주 막혀서 그렇다고 하던데 믿거나 말거나이다.

그로부터 보름 뒤, 연대에서 〈위문열차〉라는 라디오 방송 녹음이 있었다. 우스갯말로 축구와 해병대로 방송 수십 년을 버티신다는 〈호랑나비〉 김흥국(401기) 선배님과 〈포플러 나무 아래〉의 이예린, 해병대 출신 아버지의 뜻을 받들어 감기몸살에도 불구하고 속옷 비치는 야시시한 옷을 입고 와 몸을 던진 〈유혹〉의 이재영, 세련된 매너의 〈갈색추억〉 한혜진과 당시 무명가수였던 녹색지대, 그리고 버스 안에서 과감이 옷을 갈아입어 발정난 장병들 가슴에 불화살을 꽂는 이름 모를 댄서들이 등장했다.

난 그들을 옆에서 똑똑히 지켜볼 수 있었다. 다들 밤새 내린 비로 축축한 연병장에 앉아 '천당에서 지옥까지' 해병 박수로 비지땀을 흘릴 때, 또다시 중대 장기자랑 대표로 선발되어 무대 뒤에서 대기하고 있었기 때문이다. 실물로 본 김흥국 선배의 떡대는 엄청났다. 졸병 때 게기다가 무장에 자갈 넣고 각 중대를 돌아다니며 맞기도 했다며 〈59년 왕십리〉를 구성지게 부르고 내려오는 그를 놓치지 않았다.

"필승! 선배님, 사인 좀 해 주십시오."

입고 있던 브라보 중대 셔츠를 바로 내밀었다.

"허허, 이놈 봐라. 너 몇기야?"

"730기입니다. 제 이름도 좀…."

선임들의 착취를 사전에 차단하기 위해 사인 옆에 이름을 기재해 달라고 했다. 가수 한혜진에게도 사인을 받았다. 하얀 속살이 비치는 여름 정장을 입고 뇌쇄적인 향수 냄새를 풍기던 그녀는 사인한 종이와 함께 마시던 포카리스웨트를 건네주었다.

"이거 좀 드실래요?"

"네? 네, 감사히 먹겠습니다."

하지만 해병대 기수빨이 어디 가겠는가. 위로 네 명을 거쳐도 희미하게 남아있는 립스틱 자국에 입을 대고 엉큼한 생각을 하며 마시고 있는데 어느새 우리 순서가 다가왔다. 전에 한 번 대대창설일 파티 때 함께 출연했던 몸이라 주위는 쥐죽은 듯 조용했고, '우리의 적은 순찰차다'라는 공격적인 제목과 저변문제 중심의 '울트라 사이비 루머 패러디 저널리즘' 콩트를 선보였다.

혼자 단독으로 했으면 "제게 돌았나? 저거 영창 한 번 더 보내!"라고 했겠지만 국방부 태권도 대회에서 매번 상을 싹쓸이 해 오던 715기 박만은 해병과 같이 하니 풍자로 인정해 주었다. 마무리로 대대 참모들의 성대모사로 막을 내리니 관객들의 반응은 실로 폭발적이었다. 이때 사회자가 나서며 물었다.

"여러분, 많이 웃으셨습니까?"

"네!"

"연대장님, 혹시 휴가증 남는 거 있으십니까?"

"하하, 갔다 와라!"

인자하신 연대장님은 은색 지휘봉을 들고 무대 뒤까지 찾아왔다.

"잘 다녀와라. 중대장이 보내줄거야."

악수와 함께 일일이 고향을 물어보며 어깨를 두드려주시고는 자리로 돌아갔다. 아무리 내가 중대 저변문제의 시발점이고 사회자의 즉석 애드리브로 거저 얻은 특휴였지만 이걸 설마 또 자르겠냐 싶었다. 하지만 조연을 한 모범사병은 4박 5일 특별휴가를 갔고, 주연을 한 문제사병인 나는 울분을 삼키며 휴가복을 다렸다.

— 아, 휴가는 꿈이요, 제대는 전설이라.

복수는 나의 것

"너희들이 자랑스럽다. 다 휴가 보내준다."

우리 중대가 체육대회에서 총력전(줄다리기)을 비롯한 전 종목을 우승으로 이끌자 중대장은 보급창고 맥주를 다 꺼내오라고 지시했다. 그리고는 눈물을 글썽이며 특휴 이야기를 꺼낸 것이다. 하지만 우리가 우승기를 들고 광분하고 있을 때 일찍이 예선 탈락한 옆 중대 게릴라들이 츄라이를 긴빠이해 가는 사건이 발생했다. 야외 훈련을 많이 뛰다보니 츄라이가 섞여서 각 중대간에 긴장이 고조되자 일수들끼리 모여 정상회담을 가진 적이 있었다. 그 결과로 휴전을 약조한 '츄라이 조약'이 선포됐는데, 우리가 우승으로 기뻐하는 틈을 노려 협정을 위반하고 전쟁을 선포한 것이다. 상병 5호봉이 되었지만 해병대 일수가 되기 전까지는 열외할 수 없는 집합.

"제양모와 신호진을 보내라."

포항에서 미군합동훈련 당시 삼엄한 경비를 뚫고 미군 더플백을 두 개나 업어 온 '마이다스의 손' 제양모 해병과 닦고 있는 츄라이도 훔쳐 간다는 '긴빠이의 달인' 신호진이 나서면 해결된다며 '츄라이 회수작전'에 은밀하게 투입되었다. 작전명은 '복수는 두 배로'였다. 일단 졸병용 보급 추리닝으로 위장을 하고 주계로 가서 현장 조사에 착수했다. 츄라이가 남는 중대가 없는지, 갑자기 작업원이 증강된 중대가 없는 지…. 철저한 탐문 수사 끝에 모중대 일병 오장을 용의자로 지목했다.

그놈은 뒤가 구린지 우리의 반격을 대비해 감시조 두 명을 츄라이 보관함 양쪽에 배치시키고 우리 중대 작업원들의 손놀림에만 신경을 몰두하고 있었다. 주머니에서 보관함 열쇠 끈이 삐져나온지도 모르고 말이다.

"야, 거기 전부 이리 와 봐!"

주계병 제양모 해병이 시선을 한 곳에 모았고, 나는 그의 옆을 스치고 지나갔다. 상황은 종결되었다. 결국 X중대는 다음날부터 츄라이와 숟가락이 모자라 꺼내 때마다 번갈아가면서 먹었다고 한다.

— 받은 건 반드시 두 배로 갚는다.

장기수의 출감

내게도 세상을 향한 문이 열렸다. 계속되는 훈련으로 휴가가 계속 연기되어 10개월만에 맞후임 두 명과 함께 청룡버스에 올라탄 것이다.

"야, 매미. 이걸 휴가라고 해야 되냐, 출감이라고 해야 되냐?"

"아, 나침반이 없어서 집을 못 찾아가겠습니다."

"푸하하하하."

"왜 그러십니까?"

"소대 꼬라지가 상상이 가서."

이제 갓 상병으로 진급한 코골이 배남규와 나머지 후임들과의 기수차 때문에 우리 소대에는 일병이 하나도 없었고, 중대 분위기는 거의 쑥대밭이었다.

"너희들, 집에 바로 갈 거냐?"

"어디 좋은 데 있습니까?"

"지금 해운대 가면 거의 죽음이다, 죽음!"

"앗, 코피나면 어떡합니까?"

"그냥 죽는 거지, 뭐."

집이 제주도인 놈들이 아무런 말도 하지 않고 부산까지 따라왔다. 집에 가서 어설픈 사복으로 갈아입고 미친 듯이 달려간 해운대. 알록달록 형형색색의 비키니로 최소한의 면적만 가리고 앞뒤로 나자빠져 있는 쭉쭉빵빵 미인들과 서로의 등에 오일을 발라주며 만지작거리는 연인들이 눈에 들어왔다.

"우와, 우리보다 시커먼 사람도 있네."

"야, 그만 처다보고 말 좀 해라."

"세, 세상이 왜 이리 불공평합니까?"

선탠오일로 태운 살과 땀으로 태운 살은 빛깔이 틀렸다. 눈요기는 살했지만 밀어닥치는 왠지 모를 서러움은 다들 같은 심정이었다. 이미 질려 버린 바닷물이라 몸에 물 한방울을 안 묻히고 종일 두리번거리며 한숨만 쉬다 돌아와서 술판을 벌였다. 결국 4차 노래 주점까지 이어져 한참 술을 마시고 있는데 웨이터가 찾아왔다.

"저, 너무 과하게 드시는 거 아닙니까?"

"어허, 여기 맥주 10병 더!"

아무 짓도 하지 않았는데 해병대라고 주인장이 괜히 긴장하는 것 같아서 뿌리를 뽑으려고 마음먹었다. 잠시 후 젊은 사장이 직접 찾아왔다.

"정말 괜찮으시겠습니까? 안주도 없이."

"에이 씨, 확 엎어 버릴까? 해병대라고 괄시하는 거야?"

객기가 발동해서 더 마셨다. 전에 무슨 일이 있어서 그리 민감한 반응을 보이는지 모르겠지만 우리도 조용히 먹고 갈 수 있다는 것을 보여주고 싶었다. 약한 모습 보이는 후임들 때문에 마이크가 좀 날아다니긴 했지만 날이 밝아오자 아무 탈 없이 당당히 계산을 하고 나오니 주인이 안도의 한숨을 내쉬었다. 하지만 알고 보니 그건 우리의 점잖은 행동이 아니라 술값때문이었다. 계산서가 두 장이었다. 맥주를 주문하는 횟수를 표기하는 '바를 정(正)'자가 계산서 맨 밑에까지 내려가도 한참은 모자랐다.

"해장술 하러 가야지?"

"필승!"

빈말로 한 소리에 후임들은 경기를 일으키며 공항으로 도망치듯 떠났다. 첫날부터 대차게 놀았으니 앞으로 계속될 야간 출동을 위해 오침을 하고 있는데 아제가 하얀 해군 정복을 입고 집에 불쑥 나타났다.

"어이, 친구. 오랜만일세. 나 멋있지 않나?"

"하하, 그거 입고 시궁창 한 번 기면 볼 만하겠다."

"오늘은 제대로 한 번 마시게 그 옷 좀 입지 마라."

"근데 니들은 휴가 나오고 싶을 때 마음대로 나올 수 있나?"

"집에서 너무 자주 나온다고 구박해서 이리로 바로 왔다."

아직 휴가 초반이고 한여름이라 6차까지 가는 체력전을 피하기 위해 사복을 입고 지난날의 아픈 기억이 서려있는 시내로 향했다.

"야, 잠깐만. 사람 구경 좀 하자."

한마디로 별천지였다. 다 큰 처자들이 노브라에 배꼽을 다 드러내놓고 핫팬츠라는 걸 꼭 끼어 걸친 엉덩이를 설레설레 흔들고 다니는 것이 눈에 들어왔다.

— 세상에 이런 곳이 있다니.

늦더위의 시내에는 눈을 어디에 둬야 할지 모를 정도로 노출 패션이 유행하여 308일 만에 휴가 나온 군바리에게 현기증을 유발시켰다. 눈을 둘 데가 없어 어딜 들어가려다 머리 때문에 대번 알아보는 매의 눈을 가진 선임들에게 붙잡혔다. 불길한 예감이 들었는지 넉살좋은 아제가 나섰다.

"아이고 형님. 죄송하지만 우리가 이 친구를 일 년이나 기다렸습니다. 저번에도 이렇게 불려다니다 그냥 복귀해 버려서 술도 한 잔 못했습니다. 흑흑."

휴가 막바지에 접어들 때쯤 엄마한테서 뒤늦게 쪽지 하나를 건네받았다. 일병 휴가 때 행인들과 싸우는 것을 보고 도망간 윤옥이 남긴 연락처였다. 절호의 찬스라고 생각하고 사제 다리미가 부서지도록 작업복을 다려 폼 나게 차려입고 약속장소에 찾아갔다. 지난날의 과오는 잊고 좀 더 성숙한 모습을 보여주기 위해 문도 발로 차지 않고 슬쩍 밀려고 했다가 자동문이 휙 열리는 바람에 나자빠질 뻔했다. 아무도 못 봤겠지, 생각하고 고개를 드니 저 멀리서 여전히 예쁜 얼굴로 윤옥이 환하게 웃고 있었다. 전열을 가다듬고 썩은 미소를 한 번 날려준 뒤 더욱 요란하게 링소리를 내며 카운터로 향했다.

"어이, 작업복. 임마, 이리 와봐!"

— 으흐, 또 잡혔다.

시장 바닥처럼 북적거리는 호프집 손님들의 대화가 일시 중단될 정도의 경례를 때리고 옆자리에 바로 착석했다.

"쭈욱, 한 잔 해라. 악기 한 번 보겠어."

500cc잔이 아니라 1700cc잔이었다.

"못 먹겠으면 내 주먹을 한 번 보고 마셔라."

주먹을 보니 사람손이 아니라 마치 돼지저금통 같았다. 포도 한 알에 1700cc 두 개를 완샷하고 그제야 기수를 밝힌 그들은 '오공'의 동기들이었다.

"아가씨, 여기 1700cc 하나 더 주세요!"

708기란 말만 듣고도 폭풍처럼 불어닥치는 위기 의식 속에 카운터에서 웃으며 구경하는 윤옥에게 구조요청 신호를 보냈다.

— 주지 마, 주지 마!

눈길을 보내다 바로 적발되었다.

"오잉? 저 아가씨 맘에 들어? 눈은 높아가지고. 좋아, 이 선임이 책임지고 꼬셔줄 테니까 이거 마시고 있어."

너무나 진지한 선임. 카운터 옆에 눌러앉아 대한민국 해병대의 역사부터 설명하기 시작했다. 윤옥은 생글생글 웃으며 한참 동안 얘길 들어주더니 결국 무식한 손에 이끌려 왔다.

— 술 가져오지 마. 안 돼!

윤옥에게 또다시 눈신호를 보냈다.

"후임이 열달만에 휴가 나왔는데 이 정도 못 해 주겠냐. 아가씨, 이 친구 어때요?"

"네, 좋아요."

"우하하하. 좋아, 좋아. 자, 마셔라!"

영문도 모른 채 자기들 능력에 스스로도 놀란 듯 기뻐하는 선임들은 영업시간이 끝나서야 겨우 일어났다. 그 후 가게 사장님과 합석했다. 그 동네를 대표하는 주먹이자 유지라는데 역시 왼쪽 팔뚝에 용 두 마리가 똬리를 틀고 있었다.

"야, 이놈 깡 좋네. 그래 먹고도 멀쩡한 걸 보면."

"별 말씀을."

"내가 81년도 공수부대 있을 때 말이야, 국군의 날 행사연습으로 합숙훈련을 하고 있었지. 그때 밤마다 해병대 몇 명이서 타군 숙소를 들쑤시고 다니면서 쑥대밭을 만들었어. 정말 둘 이상 모이니깐 못 말리겠더구만. 그러다 들켜서 밤새 빵빠레에 빳다 맞고도 매년 행사 때마다 최우수 도보부대상을 휩쓸었지. 여의도 광장에서 분열하는 걸 보고 행사에 참가한 우리 여단장도 '내 병사는 아니지만 정말 탐난다'고 하더군."

귀에 들어오지 않았다. 속에서는 맥주 거품이 부글부글 끓고 있었다. 아, 상처뿐인 영광의 상병휴가여. 윤기있는 생머리에 베레모를 쓴 윤옥의 사진. 휴가 복귀와 함께 이 사진의 주인공에 대한 집중추궁 청문회가 시작되었다.

"니가 이렇게 예쁜 여자를 어떻게 알아?"

"주소 대. 빨리."

276

"이번 주에 면회 오라해서 따블 걸어. 알았어?"

그 사진은 주인이 여섯 번 바뀐 한 달 뒤 내손에 돌아왔다.

또 하나의 계급장

휴가 복귀가 무섭게 시작된 IBS 고무보트 훈련은 PT에서부터 그무엇과 달랐다. 수색대 선임하사가 직접 슈트복을 입고 와서 고무보트 조작 및 운용에 관한 과정을 교육시키기 위한 사전 절차도 유격 못지않게 고달프고 집요했다. 수색대 15년의 노하우로 온갖 고문과 하수구 시구창까지 드나들게 하니 악에 받쳐 뻘밭에서도 물 찬 제비처럼 날아다니게 되었다. 그리고 새벽 추위와 함께했던 IBS 훈련의 마무리는 강화도 모의 기습상륙으로 끝을 맺었다. 거기서 훈련보다 더 힘든 해병축구를 하고 염화강 한가운데서 보트별로 열을 맞춰 강화대교까지 퍼레이드를 하고 돌아와 다시 중대장 보트를 중심으로 뺑 둘러쌌다.

"이제 너희들은 기습특공 박쥐 휘장을 달 자격이 주어졌다. 전투에서는 항상…."

그간의 노고를 취하하는 훈시가 끝나자마자 규정에 없는 훈련이 시작되어 선임들이 한 명씩 물에 빠트리기 시작했다. 오락실의 두더지잡기를 하듯이 올라오면 페달로 다시 쑤셔 넣으며 재미있어 했지만 입대 전 어설픈 촌놈 수영이 전부였던 나는 적잖이 괴로웠다. 하지만 염화강 흙탕물을 몇 모금 먹고 나니 눈에 뵈는 게 없고 살아야겠다는 불굴의 의지로 남들 몇 달 코스로 배우는 수영을 15분 만에 마스터하고 해안으로 돌아왔다. 천리행군 마치면 워커에 막걸리 완샷하고 점프하고 나면 철모에다 완샷하듯이 보트를 세워서 페달로 뺄물을 튕겨 대충 헹구고 거기다 보급 맥주를 쏟아붓기 시작했다. 구정물 색깔의 미지근한 맥주를 정찰모에 퍼마시며 계급장의 마지막 한 칸을 채워나갔다.

병장 시절

ROKMC

"내가 78년도에 강원도 인제에서 군 생활을 했지. 집이 여기지만 휴가 나와서 집에 한 번도 못 왔다. 처음 100일 휴가 받아서 집에 가려고 멋모르고 여기를 지나가다가 이빨 두 대 나간 거 생각하면 지금도 피가 거꾸로 솟는다. 해병대 놈들이 육군이 해병대 지역 지나간다고 저 뒤에 끌고 가서 개머리판으로 이유없이 막 패는데… 내가 해병대가 좋아서 이러는 게 절대 아니다. 낮에 좆빠지게 훈련하고 밤에 잠 못 자는 너희들. 응? 너희들이 밤낮으로 고생하고 나가서 개병대 소리 들어서 되겠냐? 내 말 잘 새겨들어라."

못 말리는 소대

"이제 계급장 바꿀 일이 없으니까 본드를 빡빡 붙여라."

"이런, 기합 빠진 신호진! 벌써 기리까이 했구만."

"아, 제가 시킨 게 아니고 애들이 똥기합 들어가지고….'

"그래, 군 생활 마지막으로 진급 선물 빼다 함 쳐줄 테니 연장 좀 가져와라."

겨울의 문턱에 선 10월 말. 열흘이나 남았는데 계급장을 미리 바꿔달았다며 만선임이 매직으로 작대기 하나를 지우려고 애쓰는 모습이 밉지 않았다. 새로 이동한 전방 내무실 분위기는 한마디로 병장 공화국이었다. 감시를 용이하게 위해서인지 중대본부의 과거 3소대 자리로 들어오게 됐다. 신병 때 꼰봉을 메고 왔다 피 묻은 고무신에 쫄아 제발 이곳만 알 걸리게 해달라고 내심 기도했던 그 자리에 병장이 되어 다시 돌아온 것이다.

"여긴 터가 안 좋은가보다."

"휴, 내가 너희들하고 있으니까 정서순화가 안 된다."

참으로 암울했던 이곳은 영창에서 맞아죽은 귀신이 붙었는지 병장들만 봐도 줄줄이 '마송 체육관' 출신이었다. 거기다가 '신화를 남긴 체질' 김형국 해병까지 본부 중대에서 쫓겨와 대대에서 내로라하는 환상의 영창 멤버가 모두 모였다. 그는 내무실에서 은폐와 엄폐가 용이한 구석자리부터 선임들에게 양보한 후 한바퀴 돌며 깊은 한숨을 내쉬었다.

"휴. 작대기 세 개를 더 달고 여길 다시 오게 되다니. 이제 정말 조용히 살아야겠다."

인근 소대에서는 위에서도 포기한 체질들만 모인 '마송체육관', '감방소대'라고 했지만 기라성 같은 체질들이 운집한 만큼 훈련이면 훈련, 작업이면 작업, 2소대의 전투력은 최강이었다.

이무기 해부 실습

월동준비를 하기 위해서 총칼 대신 리어카와 삽으로 무장하고 전방으로 향했다. 후방 콘크리트 진지주변 경사로 제초작업은 주계에서 돌아온 '인간제초기' 제양모 해병을 중심으로 한 농민 후계자 트리오가 간단히 해결했고, 나는 전방철책선 진지 보수팀에 합류해서 당가 들고 흙을 날랐다. 중대 짚차 헤드라이트 불빛으로 밤을 낮처럼 밝힌 채 다들 전직이 의심스러울 정도의 능숙함으로 끝을 봐야 철수하니, 하루만에 꼬질대로 기둥 세워 병사를 지었다는 말이 나올 만도 했다.

삽으로 워커를 두드려서 바닥에 박힌 흙을 터는 것으로 작업이 끝났다. 민가에서 빌려온 낡아빠진 경운기에 잘라놓은 싸리나무를 가득 싣고, 고참들은 강아지풀 하나씩 물고 걸터앉았다. 나머지는 약속이나 한 듯 선임 작업도구 뺏어들고 뒤따라가는데, 전술로 옆 그늘진 곳에서 뱀을 발견했다. 약장수가 이무기라고 우길 정도로 큰 뱀이었다.

"와, 용이다."

기수는 720기이지만 하는 짓은 월남 220기라는 고갑진 해병이 가소롭다는 듯 성큼성큼 다가가 삽으로 골프 스윙하듯이 뱀대가리를 후려쳐 버렸다. 찍소리도 못하고 그 자리에서 헛바닥을 길게 뺀 무늬가 예쁜 물뱀이었다.

"이놈 새끼, 뭘 처먹었냐?"

"이게 뱀이야, 돼지야?"

꼬리를 잡고 뱀대가리를 땅에 질질 끌고 털레털레 걸어가는데 뱀이 최후의 발악으로 윗몸 일으키를 시도하다 발각되었다.

"허, 요게 또 기어오르네."

고갑진 해병은 가소롭다는 듯이 꼬리를 잡고 빙빙 돌리더니 허공을 가르며 땅바닥에 패대기쳐 버렸다. 곧이어 사망 선고가 떨어지고 호기심 많은 선임들은 즉시 사체 해부에 들어갔다. 농약병을 주워와서 워커

발로 깨뜨려 병조각으로 능숙하게 뱀껍질을 벗겨내고, 다시 길게 눕혀 반으로 쭉 찢어 버렸다 그러자 개구리 다리가 툭 튀어나왔다.

"오호, 개구락지 처먹었네."

그걸 또 재미있다고 다리를 잡고 쭉 잡아당기니 불룩한 배에서 반쯤 썩은 개구리가 사지를 쭉 뻗고 나왔다.

"어이쿠, 불쌍한 놈. 하필이면 고갑진이 같은 놈한테 걸려가지고."

"쟤는 완전히 200자, 200자!"

비린내 섞인 물뱀 냄새와 끔찍한 학살광경을 지켜보는 일그러진 신병들의 표정이 재미있었는지 고갑진 해병은 끈적끈적한 피와 위액을 뒤집어쓴 개구리 사체를 신병들의 얼굴에 집어던지고는 즐거워했다. 껍질은 상하지 않게 잘 떠서 경운기 핸들에 묶었다. 일마치고 돌아가는 농부의 뒷모습에는 결실의 고귀함이 묻어났다. 하지만 작업 마치고 복귀하는 신병들의 등짝엔 삽으로 긁어 벌겋게 달아오른 풀독 자국과 어디서 당했는지 안중근 의사의 '大韓國人' 손도장만이 새겨져 있었다.

꽃을 든 남자

"너는 정서를 순화시켜야 되니까 꼭 가라."

내가 종교행사를 선택한 첫 번째 이유는 중대 선임하사의 지시 때문이었지만 군이 가까운 인근 시골 학교를 놔두고 머나먼 청룡사까지 간 것은 거기 가면 헤어진 전방대대 사람들을 만날 수 있었기 때문이다. 그 중에 최초의 맏선임이었던 '똥파리' 안용섭 해병은 불교에 점점 심

취해 가는지 약속이나 한 듯 언제나 나를 기다리고 있었다.

"필승! 오랜만입니다."

"어, 호득이. 병장 달았네. 진급 선물을 줘야 하는데. 자, 따라와."

"허허, 스님 되실 분이 이래도 됩니까?"

"내가 여기 주지 스님 만후임인데 누가 뭐라고 해?"

절간 내에 숨겨놨던 소주를 들고 뒷산으로 올라갔다. 전역 후 합기도 전파를 위해 캐나다로 떠난 '냄새' 이모 해병과 더불어 자타가 공인하는 안 씻는 해병으로 양대산맥을 이루고 있던 그는 술을 좋아했다. 이병 때의 꼬질꼬질한 자태가 병장까지 갔지만 밖에선 별명이 테리우스라고 우겼다.

"캬, 좋다. 역시 겨울에는 소주가 최고라니깐."

초겨울 서부전선의 동장군도 보배소주의 알싸함에는 맥을 못 추었다. 진급선물로 받은 캡틴큐 한 병을 겨드랑이에 감추고 돌아오니 내 관품함 위에 꽃씨가 몇 봉지 놓여있었다. 수세미, 채송화, 금잔디 등 종류도 다양했다.

"이게 뭡니까?"

"중대 선하가 그거 키우면서 수양 좀 하라더라."

"나 참. 쟁쟁한 선임들도 많은데 왜 저한테 이걸 줍니까?"

"임마, 원래 진짜 체질은 윗사람 눈에 안 띄는 법이야. 벙커 가봐. 오리가 찾더라."

냄새를 없애기 위해 양치질을 세 번씩이나 하고 벙커로 달려갔다. 전기스토브의 훈훈함이 언 손을 녹일 때 김이 모락모락나는 커피 한 잔을 내밀며 오리가 말했다.

"꽃씨 받았나?"

"네, 받았습니다. 근데 저한테 왜 그런 걸 주십니까?"

"그 꽃은 네가 후임한테 주는 사랑을 먹고 자랄 거다."

"네?"

"만약 싹이 안 트면 영창 갈 줄 알아."

해병은 사기를 좋아해

전방에서의 올빼미 생활로 인한 체력저하가 걱정됐는지 무장구보의 시즌이 막이 올랐다. 목구멍에 와 닿는 차가운 공기, 완전무장과 등 사이에 맺히는 땀방울, 온몸에서 피어오르는 김, 찜통 같은 철모. 역시 무장구보는 겨울이 제맛이었다. 졸병 때는 졸병이니깐 메고, 고참이 되니깐 사수라고 직접 메라는 M60을 들고 뛰다보면 약간의 본전 생각이 났다. 하지만 예전 같지 않은 건 기합 빠진 병장의 몸놀림만이 아니었다. 적응이 안 된 신병 하나가 무장을 벗어던지고 미쳐 날뛰며 도랑에 뛰어내려서 건져냈더니 그 자리에서 잠들기도 하고, 몽롱한 눈으로 아무 말 없이 대열을 이탈해 하수구에 머리를 처박고 이상한 주문을 외우는 기이한 장면도 목격했다.

"내가 군 생활 너무 오래했나? 별꼴을 다 보겠네."

"참 나. 더러운 꼴 안 보려면 빨리 제대하던가 해야지."

맞아야 악이 생기고 굶어야 깡이 생긴다지만 소대 병장들이 이제 다시 영창에 들어가면 못 나오는 옐로카드 군 생활이라 어쩌지 못하고 협박 문구만 남발했다. 분위기는 총력전 예선탈락한 직후였고, 사기는 땅바닥까지 떨어졌다. 그러던 중 기합 빠진 목소리로 후렴구만 붙이던 병장들이 약속이라도 한듯이 〈곤조가〉를 선창하기 시작했다.

"흘러가는 물결 그늘 아래 편지를 띄우고, 흘러가는 물결 그늘 아래 춤을 춥시다. 처녀 열아홉 살 아름다운 꿈 속의 I LOVE YOU. 라이 라이 라이 라이 차차차. 라이 라이 라이 라이 차차차. 당신만이 그리워서 키스를 하고 당신만이 그리워서 XXX를 칩니다…"

그랬다. 우리에겐 사가는 약이었다. 뒤집힌 눈으로 거의 반강제로 끌려가던 신병들에게 맡겼던 무장을 다시 뺏어들고 완주했다. 중본에서 기다리고 있던 중대 선하가 우리를 향해 소리쳤다.

"이놈의 새끼들이 사가를 불러. 다시 갔다 와!"

우리는 당찬 표정으로 다시 출발했고, 더욱 큰 목소리로 고함쳤다.

"2중대, 오늘 한 번 죽어보자! 빳다가! 하나, 둘 셋 넷!"

"빳! 다도 아! 구창도 나 홀로 씹어 삼키며 시궁창과 화장터를 누비고 다녀도 사랑에는 마음 약한 의리의 사나이. 난폭한 해병대라 욕하지 마라. 오늘도 고무보트에 목숨을 바친 이름 모를 영혼들도 알아줄 날 있으리라…"

"좋아. 다음은 말뚝가!"

"이제 가면 해병대다. 니기미 씨발 김포땅이다. 그리운 영자 남겨두고 나 홀로 떠나갑니다. 사랑은 외기러기 외기러기 영자야. 제대하는 그 날까지 정조만을 지켜다오….”

“서울의 왕대포집!”

“서울의 왕대포집은 해병대의 안식처… 서울의 사창가는 해병대의 보금자리. 막걸리 한사발에 목로주점 주인마담….”

말썽만 일으키는 고참들이었지만 그래도 후임들을 이끌어가는 모습이 대견스러웠는지 중대 선하도 씁쓸할 미소를 지으며 말없이 뒤돌아섰다.

부활한 병분대장 제도

김포 개떼 기수 720기 선임들이 중대별로 열 명씩이나 전역하니 중대 전체가 썰렁했다. IBS 훈련 막바지에 터진 구타사건 때문에 선도병 제도가 폐지되고 병들과의 마찰 때문인지 신임 하사관들이 포병대대 쪽으로 발령받아 과거 당직병 제도의 일환인 병분대장 제도가 다시 생겨났다. 그 병분대장 임명식 관계로 한 지붕 아래 있었지만 집요하게 피해 다녀 마주칠 일이 거의 없었던 ‘너구리’ 중대장과 다시 만나게 되었다. 총검술 외 용도로 수시로 갈아치운 개머리판을 보고 분대장 뺏지를 달아주기 아까운지 한참을 노려보며 말했다.

“분대장이 분대원을 괴롭히면 어떻게 되나?”

“네, 안 됩니다.”

“특히 너는 분대원들을 일거수일투족까지 관찰해서 매일매일 보고

해. 심지어 오늘 똥을 몇 번 눴는지, 된똥을 눴는지 설사를 했는지까지 말이야, 알았어?"

일과를 마치고 화기분대 장병토론회를 위해 옹기종기 모여 앉았다.

"나, 이거 참. 졸병 때는 애비 대신 선도병 일지 쓰고, 이제 짬밥 먹고 퍼질만하니까 분대장 일지 써야 되네."

"나는 글 쓰는 게 왜 이리 싫으냐? 집에 가기 힘들다, 힘들어."

다른 선임들은 별 이득도 없는 감투 하나 씌워놓고 사람 잡는다며 대 필작가를 섭외했지만 나 같은 특별 케이스는 직접 써야했다. 마주보고 앉으니 우리 분대원들이지만 다들 징하게 생겨 먹었다. 산에 혼자 내버 려두면 나무뿌리라도 캐먹고 살 것 같은 놈들을 앞에 놓고 '아픈 데는 없느냐?', '속옷은 갈아입었느냐?'를 물어보고 있으려니 내 자신이 한심 했다.

"다음 너!"

"피복 이상 없음. 건강 상태 이상 없음. 세면 후 속옷 갈아입음."

"똥 몇 번 쌌어?"

"저, 그게…."

"빨리 안 말해, 이 새끼야!"

"저, 그게 말입니다…."

"우씨. 그냥 니가 적어."

깜박하고 확인도 안 한 채 중대장 벙커에 검사 맡으러 갔다.

"신호진, 부대원들에게 뭐 또 이상한 거 먹인 거 아냐?"

"네? 무슨 말씀이십니까?"

"속옷은 갈아입었냐?"

"네?"

"이 자식이, 직접 안 적었구만. 설사 세 번 했다고 쓰여 있잖아."

서글픈 설문조사

— 군인 아저씨, 감사합니다. 사실 전 편지 쓰는 걸 무지 싫어하는 데 선생님이 자꾸 쓰래요. 그럼, 수고하세요.

여학생 위문편지는 연대, 대대에서 다 빼돌리고 소대까지 내려오는 건 전부 고추 달린 초등학생 것뿐이었다. 내게 온 것들은 크기만 봐도 알 수 있는 군용카드. 어찌된 게 윤옥은 감감무소식이고, 얼마 전까지만 해도 ○○○번 훈병이라 적으며 촌스러움을 과시하던 친구 놈들도 이제 짬밥 좀 먹었다고 장난을 치기 시작했다.

— 받는 사람 : 소주시 진로군 마시면 취하리 일병 술 안주.

— 보내는 사람 : 기리시 패돌구 광팔면 돈따리 점100 신쇼당.

유치한 편지에 답장이나 쓰고 있고 있지를 않나 '호진씨를 사랑하는 이로부터'라고 적은 아제의 초딩 글씨도 못 알아보고 가슴 졸이지를 않나, 참으로 비참한 연말이었다. 밖에선 귀에 딱지가 생기도록 들었던 캐럴도 한 번 못 들은 채 내무실에 철사줄을 가로질러 걸어놓은 멜로디카드나 열어보고 있노라니 뜬금없이 연말 설문조사가 벌어졌다. 여자한테 온 카드를 다 꺼내서 가장 많이 온 사람은 반나절 외출, 작게 온 사람은 5000원 벌금을 걸기로 했다. 사꾸라 김석환 해병과 나만 사이좋게 벌금을 냈다.

다시 분야별 설문조사를 했다. 제일 잘 생긴 사람, 못생긴 사람, 여자한테 인기 많을 것 같은 사람, 나중에 성공할 것 같은 사람 등등을 비밀투표해서 해당분야 1위에게 500원씩 걷어 과자 파티를 하는 것이었다.

"야, 졸병들. 잘 들어. 웃자고 하는 거니깐 결과에 대해서 보복을 두려워하지 말고, 신변보장되니까 부담없이 써. 알았냐?"

"네, 알겠습니다!"

이것 또한 김석환 해병과 나의 독무대였다.

"이, 씨박새끼들, 다 집합해!"

— 제일 체질인 사람 : 1위 신호진, 2위 김석환….

— 제일 정력이 좋을 것 같은 사람 : 1위 신호진, 2위 김석환….

— 결혼해서 마누라 팰 거 같은 사람 : 1위 서대규, 2위 신호진….

특휴 4전 5기

사단 M60 근거리 표적사격대회가 있던 날. 채점실에서 불러 갔더니 팔각모에 국화를 여러 개 다신 분이 내 쪽으로 표적지를 내밀며 말했다.

"자네가 이 표적지 주인인가?"

"네! 화기 분대장, 병장 신호진!"

"자네 밖에서 뭐하다 왔나? 기네스북에 올려도 되겠구만. 하하."

가로 표적지에 60발 중 단 한 발만이 빗나갔다. 소싯적 인형 맞히는 사격장 주인집에 세 들어 살았던 효험이 이제야 나타나나 싶었다.

"듬직하구만. 집에 한 번 다녀와."

"네? 아닙니다! 전 한 거 없습니다! 차라리 부사수를 보내주십시오."

"오호, 요즘도 이런 해병이 있단 말인가? 그래, 둘 다 다녀와."

특휴 받아봐야 중대에서 잘릴 게 뻔하니 인심이나 쓰자고 한 소리였다. 하지만 다음날 정복을 입고 처음으로 중대장 앞에 당당히 섰다.

"말썽만 피우는 줄 알았는데 고참 되더니 뭔가 틀려. 다시 봐야겠는데. 원래 연초에는 유동병력이 있으면 안 되는데 특별히 보내준다."

명예 소대 특휴, 위문열차 장기자랑 우승 특휴, 연대 체육대회 우승 특휴. 문제 사병이라는 이유로 다리미장에서 휴가 가는 후임들의 휴가복을 다렸건만 4전 5기의 도전정신으로 끝내 특휴 신고를 하고 나갔다. 하지만 M60 '오빠 아들' 정현희 해병을 만나 집에도 못 내려가고 2박 3일간을 술독에서 전투 수영하다 복귀했다.

줄초상이 남긴 교훈

나의 파란만장한 군 생활의 마무리는 '백조검문소'라는 곳에서 하게 되었다. 부대에서 4킬로미터 거리에 있어 '졸병 지옥, 말년 천국'이라 불릴 만큼 간부들의 손이 안 닿는 무법지대였다.

검문소를 진입하는 길에 이상한 집이 하나 있었는데 큼직한 집터에 몇 대가 대가족으로 모여 살고 있었다. 경운기에 트랙터까지 있는 걸

보니 논도 제법 있는 것 같고, 외형상으로 봐서도 전혀 폐가 같지 않았는데 이상한 건 한 달에 한 번씩 초상이 난다는 것이었다. 그래도 인덕은 있었는지 조문객의 발길이 끊이지를 않아 처음엔 검문소에서 일일이 다 체크하느라 애먹었는데 석 달 째가 되니 차넘버와 인원수까지 다 외워버렸다. 그런데 점점 이상한 점이 눈에 띄었다. 두달째부터 느낀 건데 초상나기 며칠 전부터 그 집 앞 공동화장실의 백열등이 깜빡거린다는 것과 다들 별 사고없이 조용히 돌아가신다는 거였다. 세 번의 상을 치르면서 119 차량이나 앰뷸런스가 들락거린 적이 한 번도 없었다. 더욱 놀라운 것은 철저히 대를 이어 장손 순으로 변을 당한다는 거였다.

— 해병대 집안인가? 초상도 기수빨이네.

서서히 궁금증이 발동했다. 그러던 어느 날, 근무 철수하는 길에 뭔지 모를 기운에 이끌려 그 집 앞을 기웃거렸다.

"아이고, 아이고."

"상주 뭐하나? 손님 안 모시고."

"군인 아저씨들 이쪽으로 오세요."

"네?"

얼떨결에 넙죽 절을 했더니 술상이 나왔다. 마당에 깔아놓은 멍석 위에 신병 문갑이와 마주앉아 멍하니 주위를 두리번거렸다.

"왜 안 드세요? 음식이 입에 안 맞아요?"

"아닙니다. 배고 고파서…."

"아, 동서. 여기 밥상 좀 차려 드려. 양 많이 해 가지고."

순간 선임들의 꼬장을 사전에 막을 수 있는 묘책이 떠올랐다.

"아닙니다. 그냥 가보겠습니다."

"왜 그냥 가시게요?"

"그게 아니고 안에 있는 선임들이 생각나서…."

"넉넉히 챙겨드릴테니깐 걱정하지 마시고 많이 드시고 가세요."

나의 잔머리에 문갑이는 존경 어린 눈빛으로 바라보고만 있었다.

"근데, 이 댁에서는 왜 자꾸 이런 일이 생기는 겁니까?"

"다 자식들이 죄가 많아서 그렇지요."

"참, 아주머니 죄송하지만 여기 전화 한통만 쓸 수 있겠습니까?"

5개월만에 집에 전화를 했다. 특휴를 받고도 술 퍼먹느라 집에도 못 내려간 죄책감이 한순간에 밀려들었기 때문이다.

"야, 신삥. 오늘의 교훈이 뭐냐?"

"네. 투철한 짜리 상납 정신입니다."

"에라, 이 망할 놈의 새끼야. 효도야, 효도. 알았어?"

폭군 '사꾸라'의 전역

한 시대를 풍미했던 체질 '사꾸라'를 보내기 위한 전역파티가 열리고 있었다. 말년이 되어서도 식을 줄 모르는 하리마오 정신으로 결국 전역자를 태우러 온 닷찌차가 밖에서 클랙슨을 울릴 때까지 중대를 뒤흔들고 갔다. 그는 이런 말을 남기고 떠났다.

"가는 마당에 졸병들이랑 농담 따먹기나 하면서 웃는 얼굴로 헤어질 수도 있어. 근데 내가 뭘 위해서, 누굴 위해서 이러는지 알아? 자, 입 꽉 깨물어. 방금 내 주먹이 뭘 의미하는지 곰곰이 생각해 봐."

답은 나왔다.

— 한 번 체질은 영원한 체질이다.

기합에 살고 내공에 죽자

"야, 너구리 오나 잘 봐. 앗!"

"신호진, 어디 가나?"

근무 나가서 라면 부셔 먹으려고 상황실에 신고한 뒤 라면 가지러 내무실에 다시 들어왔는데 중대장이 턱하니 앉아 있었다. 그래도 못 알아듣는 걸 보면 아직 그는 자기 별명이 '너구리'라는 것을 모르고 있었다.

"필~승! 백조 검문소 진입합니다."

"밤에 사람 없다고 헛짓거리 하지 말고 근무 똑바로 서."

사격대회 이후 중대장이 나를 대하는 태도가 많이 부드러워졌다. 무사히 근무를 마치고 돌아와 자리에 누웠는데 갑자기 상황실에서 '필승' 소리가 메아리쳤다. 그 발자국 소리는 점점 더 가까이 들려오더니 결국 우리 내무실로 들어왔다. 중대장의 신임은 얻었지만 도둑이 제 발 저린다고 순간 침낭을 머리끝가지 덮고 자는 척하고 있는데 내 머리맡에서 발자국이 멈췄다. 근엄한 목소리와 중대장이 쩔쩔매며 따라다니는 걸 보니 엄청 높으신 분이 틀림없었다.

"다들 고생이 많구만. 엉?"

"왜, 왜 그러십니까?"

"중대장. 이런 놈이 어떻게 분대를 지휘해 가겠나!"

"네, 당장 고치라고 하겠습니다!"

관품함에 붙은 개인 인식표의 좌우명이 문제였다.

— 대충 살자.

아차 싶어 '좌로 소이동'으로 옆 근무 나간 신병자리로 옮겨 침낭 속에 쏙 들어가서 죽은 척하고 있었다. 잠시 후 중대장이 씩씩거리며 들어왔다.

"이 새끼 어디 갔어?"

그러면서 관품함들을 쭉 들러보더니 내가 옮긴 자리 앞에 멈춰 섰다.

"이건 뭐야? 훌륭한 사람이 되자? 장난하냐, 김문갑이 누구야!"

침낭을 걷자 눈을 꽉 감고 있는 그 얼굴.

"이 새끼가 그새 자리를 옮겼구만."

야밤에 달빛 체조를 한 후 좌우명을 다시 적었다.

— 기합에 살고 내공에 죽자.

한 칼 먹이다

한 번 뒤틀리기 시작하니까 다시 꽈배기 인생이 시작됐다. 근무 진입하다가 소똥을 밟았는데 출하된 지 얼마 안 된 신제품이라 워커에서 떨어질 생각을 안 했다. 생각 끝에 말려서 털어내려고 난로 옆에서 소똥을 굽고 있는데 갑자기 밖에서 무장 괴한이 나타났다.

"이 개새끼들아, 너희들만 군인이야!"

김포 읍에 사는 술 취한 해병 방위 출신 건달 두 명이 새벽 2시에 식칼을 들고 쳐들어온 것이다.

"뭐야?"

"너, 이 씹새끼야! 안에 있는 놈, 너 이리와."

"병신 육갑하네. 답답하며 네가 와, 이 새끼야."

중대 상황실에서 지시가 떨어질 때까지 시간을 끌어야 했다. 섣불리 민간인을 건드렸다간 국방일보에 나올 수 있으니 긴박한 상황 속에서도 끝까지 침착하게 대치하고 있었다.

"너 이 새끼. 확 회 쳐 버리겠어!"

"우리 집이 부산 자갈치다. 새끼야"

잠시 후 진압 명령이 떨어졌다.

"야, 쏠어버려!"

"뭐, 이런 개병대 새끼들이!"

한 편의 영화를 보는 것 같았다. 건달들이 안 보고 휘두르는 칼춤에 잠시 멈칫하기도 했지만 문갑이는 완전 꾼이었다. 군산상고 야구부 출신이라는데 역시 스윙에 임펙트가 있었다. 중대와 통화를 끊고 밖으로 나가니까 두 명은 큰 대자로 누워 있었다.

— 내가 이런 놈들을 속옷 빨았는지 안 빨았는지 검사하다니.

파출소 순경들이 건달들을 차에 실으면서 말했다.

"죄송합니다. 하성 사는 깡패들인데 해병대 출퇴근할 때 하도 많이 당했나봐요. 다른 검문소 가서도 종종 그럽니다."

그들이 사라지고 문갑이가 돌아왔다.

"다친 데 없나?"

"네, 괜찮습니다. 스키 파카가 좀 찢어졌습니다."

"괜찮다. 방탄복은 뚫어도 깔깔이는 못 뚫는다. 너는?"

"까딱하면 한칼 먹을 뻔했습니다."

"그래? 근데 너는 말하는 게 저 새끼들하고 비슷하다?"

"네? 아, 아닙니다!"

육백만 원의 사나이

말년휴가를 다녀왔다. 맏선임은 여러장 뽑은 자세 사진 뒤에 주소와 연락처 그리고 개인적인 덕담 한마디씩을 적어내려 가고 있었다.

"호득아, 네가 신병으로 여기 처음 왔을 때 내가 베개 싸움 시범 보인 거 기억나냐?"

이젠 위에서 건들리는 사람이 없으니 점점 온순해져갔고, 지나간 옛이야기를 자주 들먹이는 걸 보니 갈 때가 된 모양이다. 그러나 일요일 아침부터 TV에 나와 그의 울화통을 뒤집어 놓은 아줌마가 있었다.

— 강원도 ○○사단에서 자대배치 받은 아들을 면회 온 한 부모가 '아들아, 엄마가 매주 올 테니 빨래하지 말고, 팬티는 하루 한 장씩 갈아입고 버려라'며 속옷 세트 여섯 벌을 주고 가서 부대 관계자들이 당혹해했다는 웃지 못 할 소식이 들어와 화제가 되고 있습니다.

"뭐 저런 게 다 있어? 저런 새끼는 내 밑에 들어오면 똥을 한 삽 퍼서 아가리에 처넣고 남은 건 싸대기에 처발라서….'

"하하, 김형국 해병님. 언어순화 좀 하십시오. 곧 사회 나가실 분이 싸대기가 뭐고, 아가리가 또 뭡니까?"

"열 받잖아. 야, 졸병들. 여기도 저런 놈 있어?"

"없습니다."

"전부 바지 내려 봐."

다들 닳고 늘어져 아버지 팬티를 빌려 입은 것 같았다.

"졸병놈들이 사각팬티 입었구만."

"하하하하."

"성질나는데 면회 나가는 놈들이나 갈구러 갈까보다."

"아이고, 참으십시오."

당장 뛰쳐나가려는 걸 겨우 붙잡아 넣고 짜리가 가장 많이 들어오는 황금 타임인 일요일 오전 근무에 진입했다. 근데 기대했던 여자 면회객은 없고 터미널 주위에서나 볼 수 있는 양아치 두 명이 면회실 밖에 쪼그리고 앉아 침으로 세계지도를 그리고 있었다.

"야, 저 새끼들 뭐야?"

"1소대 무식이 면회 온 사람입니다."

"무식이가 누군데?"

"거 있잖습니까, '육백만 원의 사나이' 말입니다.

"아, 근데 또 왔어? 그 새끼는 완전 면회병과구만."

무식이. 일명 '육백만 원의 사나이'는 새로 들어온 신병이었다. 럭비 선수 하다 입대했다는데 나무꾼 몸매에 입대 전 주먹 한 방에 12주 육백만 원을 물어준 놈이라 해서 붙여진 별명이었다. 그전까지 그 녀석 아버님이 거의 매주 검은색 그랜저를 타고 검은 양복에 깍두기 머리를 한 총각들과 함께 면회를 오곤 했다. 풍채가 대단한 그분은 항상 점잖은 매너와 말로 "우리 아들 너무 미워 말게" 하며 담배 한 보루씩을 쥐어주곤 했는데, 신병의 전직 똘마니로 보이는 이놈들은 담배꽁초를 짓이겨서 땅바닥에 버리고 침으로 물총을 쏘며 다른 면회객들을 갈구고 있었다.

얼마 전 일어난 '식칼방위사건'도 있고 말년에 몸 사릴려고 기다리고 있는데 멀리서 요강만한 머리에 우스꽝스런 방한모를 쓴 우악스런 이병 하나가 뒤뚱뒤뚱 달려오고 있었다. 똘마니들은 그를 보자마자 벌떡 일어나서 무슨 영화처럼 90도 각도로 인사를 했지만 그는 본체만체하고 내 앞으로 뛰어왔다.

"필~~~~승!"

"이런 졸병놈의 새끼가 싸가지를 밥 말아 처먹었냐. 이병 놈이 만날 면회야!"

구경하던 그들은 순간 씹던 껌을 뱉고 짝다리가 바로 차렷자세로 변했다.

"앞으로 저 새끼들 내 눈에 띄게 하면 너부터 죽는다. 알았어?"

"네, 알겠습니다. 신고 받으…."

"신고 같은 소리 하고 있네. 저것들 어질러 놓은 것 싹 다 치우고 다시 와!"

잠시 후 면회실에서는 이상한 소리가 새어나왔다.

— 싸가지, 눈까리….

말선임 꼴 나지 않으려고 미리미리 언어순화 연습을 시작했다.

신해병의 전성시대

"이층에 계신 하늘같은 신호진 해병님! 이름을 거룩하게 여기시어 전쟁에 임하옵시며 뜻이 2층에 이루어진 것 같이 단층에서도 이루어 주옵소서. 전역의 영광이 2층에 계신 선임 해병님과 같이 하옵시기를… 아멘!"

드디어 나의 시대가 왔다. 말선임은 산들산들 봄바람을 맞으며 떠났고 이젠 더 이상 올라갈 곳이 없어졌으니 나만의 공화국이 완공되었다. 대대로 일수자리로 쓰였던 2층 문옆 구석자리는 어떤 방향의 공습에도 보호될 수 있는 요새와 같았다. 무사말년의 가장 큰 난관인 너구리식 게릴라 순찰도 중대본부 상황실 근무자들과의 긴밀한 협조체제 하에 미리미리 단속의 손길을 피할 수 있었고, 짚차의 기동력으로 뒤통수를 때리는 기습 순찰도 과거 영찰갈 때 실수한 운전병이 멀리서 미리 비상 깜빡이를 켜주는 마지막 기합으로 거뜬히 막아낼 수 있었다. 거기다 '신호진이 편해야 중대가 조용하다'는 걸 뒤늦게 눈치 챈 신임 소대장, 선임하사와 내 말년생활의 안녕을 기원하는 후임들 덕분에 나는 묵묵히 제대준비에만 전념할 수 있었다.

국방부 장관의 출현

머리에 꽂힐까봐 떨어지는 낙엽도 피한다는 말년병장의 가장 큰 적은 꼴통 이병. 이병은 30분 전에 기상, 일병은 덩달아 기상, 상병은 기상 소리를 듣고 기상, 병장은 귀에다 속삭여야 일어나고, 말년은 당직사관이 흔들어 깨워야 눈을 뜨지만 꼴통 이병은 엎어터져야 일어난다.

일요일 교회 종소리가 울리는 따스한 봄날 아침. 시암리 백조 검문소의 문을 활짝 열고 면회자 맞을 준비를 하고 있었다. 하지만 휴가자 때문에 초병들이 문제의 꼴통들로 교체되어 서서히 몰아닥치는 본능적 위기감에 바짝 긴장하고 있었다.

"야, 짚차 안 오냐?"

"네?"

15분만에 근무가 펑크났다. 내가 벙커 안에서 소리를 듣고 못 미더워서 나가봤는데 대대 순찰차는 매몰차게 그냥 지나가 버린 후였다.

"야, 정말 무섭다. 다른 애들은 순찰차, 똥차, 물차, 마을 이장차에 보급, 통신, 정훈, 작전, 인사, 대대, 연대, 사단 각 참모들 사모님 자가용 넘버까지 다 꿰차고 있는데 너는 너무한 거 아니냐? 나 제대 좀 하게 도와주라, 응?"

"네, 알겠습니다!"

"대답은 잘 한다. 똑바로 해!"

"네, 알겠습니다!"

"우씨, 저걸 그냥."

그냥 포기하고 돌아서려는데 지난주에 왔던 무식이 똘마니들이 또 면회를 왔다.

"형님, 그간 안녕하셨습니까?"

역시 맞으면 인간 개조가 되나보다. 중대에 딸딸이 돌려서 면회 보고 하는데 밖에서 우렁찬 경례 소리가 메아리쳤다.

"필~~~~승! 근무 중 이상 없음! 계속 근무하겠음!"

"뭐, 뭐야?"

"국, 국방부 장관님이 3중대 쪽으로 들어갔습니다!"

자기 딴에는 경례 크게 잘 했다고 칭찬을 갈망하는 눈빛으로 날 바라보고 있었다.

"야, 너 똑똑히 봤어?"

"네. 제가 신분증 확인했습니다."

"에라이, 이 미친놈아. 국방부 장관이 소리 소문도 없이 엑셀 타고 여길 왜 와?"

"정말입니다! 제 눈으로 똑똑히 봤습니다."

"그래. 가는 내가 참아야지. 내가 욕을 안 하기로 했다. 에이, 십장생."

그놈 하는 짓이 하도 불안해서 벙커 안에도 못 들어가고 밖에서 같이 근무를 섰다. 잠시 후에 아까 그 차가 다시 나왔다 .

"국방부 장관님, 다시 나갑니다!"

"잡아!"

차를 세워서 한쪽 구석에 대고 직접 신분증 검사를 했다.

계급 : 중사

이름 : 아무개

소속 : 해병 2사단

위 사람은….

국방부 장관 인

자장면과 경상도 사투리의 비애

통화 중에 일어난 일이라 그 말이 전화기로 새들어가 중대장이 화가 머리끝까지 나서 추리닝 바람에 직접 짚차를 몰고 달려왔다.

"어떤 놈이야? 이 신호진, 이 새끼."

"아 그게 아니고 말입니다."

"입 닥쳐, 이 자식아! 근무 나와서 헛짓거리만 하니까 후임들이 뭘 배우겠나. 꼬라박아!"

5분만에 중대 일수를 훈병으로 만들어 놓더니 뒤도 안 돌아보고 사라졌다.

"어이, 국방부 장관. 너 면회실에 좀 들어가 있어."

단독무장을 풀고 가죽장갑을 끼면서 꼴통 녀석을 데리고 들어갔다. 안에서 새어나오는 소리를 듣고 구경하던 무식이와 그의 똘마니들은 긴장하고 있었는지 옷매무새를 다듬으며 나오자마자 담배 하나를 내밀 었다.

"형님, 한 대 태우십시오."

벙커에 들어가서 담배 하나 물고 있으니 슬슬 후회가 밀려오기 시작했다. 녀석의 그늘진 얼굴을 보니 옛날 생각도 나고 측은한 감정이 생기기도 했다.

— 나도 이제 갈 때가 됐나보다.

착잡한 마음에 무식이를 그냥 보내줬더니 먼저 말을 꺼내왔다.

"저, 신호진 해병님. 뭐 드시고 싶은 거 없으십니까?"

"됐어. 가봐!"

"제가 나가서 뭐 좀 보내도 되겠습니까?"

"너랑 말할 기분이 아니니까 빨리 가라. 한따까리 하기 전에."

"네, 알겠습니다. 수고하십시오. 필~~승!"

한참 뒤 오토바이 한 대가 눈치를 살피며 검문소에 자장면 세 그릇을 내려놓았다.

"아저씨, 이게 뭡니까?"

"어떤 분이 갖다주래요."

대낮 검문소에서 자장면을 먹는 것은 전례 없는 과감한 도전이었다. 꼴통 이병을 먼저 먹이기로 했다.

"야, 들고 가서 너 먼저 먹어."

"아닙니다. 괜찮습니다."

"빨리 안 먹어?"

좋은 말 몇 마디 해줄까 하고 조금 있다 건너가 봤다. 근데 이놈이 주눅이 들었는지 비비지도 않고 불어 터진 자장면을 덩어리째 씹어 먹고 있었다.

"임마, 좀 저어가 무라"

"네?"

"안 듣기나? 저어가 무라고."

"네, 알겠습니다!"

꼴통 이병은 대답과 함께 저쪽 구석으로 가 쪼그려앉아 열심히 자장면을 먹기 시작했다.

— 어휴, 꼴통. 저어서 먹으라는 뜻인데.

뱀술 지도

"먹을 만하면 식사 끝. 쉴만하면 출발 5분 전. 잠들 만하면 기상. 배 꺼질 만하면 작업. PX가려 하면 인원 파악. 편지 쓸만하면 소등. 면회만 오면 외출외박 통제. 휴가갈 만하면 비상. 여름엔 완전무장, 겨울엔 빵빠레. 그리고 그칠 줄 모르는 순검 꼬장과 취침 후 집합….'

이젠 나하고 상관없는 말들이다. 소매만 걷으면 집에 간다고 그 날만을 손꼽아 기다렸는데 드디어 따뜻한 5월의 햇살이 전 장병들의 소매를 걸어 올리게 했다. 생각해보면 일, 이병 시절이 어떻게 지나갔는지 아득하기만 하고 꺾어진 말년의 하루는 길기만 했다. 항상 고참 관품함의 문 안쪽을 장식하는 〈선데이 서울〉의 교태로운 여자사진, 할 짓거리가 없어 돌아다니면서 후임들의 관품함을 다 뒤지며 기합빠진 놈을 색출하고 있었다.

"이런, 졸병놈이 감히 최진실을. 착취야."

그런데 사진을 떼자마자 이상한 그림이 발견됐다. 매직으로 중대 주계를 기준으로 한 평면도와 기호 몇 개에 '탄약고 전방에서 3시 방향으로 10보'라고 적혀있었다.

"이건 분명히 보물지도다!"

손전등과 삽을 들고 그곳으로 향했다. X자 표시된 곳에 서서 적혀 있는대로 10보를 갔더니 반경 50센티미터 가량의 잔디가 아직 덜 자라서 주위와 차이가 나는 곳이 있었다. 중대 보급병이 제대하면서 이제껏 수거된 위장복을 한곳에 파묻었거나 말년 고참이 모아뒀던 탄피나 탄두를 상상하며 부푼 가슴을 안고 삽질을 하기 시작했다.

"만에 하나 폭발물일지도 모르니까 살살 조심해."

주위를 돌려파서 그 물건을 조심해서 꺼냈다. 소주병이었다.

"에이, 무슨 소주를 이런 데 짱박아놓나?"

"앗! 이거 좀 보십시오."

땅 밑에 파묻은 찬서리 긴 소주병. 묻은 흙을 털어보니 뱀 한 마리가 하늘을 보고 잠들어 있었다.

"아, 뱀술이다! 어, 근데 이 뱀은 어째 낯이 익네?"

"아, 이거 김웅렬 해병님이 전역하기 전에 잡은 까치 독사입니다."

"도망간 줄 알았더니 3소대에서 뱀도 긴빠이해 갔구만. 각대 병장들 내 자리로 집합하라고 해."

신비의 영약을 맛보기 위해 멀리 1소대 병장들까지 모였다.

"좀만 마셔라. 나야 좀 있으면 나가지만 너희들은 여기서 그거 먹고 어떻게 감당하려고 그렇게 먹냐?"

"해병님도 형수님이랑 끝났다면서 말입니다."

"형수는 지랄이 형수냐?"

"근데 말년에 이거 먹고 잘 못 되는 거 아닙니까?"

"너희들 뱀술 담글 줄 모르냐?"

"그냥 소주에 뱀 빠뜨리면 되는 거 아닙니까?"

"이런. 그러다 실려가지. 잘 들어. 첫째 상처가 난 뱀은 술을 담그지 않는다. 둘째 뱀은 굶겨서 술을 담고 이때 뱀머리가 하늘로 향하게 한다. 셋째 알코올 도수가 높은 것을 선택하되 용기의 90%만 술을 담는다. 넷째 공기가 들어가지 않게 밀봉해서 사람이 항상 지나다니는 곳에 묻는다. 그 다음은… 극비사항이다."

"아 참. 궁금하게 뭡니까?"

"몰라도 돼, 임마."

그날 밤 중대의 고참들은 용솟음치는 뱀의 정기를 받고 밤새 허벅지에 송곳을 찔러야 했다.

"다섯째 머리맡에 반드시 화장지를 놓고 잔다."

내 사랑스런 장난감

무료한 말년생활을 보내고 있던 중 사령부에서 하사한 것 같은 완벽한 신병이 들어왔다. 큰 키에 만화에 나오는 로봇 찌빠처럼 생겼고, 입대 전 유흥업소에 아가씨를 대주는 보도방을 했다고 했다. 시키면 시키는 대로 다 하는 기쁨조 근성과 다분히 꼴통기질이 보여 꼭 누구의 과거사를 보는 듯했다. 드디어 잠잠했던 장난기가 발동했다. 얼마 전 밤에 검문소에서 위장복 입고 근무서다 걸려서 삭발한 머리에다 때 묻은 이병 추리닝으로 바꿔 입고 침울한 표정으로 내무실에 들어섰다.

"어이, 신삥! 너 동기 왔다."

"필승! 신고합니다. 이병 신호진은 일천구백….''

그때를 노려 만후임 매미가 갈구기 시작했다.

"근데 신병이 존나 늙었다. 하하하."

— 너 이 씨발 매미. 끝나고 보자.

취침등이 꺼지고 찌빠와 나는 나란히 옆자리에 누워 자고 있었다.

"신삥, 기상!"

"네! 이병 진영춘!"

"네, 이병 신호진!"

"얼굴도 늙은 게 좆나 느리네."

— 으흐, 두고 보자. 씨발 매미!

"너희 둘은 현 시간부로 적 해안 관산포 지역에 투입된다. 여기 있는 사람들은 한 번씩 다 갔다왔다. 거기서 살아 돌아와야 이곳에서 생활할 수 있다. 자신 있나?"

"네?"

"이것들이 지금 장난하는 줄 아나. 그래, 모르고 가는 게 아예 속편하다. 야, 애들 무장 챙겨줘라."

보급 러닝에 반바지를 입은 채 단독무장과 철모에 무전기를 메고 '앞에 총'을 했다.

"혹시 못 돌아올지 모르니까 유서 쓰고, 머리카락하고 손톱 깎아서 봉투에 같이 담아."

나와 신병은 침상에 나란히 앉아 손톱을 깎고 머리카락을 뽑아서 유서를 썼다. '씨발 매미, 맴맴맴'을 적으며 흐느끼는 척을 했더니 진지하게 '부모님 전상서'라고 써놓고 덩달아 눈물을 글썽이는 완벽한 나의 장난감 신병.

"임무완수하고 오겠습니다. 필승!"

"부디 살아서 돌아와라. 건투를 빈다."

둘은 손을 꼭 잡고 내무실을 나와 전방 써치 초소 쪽으로 가는 어두운 산길을 걸었다.

"호진아, 넌 애인 있냐?"

"없다. 왜?"

"나는 꼭 살아야 된다. 입대하기 전에 콘돔이 찢어져가지고 지금쯤 2세가 생겼을지도 모르겠다."

"그래 잘 되겠지. 북한군 세 명 목만 따오면 되는데 우리가 왜 죽나?"

"그래. 한 번 해보자. 근데 너 사실 좀 늙긴 늙었다."

"그러냐? 끄응."

그 날 밤. 백조 검문소에 신병 찌빠가 문갑이 초병으로 진입했다.

"어이, 동기 왔냐?"

진입신고 하러 왔다가 오장 벙커 안에 있는 나를 보고 기절을 하려고 했다. 검문소 파라솔 무늬마다 각종 기합과 고문을 적어놓고 밤새 뺑뺑이 돌리며 놀았다. 혹시 검문소를 지날 때 콧구멍에 휴지 꽂고 철모 내피만 쓴 체 벌 받고 있는 초병을 본 적이 있는가? 그 녀석이다.

시암리 백조 검문소에 신임부임 사령관이 나타났다. 신호진. 그의 근무방침은 휴가 복귀자 짜리 뜯기, 바쁜 외출자 잡고 시간 끌기, 여자 면회객 찝쩍대기, 난로 뚜껑에 쥐포 구워 술 마시기, 민가에 인사하고 들어가 밥 얻어먹기, 동네 고딩 술 심부름 시키기, 대대주임상사 목소리로 상황실 작전하사 놀래키기, 신병 가지고 놀기 등등.

개병대는 없다

군 생활 마지막 근무를 나가게 되었다. 새벽 2시. 말뚝 근무를 자원하고 초장, 초병들만 교대시켰다. 오늘이 마지막인지 어떻게 알고 과수원 아저씨가 소주 두 병을 들고 찾아왔다. 예전부터 술만 한 잔 하시면 사과 한 박스를 갖다 주기도 했고, 대민 지원 나가서 할 일이 뭐냐 물어보면 '너희들 고생하니까 하루 쉬었다 가라고 그냥 불렀다'며 막걸리를 받아주던 좋은 아저씨였다.

"아저씨, 이 시간에 웬일이십니까?"

"아까 여기 있던 놈이 그러던데 이제 여기 안 나온다며?"

"네, 저도 이제 집에 가야지 말입니다."

"그래 고생 많았다. 한 잔 받아라."

어디서 술을 한 잔 하고 왔는지 입에서 소주 냄새가 진동했다.

"너는 왜 내가 여기를 드나들면서 아들뻘 되는 놈들하고 술이나 마신다고 생각해?"

"뭐 그냥 군대 있으실 때 생각나서 그런 거 아닙니까?"

"군대? 내가 78년도에 강원도 인제에서 군 생활을 했지. 집이 여기지만 휴가 나와서 집에 한 번도 못 왔다."

"하하. 서울에서 노느라고 못 오셨습니까?"

"아니. 처음 100일 휴가 받아서 집에 가려고 멋모르고 여기를 지나가다가 이빨 두 대 나간 거 생각하면 지금도 피가 거꾸로 솟는다. 자, 봐라. 그때의 상처야."

"왜 말입니까?"

"백조 검문소에 있는 해병대 놈들이 육군이 해병대 지역 지나간다고 저 뒤에 끌고 가서 개머리판으로 이유없이 막 패는데…"

"네?"

"옛날에는 더했지. 저기 보이는 애기봉 있지? 저거 짓는데 부식 안 갖다 바친다고 밤마다 몽둥이 들고 내려와서 마을 청년회 다 때려 부쉈지. 그래서 소 한 마리 갖다 바친 기억이 난다."

아저씨는 흐느끼고 있었다.

"내가 해병대가 좋아서 이러는 게 절대 아니다. 낮에 좆빠지게 훈련하고 밤에 잠 못 자는 너희들. 응? 너희들이 밤낮으로 고생하고 나가서 개병대 소리 들어서 되겠냐? 내 말 잘 새겨들어라."

"네, 잘 알겠습니다."

오고가는 술잔 속에 아저씨의 사연을 들었고 많은 것을 느끼게 한 마지막 근무는 그렇게 끝이 났다. 사실 개병대는 좋은 말이다. 1950년 당시 한국 해병대는 전세를 역전시킨 인천 상륙작전 때부터 줄곧 상륙군의 선봉에 서서 진격했다. 그 결과 수도 서울의 심장부인 중앙청에 태극기를 꽂았다. 당시 대통령이었던 이승만 박사가 '해병대가 가면 모든 게 다 열린다' 하여 열 개(開)를 써서 개병대(開兵隊)라는 칭호를 붙여주었다. 그 후 월남전의 신화적 명성 뒤에 남은 고엽제와 전쟁 후유증으로 해병대의 용맹성을 절제하지 못한 채 폭발하여 결국 '개(犬)병대'로 변질된 것이다.

전역 파티

"신호진. 네가 보기에 요즘 구타가 성행하나?"

"아닌 것 같습니다."

"니가 안 패니깐 전부 안 팬단 말이지. 음, 좋은 현상이군. 그래, 중대장한테 할 말 없어?"

"없습니다. 저, 이거."

"오, 역시 내 밑에서 고생한 놈이 다르구만. 중대장한테 사진 주고 가는 놈은 처음이야. 뒤에 뭐라 적어 놨어?"

— 인생공부 많이 하고 갑니다.

중대장 신고를 마치고 돌아온 내무실에는 전역 파티를 위해 중대총원이 좁은 내무실에 빽빽이 들어차 있었다.

"야, 이게 뭐야? 누가 제대하나?"

애써 침울한 분위기를 만회하기 위해 썰렁한 농담을 던져봤지만 분위기는 쥐 죽은 듯이 조용했다.

"고개 들어, 임마. 누구 초상났냐?"

"아닙니다."

"자, 일단 먹어라. 졸병들 악기 있게 먹어."

"네."

"신호진 해병님, 이거 받으십시오."

파란 케이스의 전역패 위에 금반지와 은목걸이가 보석상자에 곱게 포장되어 있었다.

"무슨 돈이 있어서 이런 걸 했냐?"

"묻지만 말고 좀 드십시오."

"너희들이나 많이 먹어라."

부모가 자식 밥 먹는 걸 보면 안 먹어도 배가 부르다는 게 어떤 건지 알 것 같았다. 고생 많이 했다고 그러는지 말년 꼬장이 두려워서 그러는지 막내 전역신고는 접어두고 후임들의 송사를 다 돌아가며 듣고 나니 어느새 내 차례가 왔다.

"으음. 내 밑에서 군 생활 잘 버텨줘서 고맙다. 이제 나는 어딜 가서라도 너희들을 무적 해병이었다고 떳떳하게 말할 수 있을 것 같다. 몸은 힘들더라도 항상 마음만은 웃고 사는 군 생활을 하기 바란다. 그리고 나한테 많이 당했던 사람들은 빨리 잊고, 안 잊혀지면… 그렇게라도 내가 생각나거든 꼭 한 번 찾아와라. 여기서 만난 불행한 인연과는 아마 다를 거다. 이상."

밤새 술을 마셨지만 좀처럼 잠이 오지 않았다. 새벽안개 짙게 펼쳐진 전방 써치 초소에 혼자 올라갔다. 전운이 감도는 북녘 땅은 아름답게만 한데 어김없이 들려오는 대남 방송은 갈라진 땅의 서러움을 담고 울려 퍼졌다.

예정 시간보다 출발 시간이 앞당겨졌다. 곤히 자는 후임들의 얼굴을 한 번씩 더 눈에 새긴 뒤 꼰봉을 메고 내무실을 나섰다. 홀가분할 줄 알았던 발걸음이 천근만근 무겁게 느껴졌다. 안 깨우려고 조심스레 나왔는데 모두 소리없이 뒤따라나와 내가 가는 뒷모습을 지켜봐 주었다. 중대원들의 입에선 어느새 군가가 흘러나오고 말없이 흐르던 뜨거운 눈물. 일일이 악수하며 이제 다시는 그런 우렁찬 군가를 들을 수 없다는 서러움도, 다시는 여기 올 수 없다는 아쉬움도 모두 뒤로 한 채 매정하게 뒤돌아섰다.

전선을 떠나며

그대 드디어 내 곁은 떠나는가.

괴로움에 떨고 원한에 사무친 우리를 두고 떠나는가.

이 곳엔 아직도 그대의 체취가 남아 있고

그대의 빈자리엔 지금도 그 웃음 가득한데

이십육 개월 악으로 버티며 병신이 다 되어 버린 그대.

잃어버린 청춘을 어디서 보상 받으러 떠나는가

지금 전선엔 바람이 불고 있소

옷깃 사이로 차가운 바람이 스며들 때면

내가 떠나가게 되었음을 실감하지 않을 수 없다오.

하루 종일 뒹굴던 연병장.

큰 소리로 웃곤 하던 기다란 내무실.

무엇보다도 슬픈 건 불쌍한 그대들을

눈 내리는 서부전선에 그냥 두고갈 수밖에 없다는 것이요.

슬프지 않은 뒷모습은 없다지만

언젠가는 누구나 가야할 길.

떠나는 나를 위해 그대들의 거친 함성 들려주오.

오늘 불어오는 바람은 유난히도 춥소

전역 후

ROKMC

"제군들은 제대와 전역의 차이를 알고 있나? 제대는 현역병의 복무 해제 즉 예비역에 편입됨을 말하고 전역은 군인에서 다른 업종으로 바뀜을 의미한다. 고로 해병대는 제대란 말을 써서는 안 된다. 비록 여러분은 예비역이 되지만 조국과 해병대가 부를 때 우리는 한 깃발 아래 다시 모일 것을 약속했다. 한 번 해병은 영원한 해병으로서 자부심과 긍지를 가지고 열심히 살기 바란다."

해병은 말이 없다

중대 짚차가 연병장 사열대 앞에서 나를 기다리고 있었다.

"총원 차렷! 필승!"

"쉿! 너구리 깰라. 잘 살아라."

"부산에 한 번 쳐들어가겠습니다."

"그래, 꼭… 앗!"

운전병 자리에 중대장님이 핸들을 잡고 있었다.

"신호진, 왜 놀라? 빨리 올라타."

중대장은 아직까지 자신의 별명을 모르고 있었다. 오전 오침시간임에도 그가 손수 운전대를 잡고 대대본부까지 태워 주었다.

"신호진, 그동안 중대장 많이 미웠지?"

"아, 아닙니다."

"그래?"

울퉁불퉁한 비포장도로를 달리며 한참 동안 침묵이 이어졌다. 처음으로 용기내서 중대장에게 말을 걸어보았다.

"중대장님, 이제 속이 시원하시겠습니다?"

"이 자식이. 임마, 열 손가락 깨물어서 안 아픈 손가락 없다고 했다. 미운 정은 정 아니냐?"

어느새 짚차는 대대 본부 연병장에 도착했다.

"이제 가보겠습니다."

"신호진."

"네."

"중대장 마음 알지?"

"네. 건강하십시오. 필~승!"

중대로 돌아가는 그의 뒷모습이 왠지 쓸쓸해 보였다. 휴가 갈 때 꼭 들렀던 정신교육관에 앉았다. 잠시 후 전역 신고를 하기 위해 대대장님과 따뜻한 커피 한 잔을 사이에 두고 마주 앉았다.

"전역 축하한다. 마지막으로 대대장한테 할 말 있으면 해 봐."

"할 말 없습니다."

"너는 남들보다 좀 특이한 군 생활을 한 만큼 할 말이 많을 텐데? 이 친구야, 가는 마당에 누가 뭐라 한다고 그러나? 말해 봐."

"없습니다."

아무런 말도 않았지만 할 말이 없지는 않았다. 임무만 있지 권한은 없는 병분대장 제도, 하사관과의 갈등, 전통의 무작정 폐기, PX 비리 등등 지금 다시 그곳에 가서 같은 질문을 받는다면 과감하게 말해 버리겠다.

"혹시 아십니까? 우리 중대장 별명은 너구리입니다."

마지막 빵빠레

해병 2사단 청룡부대의 마지막 관문인 문수산 유격장. 말년에 빠진 기합을 2박 3일간 급속 충전해 준다는 '지단 교육대'로 이동했다. 닷찌 차에서 내리니 어디선가 많이 본 듯한 군상들이 뿌연 먼지를 일으키며 뺑뺑이를 돌고 있었다. 그러나 다들 즐거운 표정이었다. 볼때기에 살이 오른 최명일, 집이 코앞이라서 실감도 안 난다는 안남규 외 꼬질한 졸병 때의 모습은 온데간데없고 말년 병장의 고귀한 자태를 뽐내고 있었다. 사회에서는 알 수 없었던 위대한 예비군 휘장을 받기 위해 잠시 훈병으로 돌아갔다.

식은 밥에 두부 한 덩어리가 식사의 전부였지만 그것도 문수산 꼭대기 선착순 50명에 들어야 먹을 수 있었다. 하지만 뛰는 사람은 없었다.

"아이고, 안 먹고 말지."

"지옥주도 했는데 이틀을 못 굶으리."

다들 약수터에 가는 듯 동기들과 이빨을 까면서 천천히 올라가거나 아예 중턱에 짱박혀서 낮잠 자는 놈도 있었다. '약수물이나 마시자'며 올라간 놈들은 정상에서 손목에 도착 번호 적어주는 조교놈 붙잡고 내려오려고 실랑이하고, 혼난다며 필사적으로 버티는 조교 놈은 결국 다섯 명이 번쩍 들고 내려와 중턱에서 도장을 찍게했다. 결국 '문수산 호랑이'에게 발각되어서 하루 종일 산꼭대기의 절 짓는데 필요한 통나무와 합판을 나르는 노가다로 종목을 바꾸게 됐지만 시간은 어김없이 흘러가고 있었다.

"전역을 해도 24시간 지나기 전까지는 아직 군인이다. 고로 내일 나가서 사고 치면 군법이 적용된다."

사단 주임상사의 전역자 교육이 열기를 더해도 다들 부푼 가슴에 마음은 콩밭에 가 있었다.

"으아, 12시간 남았다."

"시계 보지 마라. 시간 안 간다."

군 생활하면서 많고 많은 신고를 했지만 26개월 동안 하루도 빼놓지 않고 손꼽아 기다렸던 신고가 하루 앞으로 다가왔다. 옛추억이 묻어나는 2단 침상에 백여 명이 자리잡고 서로의 앨범을 바꿔보다 전부 곤히 잠든 지 오래였다. 그러나 내일이면 고향열차를 타고 갈 예비 민간인들의 단잠을 깨우는 곡괭이 자루 소리.

— 탕. 탕. 탕.

"뭐야?"

"총기상!"

"뭐여? 벌써 아침인가?"

"730기 마지막 빵빠레! 현 시간 부로 빤스 바람 총원 집합!"

"와, 죽이네."

달빛이 유난히 빛나는 유격장에 벌거벗은 해병 병장들이 회심의 미소를 머금고 있었다. 더벅머리 빡빡 깎고 서문에 들어선 지 26개월. 어느새 우리는 고통을 즐기는 방법을 터득한 후였다.

"그래, 밤새도록 해라. 지금도 시간은 간다."

해병대에 제대는 없다

"총원 차렷! 사단장님께 대하여 경례!"

군악대의 연주로 시작하여 성대하게 치러진 전역식은 어느새 막바지에 접어들고 있었다. 내 밑에서 죽도로 고생만 하다 군악대로 전출간 이명호가 트럼펫을 불고 있었는데 날 못 봤는지, 쳐다보기도 싫은지 묵묵히 앞만 보고 있었다. 다시 한 번 지난날의 과오를 반성하게 하는 순간이었다. 사단장님의 훈시가 시작되었다.

"제군들은 제대와 전역의 차이를 알고 있나?"

"…"

"제대는 현역병의 복무 해제 즉 예비역에 편입됨을 말하고 전역은 군인에서 다른 업종으로 바뀜을 의미한다. 고로 해병대는 제대란 말을 써서는 안 된다. 비록 여러분은 예비역이 되지만 조국과 해병대가 부를 때 우리는 한 깃발 아래 다시 모일 것을 약속했다. 이 말의 의미는 여러분이 더 잘 알고 있으리라 믿는다. 그리고 다시 한 번 730기의 전역을 진심으로 축하한다. 아무쪼록 힘들었던 26개월을 좋은 추억으로 고이 간직하고 한 번 해병은 영원한 해병으로서 자부심과 긍지를 가지고 열심히 살기 바란다. 이상!"

군악대의 〈브라보 해병〉이 울려퍼지고 그에 맞춰 〈곤조가〉를 칭얼거리던 동기들이 잠시 후 위장복에 베레모, 작업복에 팔각모, 위장빽, 낙하산 가방 등등 형형색색의 복장에 희한한 가방들을 메고 연병장에 다시 나타났다. 이렇게 많은 위장복 인원을 본 건 어릴 적 국군의 날 행사 때 TV에서 보고 처음이었다.

"어이, 똥까래들아! 고생했다."

"그래, 사고 치지 말고 잘 살아라!"

"정말 가는 거냐? 실감이 안 난다."

존경 반 부러움 반으로 박수 치는 실무병의 배웅을 받으며 청룡버스에 올라탔다. 근데 버스가 떠나려 하자 누가 내 이름을 부르며 뒤쫓아왔다. 군악대 열에서 모른 척하고 있던 이명호였다.

"죄송합니다. 저희는 시선 이탈하면 죽습니다."

"어, 그래."

"해병님 가시는 거 보려고 상병 휴가도 미루고 일부러 여기 온 거 아십니까?"

"짜식, 고맙다."

"잘 사십시오. 필~~승!"

"그래 먼저 가서 미안하다. 너도 수고해라!"

광화문 신고

저녁 무렵 광화문 사거리 이순신 장군 동상 앞에는 어디선가 술을 한 잔씩 꺾은 위장복 사나이들이 약속이나 한 듯 하나둘씩 모여 들고 있었다. 김포 2사단에서 전통적으로 내려오던 '광화문 신고'가 시작된 것이다. 과거에는 신고 후 마로니에 공원까지 퍼레이드를 펼치며 온갖 말썽을 다 부려서 매 기수 전역하는 보름마다 인근의 전경들이 총출동했다고 했다. 마지막 추억거리를 한 번 만들어보려는 동기들의 비장한 눈빛이 왠지 심상치 않았다. 훈련 중에 다쳐서 의가사 제대한 상철이도 먼저 나와 우리를 축하해 주었고 멀리 쾌속정을 타고 건너온 백령, 연평도 동기들까지 전부 집결했다.

"다 모였냐?"

"그래, 타이슨이 멋지게 한 번 해봐라."

"몇 명이냐?"

신병 대기할 때 시커먼 얼굴에 땟물 줄줄 흐르던 타이슨이 세월이 흘러 칼같이 다려진 위장복에 팔각모를 쓴 의젓한 예비역 병장이 되어 다시 우리 앞에 섰다.

"자, 총원 차렷! 이순신 장군님께 대하여 경례!"

"필~~승!"

변하지 않은 건 훈련 수료식 때의 천지를 진동했던 우렁찬 '필승' 소리뿐이었다.

"바롯! 신고합니다! 병장 정덕태 외 71명은 서기 일천구백구십육년

… 이에 신고합니다. 이순신 장군님께 대하여 경례!"

신고는 끝났지만 다들 끓어오르는 감격으로 말을 잇지 못하고 있었고 〈나가가 해병대〉로 자체 전역 행사를 마쳤다.

"자, 나가자 해병대. 하나 둘 셋 넷!"

"우리들은 대한의 바다의 용사. 충무공 순국정신 가슴에 안고…."

우렁찬 목소리는 서울의 빌딩 숲을 메아리쳐 돌아왔고 지나가는 차량도 잠시 멈춰 서서 우리를 바라보고 있었다.

제2의 군 생활

마지막 군솥 연기 휘날리며 집에 도착했다. 꼭지만 틀면 콸콸 나오는 물에 감동하여 정말 오랜만에 따뜻한 물로 샤워를 했다. 드럼통에 물 길어오던 옛 생각을 떠올리며 예전 방식 그대로 빨래 비누로 머리를 감고 수세미 같은 머리를 한 번 빗은 후 증명사진을 찍으러 갔다. 입대와 함께 펀치로 무참하게 구멍 뚫린 주민등록증을 재발급 받기 위해서였다.

세월의 장난이라 하기엔 너무나 난처한 증명사진을 들고 동사무소에 갔다. 병역란에 '해'자만 적지 말고 '해병'이라 적으라고 공갈, 협박을 한 뒤 집에 와서 예비군복으로 갈아입고 아버지가 일하고 계신 포항으로 향했다. 두 시간 후 도착한 포항 터미널은 예전과 전혀 변함이 없었다. 입양전야를 보냈던 ○○여관과 마지막 탕수육을 먹었던 초상집 같은 중국집도 그대로였다. 변한 게 있다면 터미널에서 고향행 버스를 기다리는 후임들이 애틋해 보인다는 것. 위장복을 입고 포항 땅을 버젓이 활보하는 나를 보고 의아해하는 후임들에게 담배 한 갑씩을 돌린 뒤 택시를 탔다. 아버지가 일하시는 곳의 주소가 적힌 쪽지를 보여주었다.

뭔가 심상치 않더니 잠시 후 훈련소 가는 길인 오천, 구룡포라고 적힌 이정표가 눈에 들어왔다.

— 아, 이건 아닌데.

다행히 그곳을 지나쳐 직진을 했는데 포항 신항만 세관을 통과한 후 낯익은 해군 부대 앞에 내려주었다.

— 언제 한 번 와본 거 같은 게 이상하네. 포항 훈련소에 있을 때는 도구 앞 바다 말고는 가본 적이 없는데.

의문을 품고 위병소로 가는데 근무자들이 소스라치게 놀라 벙커에 있던 오장까지 다 튀어나왔다.

"무, 무슨 일로 오셨습니까?"

"방문자 명단에 올렸다고 하던데."

"네? 신분증 좀 보여주십시오."

"신분증 없어."

"면허증이나 주민등록증 없습니까?"

"동사무소에서 일주일 뒤에 오라던데?"

상황실에 몇 차례 연락을 주고받더니 결국 전역증을 맡기고 통과시켜 주었다. 이상한 군복에 링까지 차고 쳐들어온 내가 신기한 듯 뚫어지게 쳐다보는 위병 근무자들을 뒤로 하고 잘 정리된 도로를 우회해서 들어갔다. 코너를 돌자마자 눈앞에 펼쳐지는 풍경에 입이 쩍 벌어졌다.

"앗. 해군 기지대!"

연합 상륙작전 때 LST를 탑승했던 그 자리에는 구소련 핵항공모함 노브르시스크호가 그 웅장함을 자랑하듯 턱하니 버티고 있었다. 미국과 소련간의 화해분위기가 고조되는 가운데 구소련이 붕괴되고 자본주의의 적용이 뜻대로 되지 않자 경제난에 허덕이던 구소련에서 유지비가 부산시 1년 예산과 맞먹는다는 항공모함 2대를 폐선 처리하기로 결정했다. 그래서 노브르시스크호는 포항 해군 기지에, 민스크호는 진해 해군 부두에 정박해 해체를 기다리고 있었다.

예인선 없이 자체 출항과 정박을 할 수 있을 만큼 그들의 앞선 기술은 오랜 세월 미국과 대적할 만했고 우리나라 군기관 및 안기부에서 그 노하우를 알아내고자 자주 들락거리기도 했다. 선내의 스위치 박스 부품으로 들어간 백금만 해도 수십 톤이 넘는다는 이 배는 잘 개조해서 2002년 월드컵 결승전을 치르자는 의견도 나왔으리만큼 웅장했으니 그곳에서 아버지를 찾기란 서울에서 김서방 찾기와 같았다.

"아이고, 아부지."

"어어, 왔냐?"

"필승! 신고합니다. 병장 신호진은…."

"그래 욕봤다. 옷 갈아입어라."

"네? 무슨 옷이요?"

"일 안 할끼가?"

— 허억.

곧장 항공모함 노브르시스크 해체작업에 투입됐다. 다시 포항에서 제2의 군 생활이 시작된 것이다. 철저한 신원 조회 후 출입증도 아닌 거주증을 얻어 해군 숙소 옆 컨테이너 박스에서 생활을 시작했다. 말년에 노가다를 위해서 특수제작한 쫄쫄이 위장복 바지에 쎄무 워커를 신고 그토록 그리던 해군 짬밥을 삼 시 세끼 먹게 되었다. 사람 때가 안 묻은 군사지역이라 무궁무진한 해산물의 보고인 기지대 방파제에는 5미터만 들어가면 시뻘건 자연산 멍게 밭이 눈앞에 끝없이 펼쳐졌다. 미끼를 던지면 3분 간격으로 괴물 같은 광어, 우럭들이 줄줄이 딸려오니 회는 질려서 깍두기처럼 썰어 먹었고 해군 UDT 대원들도 가끔 와서 부식을 충당해 가기도 했다.

물질 15분이면 고추마대에 가득 차는 자연산 멍게는 죽도시장에 없어서 못 파는 인기 품목이 되었고 나에게 조그마한 고무보트와 잠수장비를 선사했다. 기름 방제작업을 빙자해서 보트를 띄우고 해군 포사격 훈련시 소쿠리 들고 다니며 떠오르는 고기를 건기도 했고, 바로 옆 도구 앞바다의 상륙장갑차 대대 후임들과 속도 대결을 펼치기도 했다. 그렇게 계속된 철거작업으로 크기가 작아져 그 웅장함을 점점 잃어가는 몰락한 구소련의 항공모함 갑판 위에 홀로 서서 옛추억에 잠기곤 했다.

기수빨은 예비군 훈련장에서도 열외 없다

부산 영도 소재의 예비군 훈련장. 포항에 못 간 미지정 예비역들은 이

곳에서 육, 해, 공군 출신들과 함께 교육을 받았지만 여기서도 변함없이 없이 통하는 건 해병대 기수빨이었다. 첫날은 동네별로 모여 앉아 있는데 옆자리에 허옇게 물 빠진 작업복을 입은 덩치 좋은 사내가 눈에 띄었다. 작업복의 물 빠진 정도를 보나 살이 쪄서 바지 똑딱이가 안 잠기는 정도를 보나 분명 선임이라 생각하고 먼저 인사를 했다.

"필승! 730기입니다."

"그래, 난 689기다."

689기 손혁희 해병. 아버님(병 67기)의 뒤를 따른 대물림 해병으로써 나와 같은 김포 M60 출신이었고, 이번이 예비군 말년차였다. 기수 차이는 많이 났지만 하루 종일 짝꿍처럼 붙어다니며 같이 점심도 먹고 이래저래 삼일을 같이 보냈다. 그동안 느낀 건 고참일수록 바지 똑딱이 사이의 벌어진 간격이 크다는 것과 육해공군이 다 모였지만 복장이 특이해서 교육하는 동대장들에게 지적을 많이 받는다는 것이었다.

"거기, 해병 아저씨. M60 특성이 뭡니까?"

"특성이라. 공냉식, 탄약띠 송탄식, 가스 착용식…."

"오호, 혹시 재원도 알고 있습니까?"

"네. 무게 10,432. 길이 110.49. 총열 63.3…."

"이야, 현역보다 더 잘 아네. 근데 지금 몇 년찹니까?"

"에구, 말년차입니다."

신기한 듯 쳐다보는 주위 사람들 사이에서 그는 유유히 하품을 하고 있었다.

"그걸 어떻게 아직 외우고 있어요?"

"까먹으려고 해도 안 까먹어집니다."

"무슨 비결이라도?"

"하하하. 대갈통에 빵구 세 번만 나보십시오."

마지막 날 점심시간에 몰래 예비군 교장 뒷산에 올라가 고기를 구워 먹었다. 첫날부터 서로 인사하고 지내던 선, 후임들과 치밀한 사전 계획 하에 차 트렁크에다 온갖 장비를 숨겨 들어와서 술판이 벌어진 것이다. 양주에 얼음과 우유, 돼지갈비에 소주, 막걸리는 물론이고 파 무침에 마늘까지 준비했다. 처음엔 어려워했지만 서글서글한 성격 때문에 금방 친해진 육군 예비역과 서른다섯 살이 넘는 해군 형님도 합세해 7월의 땡볕 아래에서 부어라 마셔라를 반복했다.

"씨바. 첫날에 먼저 인사하게 만든 놈도 있었어. 후달린다 싶으면 먼저 기수빨 까야지. 마치고 입구에 집합해."

하나같이 만만치 않은 덩치들이 쩔쩔매는 걸 신기한 듯 바라보는 타군 출신들이 혀를 찼다.

"아이고, 불쌍타. 쟤들은 제대해도 저러냐."

3박 4일의 일과를 마치고 설철수 해병의 조막막한 프라이드에 일곱 명이 찌그러져 들어갔다. 다행히 차색깔이 해병대를 상징하는 빨간색 이라 짚차에 열 명 정도 쑤셔 타던 시절을 생각하며 2차를 위해 시내로 이동했다. 근데 소통이 혼잡한 영도다리 위에서 15톤 덤프트럭과 시비가 붙었는데 덩치로 밀어붙이는 트럭과 실랑이를 하다가 결국 차를 세

왔다. 헐레벌떡 뛰어내린 기사양반은 화물기사 특유의 거친 말투로 배를 내밀고 들어오며 말했다.

"씨발, 좆만한 것들이 확 밟고 지나갈까 보다."

"어이, 기사 양반. 차가 작다고 얕보나? 안에 내용물들을 봐라."

기갑 출신의 0.1톤 막내 옥배가 씩 웃으며 문을 열고나오니 저절로 상황은 해제되고 남포동 부영극장 앞에 모두 집합하여 열 맞춰 이동했다. 누추한 행색의 비 맞은 예비역 일곱 명이 이동하자 복잡하던 시내 한복판에 길이 뚫리고 도우미 아가씨 미니스커트에 팔각모로 바람을 일으켜 아이스께기도 해가며 더욱 험상궂은 인상으로 불안해하는 시민들의 성원에 보답해 주었다.

이렇게 가면 받아줄 술집도 없거니와 문 앞에서 삐끼랑 실랑이하는 것도 쪽팔리고 시민께 미안한 마음도 들고 해서 그냥 외곽의 고기집 밀집 지역으로 빠졌다. 내가 앞장서서 장소물색 하던 중에 적당한 곳을 골라 들어가서 물수건 돌리던 찰나 긴급상황이 발생했다.

"야, 다 튀어나와!"

이유는 묻지 않고 후닥닥 튀어 나가보니 바로 옆가게로 경례를 때리고 들어가는 선임들을 보고 대충 상황을 파악할 수 있었다. 바깥에는 해병 엥카, 실내에는 해병 액자. '사단법인 해병대 전우회 청룡 전우회' 조직국장 병 201기 조경호 선배님이 운영하시는 옹가네 숯불갈비에서 군복 입은 우리를 발견한 것이다. 가게에서 일하는 아줌마들이 이미 많이 겪은 듯 자연스럽게 인사를 했다.

"아이고, 해병 아저씨들 또 오셨네. 필승!"

한 잔 두 잔. 술병에 구멍이 났는지 들어오자마자 빈 병으로 둔갑해서 잔이 작다며 글라스를 가져왔다.

"막내는 많이 먹어야 되니깐 자, 글라스!"

"자, 일수 선임도 한 잔 하십시오."

"이런 기합 빠진 놈 같으니라고. 만후임 열외. 다 나가서 뻗쳐!"

이왕 버린 몸. 실무 때를 회상하며 과거 재현 쇼가 시작되었다. 장대비 속에 건너편 가게에서까지 우산 들고와서 구경했고, 들어갔다 나왔다를 서너 번 반복하면서 자청해서 꼬라박아로 변신했다. 비는 퍼붓듯 내리고 인도를 가득 메운 꼬라박아 행렬에 시민들은 피해갔다. 한 잔 두 잔 술에 일수 선임의 눈은 벌겋게 달아올라 처음엔 웃으며 시작한 장난은 극도의 긴장감을 유발시켰다. 결국 '안 들어가면 내가 박는다' 하시는 사장님의 만류로 끝이 났다.

"우리가 이 나이 되도록 새벽밥 먹고 나가서 교통정리 하는 건 뭐라 생각하나? 젊은 혈기도 좋지만 시민한테는 절대 민폐를 끼치는 건 안된다. 알겠나?"

"네, 알겠습니다!"

이날 우리는 올바른 해병문화 정립과 인터넷을 할 줄 아는 똑똑한 해병이 되자는 취재 아래 'Cyber Marine'이라는 모임을 결성했다.

무적 횟집의 신화

한 달 후 모임에서는 내가 섭외한 집근처의 횟집으로 안내했다. 횟집 제목은 '팔각모의 추억'이었다. 내가 처음 이곳을 발견했을 때 경악을 금치 못했듯 다른 선임들도 벌어진 입을 다물지 못했다. 엥카와 군번까지 기재된 특수 제작 간판을 해놓은 이 가게의 주인이 누굴까 다들 궁금해 했다. 615기 김상용 해병. 시뻘건 간판을 보고 찾아온 선임들 술받아 마시느라 거의 매일 알코올에 절어 살면서도 토끼 같은 딸과 형수님의 잔소리를 자장가 삼아 행복하게 살고 있었다.

"선배님, 정말 대단하십니다. 근데 간판 때문에 혹시 손해보시는 건 없습니까?"

"왜 없어? 모르는 사람은 회 먹으러 왔다가 밖에서 머뭇거리기도 하고, 해병대 출신 아니면 못 오는 곳인 줄 알고 그냥 돌아가기도 한다. 그래도 이렇게 간판보고 선, 후임들이 찾아와 주고 하니까 그걸 돈하고는 바꿀 수 없는 거지. 그건 그렇고 내가 알아서 줄 테니까 다 못 먹겠다는 소리는 하지 마라."

"애들 덩치를 보십시오. 남기게 생겼나."

"그래, 해병대는 굶어도 살 수 있지만 남기면 맞아 죽는다. 절대 남기지 마라."

끊임없이 들어오는 서비스로 소주에 회를 말아먹듯이 하고 막내 옥배의 안내로 다음 집결지로 이동했다. 부산 롯데 백화점 뒤 어느 소주방. 입구에 들어서니 미리 연락을 받은 잘 생긴 스포츠머리 사나이가 경례를 했다.

"필승! 780기 정영국입니다."

"오, 그래. 벌써 780기가 제대했구나."

정영국 해병은 〈야자나무〉라는 작은 소주방을 눈부신 미모의 누님과 둘이서 오붓하게 꾸려가고 있었는데 실내가 사인지와 이빨 사진으로 도배가 되어 있었다.

— 헉. 무작스러운 놈.

그날 집에 가서 곰곰이 생각했다.

— 나는 2년간 무얼 했나? 남들은 저렇게 긍지와 자부심으로 열심히 살아가는데 전역하던 날의 부푼 꿈은 다 어디로 갔나?

다음날부터 나는 내 나름대로 해병대의 악과 깡으로 뭉친 홈페이지를 개설하기로 했다. 컴퓨터 전원 스위치도 못 찾는 컴맹에서 독학으로 몇 달 후 인터넷에 해병휴게소 '사이버 마린'을 개설했다. 타이틀은 '현역 해병들의 깡다구 배양 및 예비역 해병들의 악기 충전소'였다.

해병대는 공처가

— 때르르릉.

"여보세요?"

"여보세요? 이게 기합 빠져가지구. 필승! 통신보안부터 안 하나?"

"미친 놈. 지랄하네. 너 누구야, 임마!"

"이런 신호진. 내 목소리 벌써 까먹었구나. 거기 대가리 박고 있어!"

— 앗, 오공.

2소대가 서울에서 집합한다고 했다. 언제 여유 생기면 전국 일주 한 번 하면서 선, 후임들을 꼭 한 번 만나보고 싶었는데 잘됐다 싶어 보따리를 싸들고 무작정 서울로 상경했다. 3, 4년만에 다시 만난 얼굴들. 크리스마스 때 소대 설문조사에서 '결혼하면 마누라 팰 것 같은 사람'으로 경합했던 '오공' 서대규 해병은 아리따운 형수님과 결혼해서 밀레니엄 베이비를 노리고 있었고, '빠클리' 정재홍 해병도 면회 오던 지극정성의 여인과 슬하에 새로 태어난 아들 하나를 두고 오순도순 살림을 차렸다. 정말 놀라운 건 그 불 같은 성격들이 형수님들 앞에선 꼼짝도 못한다는 것이다.

— 아, 사랑에는 약한 해병. 바다의 사나이.

내가 한 눈에 별명을 맞춰서 고생했던 '붕어' 서영수 해병과 여전히 눈매가 날카로운 정현희 해병과 함께 후발대가 온다는 의정부역으로 이동했다.

"신호진. 너 '오빠' 못 봤지?"

"네, 제가 들어오기 얼마 전에 나가셨습니다."

"한 번 봐라. 아직 체질이야."

기다리는 10여 분 동안 그의 모습을 상상했다.

— 과연, 어떤 사람일까?

"앗, 온다. 빠삭 긴장해라."

"필~승!"

"어, 그래."

그토록 궁금했던 전설의 '오빠'를 만날 수 있었다. 짧은 머리에 넓은 이마. 단춧구멍 같은 눈에 두터운 손. 그리고 시골 건달 분위기의 복장과 가죽장갑. 멀리서 걸어오는 걸 봐도 '아, 저 사람이다'라는 생각이 들 정도로 내 상상과 너무나 일치했다. 풍기는 분위기와 명성에 기가 죽었는지 술집으로 자리를 옮긴 후에도 선임들은 긴장을 풀지 못했다.

"야, 왜 안주 안 먹어?"

"네, 먹고 있습니다."

"제대하고 똥기합 좀 들지 마라. 군대 있을 때는 좆도 기합 빠진 것들이 말이야."

"아 참. 왜 그러십니까? 좀 있으면 애아버지 되는데."

"그래, 니미럴. 니가 선임해라."

"솔직히 저보다 기합 든 후임이 어디 있습니까?"

"지랄. 선임보다 먼저 장가가는 천하에 기합 빠진 새끼."

말빨 좋은 '오공'은 종종 장난도 치곤했지만 그의 아들이었던 정현희 해병은 한마디 말도 없고 안주 하나 제대로 집어먹지 못했다.

"정현희, 넌 왜 안 먹어?"

"네, 먹고 있습니다."

"너 옛날에 나한테 맞아서 대가리 빵구난 거 아직 있냐?"

"허허. 그게 어딜 가겠습니까?"

밤새 술을 마시고 포천 모 초등학교에 볼을 차러 갔다. 기수빨이 올라가니 '응팽' 김응렬 해병의 선도병까지 나타났다.

— 아, 기라성 같은 기수빨이여.

"막내, 악기 한 번 본다!"

— 아, 5년 만에 들어보는 말. 막내!

전국에서 모였는데 내가 막내였다. 막내라고 먹을 거 챙겨주고 이리 저리 귀여움 받다보니 시간 가는 줄 몰랐다.

"막내, 물 가져와!"

"네, 병장 신호진!"

"너도 병장이냐? 개나 소나 병장이네. 앞으로 이병 신호진이라고 해. 알았어?"

"네?"

"지금 꼬운티 내냐?"

"아닙니다. 훈병이라고 하겠습니다."

후임은 사랑을 싣고

— 때르르릉.

"거기 신호진 집 아닙니까?"

"누구십니까?"

"어, 나 683기 김정석이야."

"앗, 네. 어디십니까?"

"어딘지 가르쳐주면 몇 초 안에 튀어나올래?"

부산에서 공 차러 서울까지 올라왔다며 정신 나갔다고 구박하면서도 은근히 예뻐해 주던 '오빠'가 한 번 밖에 본 적이 없는 나를 찾아왔다.

전화를 끊고 쏜살같이 달려가 정영국 후배가 운영하는 〈야자나무〉로 모시고 갔다. 안면에 철판을 깔고 밖에서 양주를 사왔지만 영국이 누나는 괜찮다며 과일안주를 만들어 주었다. '오빠'도 야수 스타일이었지만 여자 보는 눈은 있었다.

"어이, 너네 누나 애인 있냐?"

"네, 있습니다."

전에 한 번 봤을 때는 분명히 없다고 했는데 충격적이었다.

"어떤 놈인데? 나보다 싸움 잘해?"

"옆에 계신 신호진 해병님입니다."

"이런 기합 빠진… 다시 한 번 말해 봐!"

"네! 730기 신호진 해병님… 욱."

손님도 없어 같이 합석하자고 했더니 웃으며 응했다. 워낙에 출중한 미모의 소유자였지만 누구나 쉽게 접근할 수 있는 스타일의 여자는 아니었다. 그날 서로의 운명적인 만남을 예견하는 대화가 시작되었다.

"호진 씨, 해병대는 군대에서 뭘 하기에 만나면 술만 마셔요?"

"말로 표현하기가 좀 그런데…."

"호진 씨는 올해 목표가 뭐예요?"

역시 한 살 연상답게 성숙한 질문이었다.

"여자하고 타이타닉 보는 거랑 스티커 사진 찍는 겁니다."

"에잇. 그런 거야 나랑 가도 되잖아요."

"진짜로?"

"속고만 살았나 봐요."

다음 날 군복을 벗고 처음으로 데이트란 걸 했고 20세기 마지막 숙원인 영화 〈타이타닉〉을 보기 위해 아침부터 목욕재개했다. 하지만 〈타이타닉〉이 종영되어 할 수 없이 〈라이언 일병 구하기〉를 보러 갔다.

"까아이아악!"

총알이 빗발치는 노르망디 해안에 상륙하는 연합군이 줄줄이 쓰러지고 백사장 위에 드러누운 팔다리 잘린 시체에서는 창자가 꿈틀꿈틀 삐쳐나왔다. 첫 데이트라 당황스러웠지만 뻔뻔하게 말했다.

"해병대가 하는 일이 바로 저런 겁니다."

그 후 그녀와 나는 서로의 인생소설에 주인공이 되기로 했다. 강산이한 번 변한 지금 그녀는 집에서 나와 닮은 말썽꾸러기 성모, 예진이와 치열한 육아 전쟁중이다. 나에게 해병대가 엮어준 인연은 끝이 없다. 아마 죽기 전까지 그럴 것 같다.

〈끝〉

작가의 글

   이 책은 2000년에 출간된 《해병대에는 뭔가 특별한 것이 있다》를 보수 공사 후 재탄생 시킨 것이다. 당시 '개념 없는 졸병들의 필독서'로 자리매김하여 〈썬데이 서울〉을 가뿐히 제치고 '내무실 검열 압수 품목 1위' 타이틀까지 석권했다. 기합 빠진 700자 기수로 불렸던 필자가 선임의 눈과 귀를 즐겁게 하라는 엽기적 사명을 띠고, 졸병 정신에 입각하여 '간죽체'라는 변종 문체와 알코올신의 도움으로 힘겹게 완성했다.

   선임의 빛나는 곤조를 오늘에 되살려, 안으로 70만 예비역 해병들의 악기 재충전과 현역 해병들의 깡다구 배양을 위함이요, 밖으로 아직도 해병대를 깽판의 대명사 '개병대'로 칭하는 일부 선입견에 살포시 똥침을 가하여 '해병대 바로 보기'에 초석을 다지기 위함이었다.

특수수색대가 아닌 평범한 보병 출신이고, 고생했다는 명함도 못 내미는 기수빨이지만 방송국 카메라가 들이대지 못한 구석진 부분까지 낱낱이 공개했다. 재미를 더하기 위해 과거 해병대의 오도된 전통이 다소 있지만, 모군이 잘되기를 바라는 그저 평범한 예비역 해병이 술자리에서 떠벌리는 지나간 군대얘기로 편하게 받아들였으면 한다.

연예인들의 병역면제가 일반인의 세 배라고 하는데 드라마〈시크릿 가든〉에서 사회지도층으로 열연했던 꽃미남 현빈이 해병대 1137기 김태평으로 입대하여 잔잔한 충격을 주었다. 반면 체조 국가대표도 흉내 내다 골병 들것 같은 격한 춤을 추고, 식스팩 복근에 말벅지 근육을 불끈대지만 조기흥분, 성격장애, 생계곤란 등의 황당한 사유로 신의 아들이 된다. 사회 지도층은 그 자체가 신전(神殿)이다.

참고로, 6.25때 미국의 장성급 자제 142명이 참전해 30여명이 사망했고, 그중엔 아이젠하워 미국 대통령 아들을 비롯해 8군사령관 조지 워커의 아들, 그 후임 벤플리트 대장의 아들, 유엔(UN)군 총사령관 클라크 대장의 아들도 포함되어 있었다. 중국의 마오쩌둥은 "내 자식이 가지 않는다면 인민들 누구도 전쟁터에 나가지 않을 것"이라면 큰 아들 마오안잉을 참전시켰지만 그도 결국 전사했다.

생이빨을 뽑고, 정신병자 행세를 해서라도 면제를 받으려는 판국에 이 얼마나 기특한 '사회지도층의 최선의 선택'인가? CF 편당 수억 원을 호가하는 그가 월급 몇 만원을 받고 2년 전속 해병대 대표모델 역할을 하고 있는 셈이다. 과거에 꼴통, 악바리만 간다는 이미지를 쇄신하려는 듯 30세의 늦은 나이로 입대해 해병대원의 평균 비주얼도 올려주었다.

하지만 2011년 7월 '강화도 해병 총기사건' 이후 매스컴의 과도한 특종정신에 격분하여 영창에서 반성문 쓰며 터득한 새털같이 가벼운 글재주로 10년 전 내놓은 유물들을 다듬어서 다시 한 번 세상에 들이댄다. 다소 초현실적인 작가 사진에 소스라칠 분도 계시겠지만, 그건 망가진 게 아니라 책표지에 나오는 카멜레온처럼 주위 환경에 잠시 적응한 것일 뿐. 지금은 사회라는 울타리 안에 적응해 먹고 살기 용이한 인상으로 잘 살고 있다.

'해병혼, 해병정신, 해병의 긍지'

이것은 내 스스로의 다짐이고, 철학이고, 인생관이다. 이 책을 통해 해병대가 국민들에게 좀 더 친숙하게 다가설 수 있다면 이 미천한 졸병의 임무는 끝난 것이다. 일부 누설되어서는 안 될 어두운 부분은 타군과의 화합을 위해 자제했고, 글로 표현하기 힘든 시련과 고통은 직접 겪어야 할 새내기 해병들의 몫으로 남긴 채 이만 마침표를 찍고자 한다. 잠재된 정신력이 타고난 체력을 넘어설 수 있다는 것을 알게 해준 해병대. 청년들아, 추억을 얻고자하면 도전하라! 그리고, 해병대를 부탁한다. 13년 뒤, 우리 아들 입소식 때 보자!

— 2011년 8월의 땡볕 아래, 해병 730기 신호진.

꿀통 이병에서 체질 병장까지 좌충우돌 해병이야기

해병대를
부탁해

1판 1쇄 인쇄 2011년 8월 20일
1판 1쇄 발행 2011년 8월 27일

지은이   신호진
발행인   허윤형
마케팅   박태규
편 집   공영아
펴낸 곳   황소북스
주소   서울 마포구 동교동 LG팰리스빌딩 1424호
전화   02)334 – 0173 팩스 02)334 – 0174
홈페이지   www.hwangsobooks.co.kr
블로그   blog.naver.com/hwangsobooks
트위터   @hwangsobooks
등록   2009년 3월 20일(신고번호 제 313 – 2009 – 56호)

ISBN 978 – 89 – 97092 – 12 – 3(03810)
ⓒ 2011 신호진